几缕草木清香，从深山峡谷悠悠飘来
一杯千年茶香，穿过宋朝光阴袅袅于前
山野不言，心安此间
深山行旅，不如沉醉

在磐安，有一种生活的美学
可以让我们长久地注视
于是相信，唯有美，以及对美的注视
可以让我们凌驾于时间之上

去野书系

吴警兵 主编

那么美吗？
去山里看看

五十七位文艺家的
溪山行旅

浙江工商大学出版社

·杭州·

图书在版编目(CIP)数据

那么美吗？去山里看看 / 吴警兵主编 . — 杭州：
浙江工商大学出版社，2021.12

ISBN 978-7-5178-4755-7

Ⅰ . ①那… Ⅱ . ①吴… Ⅲ . ①散文集—中国—当代
Ⅳ . ① I267

中国版本图书馆 CIP 数据核字 (2021) 第 251100 号

那么美吗？去山里看看
NAME MEI MA？ QU SHAN LI KANKAN
吴警兵 主编

出 品 人	鲍观明	
策划编辑	沈　娴	
责任编辑	费一琛	
封面设计	观止堂 _ 未氓	
责任校对	夏湘娣	
责任印制	包建辉	

出版发行 浙江工商大学出版社
（杭州市教工路 198 号　邮政编码 310012）
（E-mail：zjgsupress@163.com）
（网址：http://www.zjgsupress.com）
电话：0571-88904980，88831806（传真）

排　　版	杭州朝曦图文设计有限公司
印　　刷	杭州高腾印务有限公司
开　　本	710mm×1000mm　1/16
印　　张	20.75
字　　数	285 千
版 印 次	2021 年 12 月第 1 版　2021 年 12 月第 1 次印刷
书　　号	ISBN 978-7-5178-4755-7
定　　价	78.00 元

目录

卷 三

卷 四

卷 五

目 录

卷 一

磐安三记

谢鲁渤

记物产

在一个从未去过的地方，忽然就住上了三两天，终究不过是走马观花。人的一生，尚且如过眼烟云，更何谈其中来去匆匆的片段。磐安怎么就留住了我呢？

到过东阳，到过新昌，也到过永康、缙云、天台、仙居。及至看磐安的地图，方知当初的行脚，距此都仅仅一箭之遥了，却未再深入，做了浅尝之人。据传"山重水复疑无路，柳暗花明又一村"的名句出在此地，方家抑或狐疑，于我倒是感同身受的。磐安，虽说是深山腹地，却别有洞天，单是物产，就开人眼界。

磐安物产，以药材扛鼎。车到花台山驻地，已是满街华灯。在餐厅坐定，我见桌上的酒水菜肴，竟是药膳，传统的待客宴，开门见山，如数家珍，让人感觉那丰盛也只是家常便饭。磐安的风味，独异了别处。

随后数日的言谈，入乡问俗，一任元胡、玄参、白术、贝母频频地上口，如同揣了一部中医药典，非常地长见识。夜来床头置一盒天麻，梦中药香弥漫，睡得踏实，睡得健康。梦醒时分，听窗外轻风低诉，遥想那遍地药材，历史的面貌悠久，便觉有宋人早起，鸡声茅店月，人迹板桥霜，一路贩去了宁波、绍兴的商埠。磐安也许就是华夏的药材铺了。

中医的药材，自古以来是通人性的。磐安置县的历史短暂，野生的药材却早早地偏爱了这一方的水土。磐安人的先祖，早年无论是周边哪一处辖地的百姓，只怕都是识异草、知药理的，故而共享了一种生存状态，故而终究是要有一个磐安的。磐安人是和中药材结了不解之缘的群体，出没荒山野岭，引生灵于自家的房前屋后，善以待之。许多的药材，在别处种下，收获时或许会了无踪影，在此间，却长出了名声。

各地的经济文章，虽各有不同写法，但物产总是重要素材。磐安的香菇、茶叶、板栗、猕猴桃，历来是与药材相得益彰的，虽都是播扬磐安名声的珍品，却不见争先恐后的杂乱，足见磐安人剪裁素材的功夫。磐安的经济文章，以药材作主题，其余的长短段落，或补笔，或润色，就让人读出了锦绣，记在了经济大省的长卷中，成为不容忽略的一个章节。

磐安物产，似了一盘棋。棋盘在城西南部距县城十几千米的新渥街道，这里以"五都中心"的优越位置，开了中药材市场的棋局。新渥观棋，能知百味，磐安如何着一棋而活全局，尽在不言之中。

记山水

磐安山水，只去了一处夹溪；又因算作文化人，便兼看了昭明太子萧统的读书处。

天下的山水，各有其美，可游历，可静读，可参悟。走马磐安，一路的世俗红尘，参悟之禅机自不必谈，静读的心情也难布置，就只是游历而已。索性图个痛快，带了手风琴，准备了野炊，在夹溪的峡谷，与苍山对饮，托流水送歌，载一个深刻记忆而归。

及至别了磐安，远离夹溪，便以为那山水和此前到过的许多地方没有区别了。却忽然在省城南山路的画廊与其重逢了，分明是黄宾虹的山水，也感觉此身仍在磐安的夹溪，恍若梦中，找不到归路。

天下山水的魅力之最，当是教人进得去出不来的一种，莫非磐安山水，正是如此？

近年来，磐安榉溪的孔氏家庙，已渐为人知，被列为"孔氏南宗第二处"，与衢州的孔氏家庙并举。榉溪始祖孔端躬，八百多年前因金胡之乱，避兵南渡。据传他曾携有桧苗，每到一地，便亲手植之，及至磐安榉溪，桧苗成活，遂安家定居。那日我在孔庙的正门前，见已成参天巨树的桧木与金钟山遥遥相对，边上流水潺潺，虽也堪称清秀明丽，到底还感觉不出它格外地特别。现在想来，人和山水的默契，毕竟不比树木；人生漂泊无定，而树木的扎根，最能选择好山好水。磐安山水之佳，不言而喻。

明嘉靖三十四年（1555）的冬天，一个叫刘悫的武官，为抵御倭寇入侵，摄巡婺州各地军备，曾走马夹溪道中，惊叹着那山那水，遂有诗吟：

> 起拂朝霞渡翠峦，行行夕霭忽沉山。
> 溪泉带月尘随马，人自驱驰水自闲。

骑在马上的刘悫，貌似很有闲情逸致，实则为夹溪的雄威所喜，正图其隘塞，思谋着如何纠众以守呢。他后来在《夹溪岭桥隘记》说：

> 所谓夹溪桥者，群山划然中断，两崖相持壁立，其下即所谓十八涡者是也。桥横亘其间，如缀绝绠，真天险也。于是筑隘以扼路冲。

这确是给诗情画意的山水，以烽火边关之魂魄了。

磐安山水，可筑关隘抗倭，也可洗心读书。当年萧统避谗结庐于盘山洞，长夜青灯，读的什么书，今人无从得知。留一处昭明院，许是一种寄托，拿文化人的眼睛来看，就看出了这方山水的剑气琴心。

龚自珍诗曰："气寒西北何人剑，声满东南几处箫。"读来令我遥想磐安山水。

记人情

世间人情，本该是不分地域的；偏偏这人情又汩汩如流水，一样的冷暖，就有了不一样的姿态，能分出个南北东西的性格来。

磐安的南北东西，紧邻越中六市（县），像一个花环，让人津津乐道。磐安与六市（县）山地相连，水脉相通，其生产方式、日常习俗，以及方言、文化艺术的传统，就有了相互影响的痕迹。更兼磐安本地，自新石器时代，便有人类祖先在此繁衍生息，磐安便以自身悠久的历史，将优秀之处包容兼蓄了，铸造出今日的磐安人情。

磐安人情，诚实厚重，让人觉出一种大气。为帮助贫穷山区发展经济，当地领导干部殚精竭虑，即便并非土生土长的，也一口咬定是磐安人了，他们表现出了步调一致的责无旁贷。来磐安开会的人都说，凡到过的地方，没见过领导班子如此整齐地集体出场；凡出场的个人，没有一个是虚与委蛇的，都真正地以朋友相待。磐安的人情，是宏采博取的，即便只是短时间的接触感受，也令人体会到种种的美好。

即使脱离会议安排，随意到街上走走，也能够感觉到磐安人的注视，是出于一种发自内心的信任。虽然街道是清扫过的，城区是装饰过的，可是谁能为每个磐安人布置情谊呢？磐安人情，如水银泻地，是无处不在的。所以在必要的活动之后，如你愿意留下，或采风或游览，都悉听尊便。磐安原本是要给人一个真实的，你若想走遍它的土地，倒像是在成全它的期望；高兴之余，却又并不要求你一定为之宣传。磐安相信自己，相信你会按捺不住对它的友好。

这一日车经尖山，行到尽头，遂步入山道。过夹溪寨门，顺松阵下的石阶蜿蜒，我们见识了始建于嘉靖十七年（1538）的夹溪古桥，又直落夹溪峡谷。溪滩篝火正旺。一行人觅石当座，借羊肉米酒在天地间作人生写意，随身职衔尽卸了别处，只把心迹坦陈无遗，间有传奇爱情惊动世风（见《远山的爱情》），众人都起了一醉方休之意。

孰料款以野炊的新宅村村干部，最是豪爽，他为磐安人民举杯祝福，虽不胜酒力，也大口饮之，终至醉卧溪滩。归途中重上夹溪古桥，遥望苍茫暮色之中，仍旧沉睡的村干部已呈影影绰绰，遂拉一支手风琴曲作别，泪湿了双眼。不知磐安人情，厚重如山，长流似水，山高水远，此生何以相报。

远山的爱情

王旭烽

你可以把它理解为一个传说，也可以把它纯粹当作一个故事，当然，如果你人届中年，依旧还存有一丝少男少女的底蕴，秋天里你的脑海中还时不时地闪回那么几许春天，那么，相信我，不妨把我告诉你的这一段往事，作为一段真人真事来听吧。

当我和我的朋友们在浙中腹地的山中行走的时候，我们的目的，只是快乐地前往一个名叫夹溪的地方。那里有一条当年戚继光抗倭时留下的古道，古道旁长着一棵高大的松柏树，人们把它称作"寡妇松"，据说那是一个思念上前线抗倭的丈夫的女人幻化而成的；那里还有一座一夫当关，万夫莫开的古寨，从照片上看那古寨骑道而建，仿佛充满了昔日的硝烟；那里还有一座古老的石桥，青草森森的桥，高约五丈，长约十二丈，宽约三丈，通的是金台二郡，我向往缀满了它全身的那些莲花瓣、霸尺、石斧和石龙头，它宁静地躺在深山，犹如张承志的"荒芜英雄路"。

部长走在前面，他宽宽的肩膀上背着一架手风琴。昨天晚上他就告诉我们，明天他要让我们大吃一惊。部长是山里人的部长，是那种让人一眼看上去就觉敦厚的中年男人，并且还是从前的中学校长。部长的父亲，从前是一个教书的老先生，也是山中有名的秀才呢。看到他们这样的人，会让人想起中国古代许多出身贫寒的学问家、思想家或者隐士。朋友，山中是有高人的啊，他们如幽兰一般，你不屈身前去，怎么会闻到奇香呢。

到了目的地，我们不约而同地欢呼起来。看来在部长的安排下，我们今天是注定要过上一个浪漫的节日了。原来，溪滩上已经准备好了野炊的用具，这里是正待开发的旅游区，我们是第一批来夹溪秋游和野炊的客人。

山中的美酒，这就送上来了。部长用《智取威虎山》中李勇奇的气概说："山里人说话说了算，一片真心可对天！"然后将酒一饮而尽——部长乃性情中人，他的后背湿淋淋一片，那是刚才背手风琴背的。部长当然也是实干家，不仅背手风琴，还不忘记拿上一本歌书，而且乃是至今为止我所看到的最好的一册歌曲选本。这是做人的多么好的细节末梢，我们原本就是生活在细节的长河之中的啊。

那么我们现在自然就是要唱歌的了，手风琴的旋律几乎把我们带回到20世纪50年代。许多的民歌，中外民歌，忧伤的，欢快的，文人气十足的，部长希望我能唱一首云南民歌——月亮出来亮汪汪亮汪汪，照见我的阿哥在深山……

现在，真是什么都有了，大自然、友谊、美酒、歌声，只差一位女神没有光临——爱情女神。

不知道是怎么开始的，部长讲述起他的爱情故事——

"你们已经知道，我是三十五岁才结婚的，我的妻子，比我整整小十二岁。当然，像我这样一个三十五岁才结婚的男子，感情经历肯定是丰富的，如果我是一个作家，肯定能写出一部催人泪下的长篇小说。但是我今天只讲我与我妻子的故事，说起来她和你们是老乡，都是杭州人嘛。

"那一年我已经三十三岁了，在一所民办中学里当教师。我的妻子当时刚刚二十岁出头，在乡里的供销店里当营业员。她是从杭州来的知识青年，在我们山里，她就是个仙女级的人物了。

"不瞒你们说，多少山里的后生在明追暗恋着她啊。我们山里人，不是你们所想象的那样，都是憨厚木讷之辈。说实话，山里也有的是藏龙卧虎之人、英武精悍少年。他们中有的人已经冒出'地平线'，正处在实现他们个人价值的大好光阴之中。

"而我，三十三岁的我，在许多人眼里，已经是一个命里注定的老光棍了。一个小生三十五，衣破无补的王老五。一无所有的我，拿什么去和那些英俊少年竞争呢？

"身外之物，我什么都没有，我只有一颗天生的爱美之心，我只有我的歌喉。

"山村学校，有一架脚踏的风琴，我边弹边唱，整整唱了一年，你问我唱什么？喏，就是刚才我们唱的那一切，《三套车》《走西口》《康定情歌》《红莓花儿开》，还有一首关键的歌，云南民歌《小河淌水》——月亮出来亮汪汪亮汪汪，照见我的阿哥在深山……

"渐渐地，她被我的歌声吸引了，有时候，她就到我的学校听我唱歌，她听，我唱，持续了整整一年。我的同事们就为我着急，催我别那么老唱下去了，该说些什么了。

"那一天，我们在风琴旁唱了一会儿，我说：'我们一起出去走一走好吗？'她没有回答，我就站了起来，朝外面走去了。十米以后，没有出现她的身影，朋友们，这时候不能回头，硬着头皮也要往前走，你一回头，可能就完了。

"百米之后，村口处，她终于出现了，她一步一步地走近了我，一开始跟在我的后面，渐渐地，便与我并列了。我的心狂喜而压抑，我爱她，我要像一个真正的君子一般地爱她。我爱她，我要展现我们山里人的文明、尊严和高尚。当然你们不能要求我不吻她，我唱了一年的情歌，我有了吻她的权利。但我轻轻地吻了她之后，我就坚决礼貌地送她回了家。

"是的，我就是这样赢得了她，一个杭州姑娘的心。从此以后，她就再也不会像和她一起下乡的知识青年一样，回到故乡的城里去了。

"你们说什么，她的家庭同意吗？当然，和当时有这样的女儿的绝大多数母亲一样，她的母亲也几乎要被她气死了。她的母亲亲自从杭州赶到山里，几乎把她软禁了起来。之后一个月，我们无法见面，真是比死还让人难过的情人的分离。怎么办？我们只得像地下工作者一样地递条子，带口信。我们做出了一个石破天惊的决定——立刻登记。

"那天，她正在店里称盐，我出现在后门，她听说我来了，戴着围裙、袖套，就从店里出来，我们走了十几里路，到公社去登记了。从此，我们的生命，真正结合在了一起。

"她母亲怎么样呢？我们在她的眼皮底下登记了，能不伤她的心吗？她气得差一点跳河。最后总算没跳，她连夜就走出了山里，她说，她再也不要这个女儿了。

"一年以后，我们有了一个女儿，我妻子带着女儿回了娘家。四年以后，他们向我发出了邀请的信号。现在，我是他们家最满意的女婿，岳父、岳母对我，就像对亲生的儿子一样了。"

部长说到这里，停了下来，仿佛又回到了当初那青春的、热恋的年代。而我，在这样的时刻，竟然问了一个愚蠢的问题："你妻子现在还和你在一起吗？"

"当然在一起，我到哪里，她就跟我到哪里。"部长说。

我们都不再唱歌了，在听了这样的爱情故事之后，不知为什么，我们觉得再大声地唱歌，就有些对不起隽永的爱情故事了。

最后我们大家又端起了酒杯，我们只为部长的爱情干杯。为这远山的爱情满满地干了一杯后，乡长为他的同乡部长骄傲，竟然就此而醉，醉卧夹溪。我们从古老的夹溪桥踏上归程时，还能看到他躺倒在溪滩上的身影。旁边的人对我们挥着手再见，我们俯身下看，仿佛看到了那远山的爱情，正在夹溪水中流淌。这时，太阳下山，月亮就要升起来了……

榉溪之上

楼奕林

　　真没想到会在这个深山冷岙里和孔子的后裔相遇，而他们不是华服锦衣的装囊诸公，却是一群胼手胝足的农夫，正在榉川畔躬耕劳作，以种药材和香菇为生。1996年金秋，我们几位作家应磐安县文联的邀请去参加"中国药材之乡"命名的庆祝活动，一个小小的贫困山区县去年被命名为"中国香菇之乡"，接着今年又被命名为"中国药材之乡"，这题材本身对我们就有很大的诱惑力。而在我们采风的过程中，更意外的是知道了在榉溪有个孔氏家庙。我们从前只知道在山东曲阜和浙江衢州有南北两座孔氏家庙，突然冒出了第三座家庙，我们怎能不被它诱惑？它是正宗的，还是"冒牌货"？它怎么会建在这个名不见经传的浙江小山村里？这些孔子的子孙为何会生活在这里？

在时任县人大常委会主任孔宝泉先生和时任县委宣传部副部长吴良驹先生的陪同下，我们一群人浩浩荡荡地来到榉溪。顺带要说一下，孔主任也是孔子的后代，在他身上当然流着祖先孔子的血，因而我很想在他身上找到孔子的影子。几天的接触，我终于发现他身上的一个"仁"字。"仁"者，二人也，只要有两个人在一起，无论父子、君臣、萍水相逢之人，都要互相体谅，这是孔子思想体系的核心。孔子是世界伟人之一，他的伟大我想不仅仅因为他是一个大教育家和大思想家，还包括他作为人的魅力所在。因而他才会深得弟子们的爱戴，他的思想才得以广泛传播。在孔主任的身上有和他祖先一样的亲切感，看不到讨厌的官气，这让我们在几天的采风活动中始终保持愉悦的心情。

我曾经去过前面说到的南北两座孔氏家庙，曲阜的给我以皇皇之感，它的规模、气势让人仰之弥高。而衢州的基本没给我留下什么印象，只记得里面供着孔子和他夫人的木雕像，据说是南宋建炎三年（1129）金兵南侵，衍圣公孔端友护驾南渡时带来的。据传这桧木雕像是子贡在守先生墓的六年间刻的，我想他在刻先生像的时候，一定是流着泪的。这南北两座孔氏家庙给我留下的记忆中总有人去楼空、历史成为展览品的感觉，多少参观者纷至沓来，从前门进后门出，仍留下两座空庙将现在与历史隔开。跨进榉溪的孔氏家庙时，我却丝毫没有这种感觉，它只让我有一种说不出的亲切感和生活的沧桑感。这座孔氏家庙与江南地区一般的宗氏祠堂没有多大区别，我们老家的下祠堂就是这个样，里面有戏台、前堂、穿堂、后堂，过年过节的时候人们可以在里面唱戏、舞龙灯。最好看的是舞龙灯，一条长龙绕着廊柱盘成八卦阵，上下波动、前后蠕动、左右滚动。夜晚，龙身上的彩灯闪闪烁烁，与龙共舞真是分不出天上人间。榉溪家庙有八十四根屋柱，比我老家下祠堂的屋柱要多，舞起龙灯来一定更加壮观。在这八十四根屋柱上我们见到了历史，它不是展览品，而是实实在在、触手可及的。宋宝祐二年（1254）家庙始建，经历了宋、元、明、清、民国直到今天，其间多次的毁坏、崩塌、修复，都在屋柱上留下了痕迹。这屋柱的石头柱脚有方的、圆的,造型不一,代表了宋、元、明、清、民国时期不同的建筑风格。榉溪孔氏家庙因多年失修已有些破败,最近村里已将里面堆积的杂物清理干净,以还其本来面目。工作人员在清理杂物时,发现了几个牌位,是五百多年前的孔氏祖宗的。木制的牌位已被蛀坏,但红漆底的烫金字仍清晰可见。

在参观的过程中,有一位叫孔祥忠的农民给我们拿来了一张八百多年前衢州衍圣公孔端友送给榉溪始祖孔端躬的孔子画像,还有一本家谱。这本家谱在"文革"中因藏在山上的一户贫农家里而没有被毁掉。孔祥忠看样子有六十来岁,他从1992年开始就有心收集有关孔氏祖先的资料,并三次自费去衢州孔氏家庙查找史料。在村边,村里人还自筹资金修复了孔端躬的墓,墓旁有一棵四人合抱的三十余米高的桧木,据说是孔端躬栽下的。

孔端躬是孔子的四十八世裔孙,是衍圣公孔端友的堂弟,官至大理寺评事。让我们将视线移到建炎三年(1129),宋高宗赵构被金兵追击向南一路逃窜,满朝文武官员也纷纷随驾南渡,孔端友和孔端躬作为孔子的后代,必须护驾前行。他们在临走前,在先祖种下的桧木旁挖了一棵小树苗,带上先祖和先祖母的雕像,挥泪离别曲阜,因为这一去不知何时才能返回故里。孔端友揣雕像,孔端躬携树苗,分路南行,孔端友在衢州避兵,孔端躬与几个兄弟侍奉父亲孔若钧,一直随驾到台州。沿路只要一扎营,他就将小树苗种下。他们有约在先,小树苗在哪里生根,他们就在哪里安家。一日,一行人来到了盘峰榉溪,孔若钧的病发作,他们就住了下来,将树苗栽到村边。哪知孔若钧一病不起,直到去世。孔端躬含泪将父亲孔若钧葬于榉溪旁的后坞山。忙完葬仪,一行人又将起程,去村边挖出树苗,却见树苗已长出根须。榉溪村坐落在山的怀抱里,一条碧清的溪水穿村而过,男耕女织,日出而作,日落而息。孔端躬生性耿直,本就不满朝廷腐败,奸臣当道,早已意欲弃官为民。孔端躬手拿树苗,对天长叹:"此乃天意也!"从此,就在榉溪旁安下家。我们不去设想他和他的兄弟子孙怎样勤于稼穑,诲于诗书,原先锦衣玉食的王孙公子怎样脱胎换骨成了胼手胝足的农民; 我想在日落黄昏时刻, 他偶尔会站在槠溪旁, 看着潺潺流去的溪水, 想他的先祖孔子曾站在川上说: "逝者如斯夫, 不舍昼夜。"孔子说这句话的时候正在陈、蔡等国流浪。在流浪陈、蔡等国时, 孔子到过黄河、汝水、淮水、颍水, 在这几条大河的岸边, 他都可能会感慨: "逝者如斯夫, 不舍昼夜。"如今孔端躬流浪到了槠溪, 怎么能不对着槠溪水心生感慨呢? 孔端躬在发出先祖一样的感慨时, 便会从中汲取先祖的力量, 即生存的力量。人生和流水一样, 时时刻刻都在动, 在流, 一代接一代, 子子孙孙往下传, 无论是战乱还是天灾, 人类的历史终究要写下去, 多少的凄苦和悲凉, 也终将像水一样流去, 只有生命绵绵不绝。孔子从蔡国到楚国的途中有这样的一段经历: 有一天黄昏, 孔子和他的弟子来到一条流往淮水的支流岸边, 想去对岸的小村住宿, 不知怎么走。见河边地里有两个农夫在干活, 子路过去问路。其中一人却反问: "那位手执缰绳的是谁? "子路答: "是我们的老师孔子。"此人用嘲笑的口吻问: "哦, 他不是生而知之吗? 他应该知道渡口在哪里呀, 还来问我们这些种地的人干嘛? "子路去问另一个正在翻地的人, 那人也反问道: "你到底是谁? "子路: "我是孔子的弟子仲由。"那人说: "告诉你, 当今天下大乱, 犹如滔滔洪水, 谁能改变这样的世道呢? 你与其跟着那个总是躲避坏人的人到处游历, 还不如跟着我们避开乱世。"说完, 就低头干自己的活去了。子路将此段对话告诉孔子, 孔子叹道: "人是不能同飞鸟走兽为伍的。鸟是飞的, 在天空中可以自由飞翔; 兽是山林中的, 可以无忧无虑地行走。人各有志, 只有各走各的路好了。可是, 我们不同世上的人打交道, 还能同谁打交道呢? 如果天下太平, 符合正道, 我也没有必要这么辛苦周游列国力图改变这个乱世了! "孔端躬想到先祖这段经历, 我想他会更加安心于槠溪的生活。

绍兴八年(1138), 孔端躬在槠溪去世。宝祐二年(1254), 宋理宗为追孔端躬功德, 赐建槠溪孔氏家庙。一代又一代, 孔端躬的子孙就劳作在槠溪旁, 到目前为止, 已经绵延到了七十八世, 前面提到的孔祥忠是七十五世。而那一棵小树苗已长成需四人合抱,高约三十米,躯干挺拔的大树了。站在榉溪之上,我们怎么能不感慨:"逝者如斯夫,不舍昼夜!"

夹溪纪行
——走近美好

汪浙成

  汽车像一片随波逐流的落叶，在盘山公路上时沉时浮地朝东北飘逝。

  窗外是磐安的崇山峻岭。路边狭长的山坡地上，是一排排绵延不尽的菇棚。采菇女子手提色彩鲜艳的塑料桶，在棚间钻进忙出。成箱成筐的鲜菇，像堵墙似的码放在路边等待装运。这景象，很难让人把磐安与贫困地区联系在一起。唯一的感觉是，柏油路通到这里变成土石路，越发颠簸了。

  快到尖山时，地势渐渐开阔，竟见不到山了。可昨晚听人说，尖山夹溪是一片尚未开发的景区，山高林幽。这会儿连山都没有，哪来林呢？正这样想着，汽车在一片茶园里停下来，前路不行车，我们便步行穿过茶园，沿着一条小路，一脚高一脚低，疑疑惑惑地朝坡下走去。只见两边地里，长着一色的冬青树苗般的作物。原来这是白术基地。药农们正在忙着收获。白术是一味重要的中药材，磐安产量几乎占全国的一半。形似青蛙，被行家们称为"蛙术"的，是白术中的珍品。我们在地头向主人讨要了几块拿在手里反复端详，倒觉得它们更像磐安行政区域的形状。

小路逶迤而下，渐渐地，两边的山林茂密起来，且有了几分险峻，我们这才发觉是在从山巅朝岭下走着。刚才鸡犬相闻、近在咫尺的邻村，原来高踞对面另一山头，与这边隔着深涧大壑。引颈前探，山下雄鹰盘桓，岚雾缥缈，危崖笔立，山势峥嵘。原来夹溪就藏匿在这峡谷中，令我们有一点惊喜。

然而翻越夹溪岭就需要一点胆魄和脚力了。三块石头宽的羊肠小道，只容得下一只脚，一边是岿岩，一边是深壑，不免让人提心吊胆，加之阳光直射身上，不一会便身上燥热，心慌腿软。好在过了山亭，两边有苍松夹道，送来一片清凉，我们才稍许松了口气。

听说旧时山里人有认树母、拜岩父之俗。父母为体弱多病的幼儿，选一参天古木认为母亲，将生辰八字贴在树上，焚香礼拜，祈愿孩子像大树般茁壮成长。倘若按此标准，这里每一棵古松都是够格的树母。其合抱粗的躯干，直耸云天，透露出旺盛的生机。它们大概从20世纪起就守候在山路两边，使人觉得这山路总有些不寻常的来历。

资料上说，夹溪岭古时是台州沿海通往浙中腹地的要道。半岭要冲处，有明代的关隘，高大的城门，巨石垒砌的坚固的关楼，身披甲胄的勇武卫士，英气勃勃地扼守在岭头上。这是明代为防御倭寇入侵特地修筑的，足见此间在兵家心目中的重要地位了。

与此相配套的防御工程，是岭下那座夹溪桥。桥身高高地远离河面，凌空飞架在山腰间。此桥从未通过车辆，可宽得能对向开过两辆东风载重车，桥面方方正正，莲花石雕的桥栏上还缠绕着古藤，极像高台，是观赏夹溪山川的好去处。置身桥上，视野开阔。看山，看石，看松，看岭头飞云，看涧底流水，山姿水态，尽收眼底。

然而令我神往的，是在这里聆听夹溪天籁。人从岭上走来，走得正热，凭栏四眺，好风入怀。这时，仿佛从遥远地方传来梦幻般低沉浑厚的声音，那是满山松涛声，层次丰富，变化无穷。与这形成鲜明对照的，是桥下夹溪欢快单纯的淙淙声，像是孩童无忧无虑地对大山唱着天真无邪的童谣。间或还有三两声空山鸟语，使人感到大自然是那么和谐、美好。

正忘情间，一队挑着谷担的山民，步履蹒跚地走上桥头，跺柱住好担子，停下来擦汗。我以为他们是从集镇买粮回家，哪知话刚出口，歇脚的山民便笑起来："哪里噢，是自个地里打下的。"

原来他们住在对面山顶，地却在我们来时的山上，来回要翻山越岭，够远的了。

"这还远呀？过两天还要上东阳租地种药材去呢！"

我不解地问："难道近处没有地吗？"

山民们齐声回答："要封山育林，保护水土。要不夹溪一发大水，下游便遭殃了。"

夹溪为曹娥江上游。全省四大水系，上游都在磐安，因此磐安有"诸水之源"的美称。这些年来，上游封山育林，给当地人们暂时造成了某些生活不便，甚至还影响到经济收入。在别处，上下游因此惹出些矛盾来，可这里的人们胸怀大局，默默地承受着更多的付出和艰辛。

山民们歇过脚后继续上路了。那长长的跺柱，横出一侧，宛如一队展翅的大雁，齐齐地越过桥面，向山上飞去。

我们也离开桥上下到谷底，发现封山育林已将这里变成一片避世福地。开阔的夹溪滩上，散落着光洁如洗的巨石，像神话中仙人对弈的坐石。大家用清亮的夹溪水洗过脸，歇坐石上，觉得天是格外蓝，云是格外白，风是格外清幽，空气是格外纯净。四周触天青嶂，将都市的喧嚣、世俗的纷扰、污染的大气，远远挡在身后，却把满山秋色、一川碧水、如歌鸟语、丰坡苍松，还有凌绝峭壁的关隘、凌空飞架的古桥、嬉戏林间的小松鼠、迎风摇曳的野菊花，交付给了这片绿色的桃花源。我想，夹溪能保存这片原始的生态环境，固然与高山阻隔、交通不便有关，但更主要的，还是得力于那些宁愿承受付出，仍坚持封山育林的山民！

前头有人在招呼我们快过去。那里是闻名遐迩的夹溪十八涡，高耸的翠屏，在前头忽地裂开条缝，进来一片白亮。滔滔江水，便从那里一头窜出山外，留下一河如画的美景。

我站起身来，蓦地抬头，望见对面高高山上，齐刷刷走着那队担谷人，仿佛是展翅翱翔的雁阵，擦过云朵，在秋天邈远空中缓缓飞翔。

对得起姓孔

黄仁柯

我结识孔祥忠是因了磐安被命名为"中国药材之乡"。在县委、县政府举行的新闻发布会上，主持人散发了资料，其中"孔氏南宗第二处——磐安榉溪"里的一段文字，自然而然就引起了我的兴趣。那段文字上说：

> 始祖孔端躬，系孔子四十八世孙。宋宣和三年（1121）授承事郎、大理寺评事。宋建炎三年（1129），金兵南侵，端躬与父评事若钧、兄衍圣公端友等护驾南渡。兄端友避兵寓衢州。端躬侍父一直护驾到台州。因端躬不满朝廷腐败，意欲弃官弃禄，作一庶民，又值父疾病发作，于是在回道途中，见榉溪山川秀丽，遂安家于榉溪。宋宝祐二年（1254），宋理宗追端躬功德，赐建榉溪孔氏家庙。

这段文字使我激动，也使我产生疑惑。按照封建社会嫡长继承的原则，孔端躬的哥哥孔端友是衍圣公，那么他的父亲就应该是衍圣公。若比说成立，则孔氏后裔的嫡长就不该是在衢州而是在榉溪。这与过往的认识不尽一致，到底怎么回事呢？

好在第二天热情的主人便安排我们访问榉溪。于是我就得以结识村党支部安排为我们介绍孔氏家庙的孔祥忠。

孔祥忠六十八岁，是榉溪一个普通得不能再普通、平常得不能再平常的山农，中等身材，绝称不得魁伟，面皮黝黑，一口地道的磐安山里话早已没有了阙里的乡音。两只大大的耳垂，浮肿的眼皮，略显下坠的双颊，使我自然而然就想起了曲阜孔庙中那尊孔丘的塑像。

我立刻被孔祥忠那酷似孔子的外表吸引住，并且悄悄地将此观感告诉了同行的一位祖辈曾为鲁人的文友，那位文友在一番端详之后也极表赞同。于是趁着参观的间隙，我便把心中的疑惑直截了当地向孔祥忠提了出来：孔端躬与孔端友是亲兄弟还是堂兄弟？

话说出口，我就觉得有点突兀，并且设想着这位孔氏后人面对这样的问题很可能会感到尴尬。然而，孔祥忠几乎是脱口而出：是堂兄弟。孔端躬的父亲与孔端友的父亲是亲兄弟。

这坦率使我疑虑顿消，也使我感叹不已。现代社会很多人都以往脸上贴金为荣。这个山民却有一说一，有二说二，到底是山里人实在呀。

然而，如果把孔祥忠仅仅归纳为实在，那可就是错看了他。在很多时候，这位孔子七十五代孙也是很有"心计"的呢。

从20世纪60年代中期起，孔祥忠和其他几个孔姓族人就开始了收集考据孔氏家谱的艰难过程。即使是在20世纪70年代中期，榉溪正是穷得可以的年代，孔祥忠一家自然也是清汤寡水，然而为了正本清源，他自筹经费翻山越岭三至衢州，终于从衢州孔氏后人手中"请"回了约八百年前拓就的孔子画像。

进入20世纪90年代，孔祥忠和族人们把重修始祖孔端躬坟茔提上了议事日程。为此金村孔氏后裔集资七万多元。当然，孔氏后裔们当时还说不出"保护文物"这样的话题，因此这项工作始终在既积极又隐蔽的情况下进行。

一年年三十吃年夜饭的当口，孔祥忠和十几个孔氏后人很快就把一座题名为"燕山佳城"的孔端躬陵墓修筑起来，等村干部赶到时，早已成了事实。榉溪村一千一百六十人，孔姓占了一千零四十人，村干部大多也是孔氏后裔。同一个祖宗，也就睁一只眼闭一只眼了。

这当然已经是好几十年前的事了，而今的榉溪孔氏家庙已成了各级政府极其重视的文物古迹，村民们说出往事时也是喜滋滋的。尤其值得高兴的是，榉溪这个昔日穷得叮当响的所在，已经因为生产香菇、植树造林而成为金华的"奔小康先进村"。而在富裕起来之后，孔氏后裔也如他们的先辈一样，以兴教为荣。榉溪在中华人民共和国成立前只有三个初中生（孔祥忠是其中之一），这几年已经先后培养出了十几个大学生。榉溪村小学获得投资三十七万元，是远近山区最好的一所小学。

然而榉溪人从来不会声张，他们一如既往地默默劳作，默默地有滋有味地生活，仿佛一切都是天经地义。我曾经问孔祥忠，榉溪人为什么能较好地保持淳厚朴实的传统。他的回答简单得不能再简单："我们是孔子的后裔，我们做事要对得起姓孔。"

我不由得肃然。我想起了七年前的一件小事。那年秋天，我与一位文友结伴前往曲阜拜谒孔庙、孔林。在与三轮车车夫讨价还价时，文友情不自禁地打趣说："哪有那么多路，骗得了谁呀！"文友说这些无非是玩点幽默。没料到这一幽默可把车夫惹急了，他红着黑脸说："俺是孔子的后代，骗人的事俺可不敢做！"

一个说"对得起姓孔"，一个说"孔子后代不骗人"，说法不一，道理却颇一致：凡事要对得起祖宗！

这话似乎有复古之嫌，其实远非如此。中国有几百个姓，每个姓都可以追溯到一个光辉的名字，删除"们"都能想到不要辱没了祖宗。如果每个中国人都能想到不要辱没了黄帝、炎帝，那我们的国家、我们的民族、我们的社会不是会更加安定、更加奋发、更加朝气蓬勃吗？

我想是的。

"磐五味"佳话

吕洪年

　　号称"群山之祖"和"诸水之源"的磐安，不仅风光秀异，景色奇绝，而且漫山药草，满谷丹材，真不愧是著名的中国药材之乡。

　　初访磐安，觉得此地充满神奇之感。那里有名闻遐迩的中药市场，又有生机勃勃的中成药工厂。靠山傍水而居的磐安百姓，大都以种药、采药和制药为生，据说磐安全县境内人工种植的和野生的药材有一千多种。

　　著名的"浙八味"在磐安就有五种，俗称"磐五味"。当地百姓只要一提起白术、白芍、元胡、玄参和贝母，就会情不自禁地说出一个个传说故事，寄托自己爱乡爱药的襟抱和情怀。

　　关于白术，有一个优美的传说。从前有一只仙鹤，从南极仙境衔来了一株药草，想把它种植在合适的地方。白鹤飞过高山，越过大川，来到今天的磐安境内，降落下来，把这株药草种于山地。白鹤呵护着药草生长。不知过了多少年，这株药草长成了"仙鹤术"，切开来看，还有美丽的菊花纹和朱砂点。后来白鹤为让自己辛勤栽培的药材造福于人，便化作一个白衣白裙的姑娘，把药材拿到文溪边的药材店里去卖。药材店的老板知道这是山中之宝，能健人脾胃，燥湿利水，是一种珍贵的滋补品，便偷偷地把红丝线穿在姑娘的裙上，等姑娘走远之后，他悄悄地跟了过去。跟到山上，老板不见了姑娘，却发现一株药草上穿着一根红丝线，于是扒开泥土，顿觉清香扑鼻，竟是一株千年老白术。从此，白术便在磐安生根，成为名产。

白芍的传说，也很有意味。相传古时候，桐君老人遍尝百草，弄清了药性，为人治病。他曾在富春江边的桐君山上结庐，有一次途经大盘山，前不巴村，后不巴店，便搭山棚采种药草。有一天，他正在灯下看书，忽听有女子啼哭之声，他见朦胧月色中有一美貌女子，似有委屈，好像要对自己诉说。桐君步出山棚，却不见半个人影，只见那女子站过的地方，长着一棵白芍。桐君心里一动，难道它就是刚才那个女子？桐君觉得蹊跷，便把此事一五一十地告诉身边的童子。童子似有所悟，说："这里的一草一木，到你的手里都成了良药，验出奇效，救助了不少病家。独有这棵白芍被冷在一旁，想来你是没有弄清它的用处，自然使它感到委屈了！"

桐君听了，笑着说："我尝尽了百草，药性无不辨别得清清楚楚。对这白芍，我也尝了它的叶、干、花，确实不能入药，怎么是委屈了它呢！"童子说："叶、干、花都长在外边，还有埋在地里的根呢？您应该再向深处看看！"桐君听了，觉得有理。事也凑巧，第二天，童子砍柴受伤，什么药都不能止血，桐君便挖白芍的根来试试，不想很快就止住了血，止住了疼，没几天伤口就长好了。从此，白芍也终于成了一味中药。

当地还流传着这么一个故事：从前磐安山区有个砍柴度日的老头，因附近都是财主家的山，他只能到五里路外的一座山头去砍柴。这山又高又陡，四周都是光秃秃的岩石。当老头在山顶砍了六担柴，用麻绳捆好准备挑下山时，不料脚下一滑，连人带柴滚进了山谷，他伤势很重，叫天不应，叫地不灵。没办法，他只得用双手在草地上乱挖，想挖点草根填填肚子。他挖呀挖，忽然挖出了几颗金黄色的东西，便吞吃了下去。说来也真奇怪。吃了之后，伤口不痛了，力气也有了，他便从地上爬起来，鼓鼓劲，竟一瘸一拐地走回了家。后来他想，那东西真管用，该是医治跌打损伤的妙药吧。第二天，他便上山去挖，挖到后，回家种在地里，为自己治伤，也给别人治伤。那东西颜色黄灿灿，样子圆滚滚，人称"圆葫芦"，后来慢慢地被叫成了"元胡"。从此，它也成了磐安的一种特产。

此外，还有关于贝母的故事。相传从前大盘山里有个孕妇得了痨病，身子虚弱，孩子一生下来她就晕过去了。当她醒过来时，孩子已经断了气。连生几胎，都是如此。公婆和丈夫十分苦恼，有一天，有个盲人骗子经过门前，婆婆叫他来给媳妇算命，盲人骗子胡说媳妇属虎，吃了头胎属羊儿，二胎属狗儿，三胎属猪儿。如果再生一定要抱儿上海岛。虎怕海水吃不了孩子。又有一天，有个医生经过门前，见这媳妇面色灰沉，断定有病，便叫她不要听信盲人骗子的胡言，并且叫她丈夫上山去挖一种草药，熬汤给媳妇喝。她丈夫照办了。这媳妇吃了十个月，毛病好了，并且生了一个白白胖胖的儿子，也不再晕过去了。这药草没名，因孩子的父母视其为"宝贝"，再说产妇又平安，便名之为"贝母"。从此，一传十，十传百，此地遍种这种药材，它也成了名药"磐五味"之一。

至于玄参，想必也不乏佳话。只是限于采风的时间过短，地域不广，关于玄参的佳话没有得手，有待今后再加发掘。

这类药物传说是地方风物传说的一种，看来它起源较早，大约始于人类早期偶发性的医疗活动，并且多与药物的药性、形状、特点等相结合，但也有不少虚构的情节，借以表现社会生活内容和寄托作者的理想、愿望。它们无不具有一定的知识性和趣味性。

"药材之乡安如磐。"山区民众虽地处穷乡僻壤，交通不便，然而由于他们世世代代在山间繁衍生息、劳作垦殖，热爱这一方热土，从而创作出许多优美动人的传说故事，从中也可知山中的药物不但可以应急，而且能延年益寿，使山民一派其乐融融！

山里寄来的一张照片

嵇亦工

收到照片的那一刻，我正坐在十三层楼那间呆板而又苍白的办公室里。深秋晌午的暖暖阳光，从铁框嵌着的五厘米厚的窗玻璃外面照射进来，使得办公室里充满了缕缕燥热的气息和回忆。

虽说信封上没写姓名，可我知道，这一准是他寄来的。从遥远的磐安大山里，从那个名叫尖山的山水清秀、风光旖旎的山村古镇寄来的。

照片只有一张，六寸见方，彩色的，是用那种普通的傻瓜相机拍摄的。可不知为什么，横看，画面是倾斜的；竖看，依旧是倾斜的。也许拍摄的那一刻，他正被那种红红的琼浆玉液滋润得神旋意晕、身倾目斜了。

照片上围坐着一圈人。有山里人，也有城里人。城里人是来山里体验生活的，山里人就拿出他们特有的番薯、花生、毛栗、干菜以及籼米酿成的红红的美酒，让城里人体验。

而这一切都是由他一手安排的。是他领着城里人走进深山更深处，是他把城里人带到一片布满大小卵石的开阔峡谷，他让城里人背倚苍翠群山，面对清澈泉溪，头顶蓝天席地而坐，尔后他把山里人的生活全部搁在了城里人的面前。

他率先端起一碗红红的浆液，为城里人的到来而庆祝，随后一口饮了下去。那干脆的动作、爽快的秉性，就像横空出世的峭崖，奔放而又豁达，让城里人见了好一阵感动。

城里人坐不住了，他们多想感受一下这里的生活，尤其是照片里的那个剃着平头、身穿背心的城里人，脸庞通红了，眸子放光了，不知手舞足蹈地与别人高谈阔论着什么，抑或是怎样生活，抑或是怎样体验生活。

大概也就在这一时刻，他走出了人群的包围，立在一旁，用傻瓜相机拍下了那一圈人，以及那个剃着平头、身穿背心的城里人醉态迷蒙、憨容可掬的傻样。

当红红的太阳从大山的肩胛缓缓滑落进泉溪的尾端，城里人立了起来，带着满腹大山的生活离去了。而他却留了下来。他不能像城里人那样轻松地离去，他知道，他是大山的儿子、大山的根。他只能匍匐在这深深的山谷里，讴吟着自己的生活。这生活是他所经历的，也是他所熟悉的，有多少风霜雨雪、酸甜苦辣，他心里最清楚。

他仰卧在一缕斜阳里，向着远去的城里人挥动着手，城里人也朝他挥了挥手。就在这时，那个剃着平头、身穿背心的城里人，心灵深处倏地闪现出一抹光焰，像山枫一样赤烈，似泉溪一样亮丽，那是生活折射出来的人性的光辉。由此，时空在这一刻定格，光阴在这一刻止步，人间的真善美在这一刻袒露无余，相伴随的是那永在的青峰和不绝的流水……

此时此刻，我正细细审视着这张照片。画面上那个剃着平头、身穿背心的城里人仍在述说着什么。我仿佛从那颤动的双唇中，听见他在大声说：

"认认真真地'生'，实实在在地'活'！"我不觉一笑，眼前又浮现出那片峡谷。

其实生活就像这张照片，横看竖看都是斜的。倘如生活方方正正，平平展展，体验起来就会没滋没味了。

照片上没有他。他在给那一圈人拍照。我已经记不清他的面容了。只朦朦胧胧地记得，他五官端正俊秀，身材不矮不高，今年三十出头，属蛇，比我小一轮。他叫周斌龙。

将照片寄来，却没写一句一字，他大概以为我是不会回信的，我想也是。真正的朋友就是如此，不思量，自难忘。不过我还是写下了这篇短文，以此来思念他和那座山峡。我想对他说的是：长相思，在磐安……

卷　二

真山真水真磐安

莫小米

如果你手头正好有这么一笔钱，如果你的时间足以出远门，如果你不怕签证麻烦，那么，去瑞士；如果你一时拿不出这么一笔钱，如果你没有可以出远门的时间，如果你怕签证麻烦，那么，去磐安。会不会搞错啊？没有，因为仅就山、水、空气的纯净度而言，瑞士和磐安，是可以相比较的。

重重叠叠的青山中间，流着的弯弯的水叫文溪，弯弯的水环绕着的，是小城磐安，小城磐安红顶屋子齐齐簇拥着的，又是一座碧绿小山。我曾在那小山上住过，它叫花台山。同行的一位先生，上了花台山，哪儿都不想去了，美美地睡足了两天。

磐安地处浙江的中部，这些年人们习惯了上天入地寻找风景，去过了浙东的海岛，去过了浙西的大山，唯独浙中的小城磐安，问你，问我，问他，去过吗？没有，都没去过。

其实现在去，很方便了，自驾车上杭金衢高速，到义乌出口下，过东阳的横店，两个半小时，你都感觉不到山路弯弯，就是磐安了。

最休闲最惬意的，要数花溪，花溪离县城只有几千米。走进幽静的大盘山谷，走过一座廊桥，你肯定会停下脚步，那些红红绿绿的布草鞋，看得你眼花缭乱。一会儿你就知道它们的用场了。

换上合脚的布草鞋，下水。溪水不稀奇，小时候在夏日的杭州灵隐寺周边玩得多了。但一般我们见识到的溪流，总是布满大大小小的鹅卵石，深深浅浅，高高低低，底下还有泥沙，就像那条名叫青春的河，走的人一多，就淌成了浑水。

花溪不一样，花溪是独一无二的。它的河床平展得像桌子，像玻璃，像一席豪华大地毯，湿润的土黄底色，勾勒着黑色的大理石花纹。宽约十米，一铺三千米。冷冷溪水从脚背漫过，犹如闲庭信步。

到了大盘山顶，我们才知道了平板长溪的来历。那里有两个大小不等的火山口，一亿多年前的某一天，性格温婉的地球发了一次小小的脾气，积郁多年的熔岩喷薄而出，顺势而下，待到心情冷却时，就成了我们看到的美丽花溪。

距离县城四五十分钟的车程，有个坐落在山坡上的村落，叫石下村。石下村人好福气啊，随便接一口泉水，都比我们背包里的瓶装水好喝。平时坐腻了，如果想走点路，就从石下村出发，前面就是百杖三叠瀑。

就旅游产品来说，它只是个半成品，路没有完全经过人工修缮，时而石阶，时而樵道，有时得登攀，有时得涉水。不知你的喜好，我就偏偏喜欢这种不加包装的山水。将近一个小时后，我们来到百杖三叠瀑。正在深潭边仰头观望时，我们的向导说："现在有两条道可以上去看另外两个潭，一条坏路，一条好路，你们要选哪一条？"大家意见不一，为了安全起见，选了好路。拨开茅草，抓着藤蔓，沿崎岖窄路攀缘而上——这就是好路吗？

好路总算来了，约一米宽，大小卵石随意拼接，石缝里草长得茂盛，每块石头都是有生命的。这是古代的商贩走出来的路，叫作磐金古道，是从前磐安到金华的必经之路。走到天边，转个弯，再走到天边，真是"长亭外，古道边，芳草碧连天"的景象。我的母亲是台州人，曾听她说翻山去金华读书，这些石头上，是否遗落了她的脚印呢？磐安是"九山半水半分田"，游玩的好选择多多。你若平时太忙只想休闲，可选择高姥山旅游区，森林、溪流、飞瀑、深潭，一个也不缺；你若对人文景观感兴趣，可去大盘山山麓梁昭明太子隐居过的昭明院，以及高姥山附近的婺州孔氏南宗的孔氏家庙。

磐安还有一宝，或者说一谜，是始建于宋、重修于清乾隆四十六年（1781）的古代茶叶交易市场，这座木结构建筑，至今保存完好，飞檐、彩绘极其精美。古茶场位于海拔五百米之上的玉山台地上，因为路不太好走，我就不多说了，真感兴趣的人，问着路去吧，包你不虚此行。

另外，吃的东西，我就不必渲染了，真山真水出产的，还用多说？

古茶场听雨

孙昌建

人到中年，旅途中一见钟情的概率越来越低。即使有钟情山水的时候，大多也总是在匆匆赶路，能够让人坐得下来看风景的心情和时间几乎没有。有时我们也会大叹"好山水"，但随即拍拍屁股就走人。不走又能怎么样呢？古人是拍遍栏杆寻寻觅觅，而我们呢，一生都在匆匆行走。

不过凡事总有例外的。在浙江中部的磐安行走的那天，刚好是台风"卡努"要在浙江登陆的那一天。早上从磐安县城出发，走的是往绍兴新昌的公路，一路风雨交加，人心思归，很有点逃亡的意思。直到我们到达玉山马塘村的古茶场，才突然觉得有点不想走了，停车坐爱古茶场，一片绿茶寓新意。

可能因为我小时候在茶场生活过一阵子，所以对茶场抱有一种特殊的感情，只要一想起茶场，好像总能闻到空气中那样一种绿茶的清香。玉山古茶场是一座破败的房子，有一个四方的院子，有天井，天井里下着雨，我们坐在木凳上喝茶。我不知道这是一种什么样的茶——这是以前的我们注意力经常集中的地方，就好像有些人很关注自己和别人穿什么牌子的衣服、开什么牌子的车子一样。但是在那个台风天的中午，我们就坐在那里，喝着茶，看着雨，听孔夫子的第七十六代后裔孔令维先生讲述茶场的历史，这个时候空气中有一种古老的气息，好像连台风连雨也是从古代一直延续到现在的。此景此情，久未写诗的我也开始在心里修辞造句了：

> 一场从春秋开始下的雨
> 下到了宋朝柔软的身上
> 这一杯叫玉山的茶叶呀
> 让我沉浸在人生的某个中午……

玉山茶场在宋朝时就有了。如果追溯到更早一点，会提到晋代的一位叫许逊的道士，可能就是在某一天的中午，许逊跟我一样匆匆路过玉山，而当他看到漫山遍野的茶树时却迈不开脚步了，因为当地的百姓还不太懂得先进的制茶工艺。也许当时的道士就是先进文化和先进生产力的传播者，许逊就这样在玉山留了下来，和茶农研制出了一种叫"婺州东白"的优质品种。"婺州东白"后来被收入了"茶圣"陆羽的《茶经》中。后来，"婺州东白"就成了贡品，再后来，中国古代体制下的茶叶收购交易，便在玉山有模有样地搞了起来。至少，我们从今天的古茶场里还看到了"奉谕禁茶叶洋价称头碑"等遗迹，包括药材和粮食收购等的碑文，而这些碑文都是清乾隆年间立的，距今已经有两百多年的历史。两百多年是什么概念呢，用绕口令的方式回答，即爷爷的爷爷的爷爷。

风还在刮，雨还在下，风雨中的古茶场显得异常的真实可触，海拔五百多米之上的空气，可以说是"天然氧吧"了。当我们小心翼翼地走上茶场的楼梯，长廊四周是客舍和包厢，地板多半已经腐烂，从楼上看天井，已经很有一种居高临下的感觉了。据说，以前天井里还有戏台，凡春秋两季，这里都有聚会演戏，可见在当时的磐安、当时的玉山，商业的气氛、文化的气氛还是非常浓郁的。茶场隔壁的茶神庙，则是为了纪念许逊而建的。这座庙非常独特，老百姓敬拜的不是普通的菩萨、佛祖，而是给他们带来实利的那种"神"。听玉山镇党委书记介绍，现在每逢民间的春社和秋社，百姓都要祭茶神，而且还有民间的集会，东阳等地的舞龙队也要赶过来比武，就像真正的过节一样。

可能是因为我来自杭州，"茶为国饮、杭为茶都"的口号我是熟悉的。杭州人现在喜欢的休闲方式之一便是去茶馆喝茶，包括去梅家坞、龙井村喝农家的茶，只可惜，龙井村也好，梅家坞也好，也都是旧貌换新颜了。所有茶的历史都在中国茶叶博物馆里，而中国茶叶博物馆也是很新很新的，据我所知，那里面还没有记载玉山古茶场相关的历史。但这恰恰证明了玉山古茶场的价值，那就是原模原样，那就是完整地保留下了中国古代茶叶交易的一个标本。

一个标本，也许还需要修葺，更需要珍惜。年代久远的历史，只是一杯陈茶而已，更多的时候我们需要的是一杯新茶；而这杯新茶，又是从古老的土地上生长出来的。

> 那是从春秋开始下的雨呵
>
> 下到了玉山古茶场的21世纪
>
> 停车喝茶廊前听雨
>
> 然后我们又继续出发
>
> 那长长的盘山公路呵
>
> 也好像一片茶叶
>
> 从高处慢慢地沉浸下去……

磐安六章

卢文丽

小 城

将浙江地图对折两次，仍然可以发现，这座小城位于地图的中心。

如果汽车不带你前来，你仍然不会亲近这座小城，虽然它离你其实并不太远。

你陡然发现自己来到了一个美丽新世界：盘山公路像起伏的银线，绣在青绿色的丝帕上，你呼吸以前所未有的清爽，你的思绪向四面八方飞散，直入白云深处。

当夜色降临小城，干净的月光下，街心公园有居民聚集。他们有的牵着手漫步，有的跳着古老的舞蹈，舞者慢慢地旋转，他们的衣袂也跟着旋转，音乐旋律加快，衣袂像鼓满了风的帆，朝气蓬勃地展开，像在演绎一个曲折而离奇的故事，一个让人倾注长久热情的故事。舞蹈者的心态，想必是有着看破红尘的淡然，仿佛一座小城隐秘的历史。

干净的月光下，你也看到一些和你一样形单影只的人。那些目光清澈的人，那些若有所思的人，他们的背影缓慢而坚定，像暗夜里离群索居的星星。

这座以高山小京生（花生）、香菇、药材、茶叶而闻名的小城磐安，就这样浮现在你的记忆里。

花　溪

一路包围你的，总是连绵峡谷、纵横溪流，总是奇峰异石、深潭林瀑。

千米平板长溪，清秀得历历在目。河岸鲜艳的绿，衬着河底清澈的水，滋润灵动。溪底平整如削，一览无余，淙淙溪水恰如其分地流淌着。相传，此溪是由女娲在山上炼五彩石时，被螃蟹精翻倒的大锅里流出来的岩浆凝结而成的。

充满诱惑的五颜六色的草鞋，是走平板长溪专用的。漫步溪中的人，小心翼翼，没及脚背的溪水，缓慢得如同呼吸，不时有小鱼穿梭趾间。一路走去，目光接受小村炊烟的滋润，脚心接受千年河床的按摩，那种被自然揽在怀里的舒坦，化成无邪的笑挂在脸上。

春天的花溪是细腻的，像心底的爱恋涌出了双眸；夏天的花溪是清澈的，像喁喁的私语一般动听；秋天的花溪是荡漾的，像娴静的女子纯净的呼吸；冬天的花溪是执着的，像无法阻绝的问候绵绵不息。

难怪有人赞：此地风光三吴无，平砥清流世间殊。

难怪只有到过花溪，你才能体会到自身消融的乐趣。

七子花

还是忍不住要讲述和它的初遇。

那时，你正不知疲倦地漫游在开满野花的小径上，漫游在枝条柔曼低垂的果树下，漫游在清风骀荡拥抱的泉水边，漫游在一座山峰与另一座山峰之间，心猿意马，气喘吁吁。

突然地，就遇上了它，它飘逸的曲线和绚烂的色彩，毫不犹豫地将你的视线俘获。

它的树姿优美，灰褐色的树皮呈片状剥落，纤小的花朵白而芳香，而你正好赶上了它的花期。它的身上挂着小小的牌子：七子花，忍冬科单种属植物，濒临灭绝。

无休止的阳光继续扑打着你，在若隐若现的青山与飞瀑之间，你的心中竟有了初恋般的悸动。

那样的美，仿佛一直存在，仿佛盛开在光阴背景上的诺言。面对这骤然降临的幸福，你仿佛面对一朵沉默的火焰。

世间美好之物，如此匮乏，而你差一点与它失之交臂。错过美的人，就永远错过，就像生命的羁痕，再也不会在同一个顶峰交汇。

它是独一无二的。多少年后，你仍会向人喃喃述说。

庄稼地

经过庄稼地的人，是快乐的。

庄稼静静地立在黄昏里：茄子、毛豆、生姜、南瓜、番薯、玉米、芋艿……仿佛不同军种的士兵，一律挺拔、明亮。

庄稼地秋日的光线是悠闲的，仿佛高山上的湖泊，它的悠闲是明亮而没有心计的。一位忙碌的农人，脸上的沟壑和被烈日暴晒的背脊，是庄稼地最好的注释。

板栗已经挂枝，山楂已经结果，猕猴桃已经成熟，就连农户门前晒晾的香菇、人参、白术、天麻、玉竹、玄参，一律是质朴而安详的。

一片又一片被侍弄得生机勃勃的庄稼地，传递着岁月充实沉稳的气息：为什么山芋青翠的叶片长得像荷叶？为什么玉米的光芒比金子更耀眼？为什么清新的生姜田让你感觉亲切而温顺？为什么南瓜无所顾忌的藤蔓纠结显得如此相思？

新鲜的庄稼地，让你全神贯注，无思无虑，让你捕捉任何一丝可能将你触动的东西，像是从记忆漫长的昏迷中醒来，这个过程自在从容，如同一切本质的显露。

你想，你经历过什么，所以知道应该拥有什么；你想，被田野山风亲吻过的人，才会更坚定地站在属于自己的岗位上；你想，你带着庄稼地的气息和姿态，像带上驾照和通行证，穿越熙熙攘攘的岁月。生机勃勃的庄稼地，清爽饱满、独一无二，每当小风拂过，就会发出热烈的欢呼和歌唱。

经过庄稼地的人，是有福的。

百杖漈

翻越无数盘径古道，终于到达它汹涌的底部。

这里的山峰苍凉浩瀚，这里的石壁凌然威武。在峭壁之上，飞花溅玉的瀑布，排山倒海的瀑布，像无数根金链将天空和大地连在了一起，那么热情磅礴，透出真正的侠骨柔肠。在飞瀑之上，一泓清澈的池水，像群山间一颗翡翠的心，呈现出动与静的对比。

这样的水边，你一定要心满意足地坐上一会儿。弯下腰，掬一捧清泉入喉，沐浴清润的山风，洗去一路风尘。

这样的水边，你一定要甩掉鞋袜，赤足浸在水中。那直透心扉的柔情，会让你百感交集，让你觉得世间万般风景，只由你一人消受。

这样的水边，你一定要用单纯热情的双眸，深深地凝望它，别再顾忌溅身的水花，像凝望一生中最重要的人。

这样的水边，你一定会感到天地的辽阔，却并不觉得自己渺小。

无论何时，你心潮涌动的节奏和它荡漾的波纹，永远是一致的。

先　祖

荷锄木柄不须长，觅种灵山别有方。

种得云中双白璧，琢成瑚琏献君王。

这首题为《灵谷锄云》的古诗，是一位叫卢琰的人写的。这里是群山之祖，这里是诸水之源，这里有可以让人静心的风景，曾吸引昭明太子萧统、诗人陆游来此结庐读书，也曾吸引你的先祖来此隐居繁衍。

一个大雪封山的日子，越国公卢琰挟后周柴氏遗孤蕲王柴熙诲，从东阳方向匆匆来到灵山。为蒙蔽官兵，他将靴子倒回来穿，在雪地留下向山外行走的脚印，方才逃过劫难。卢琰字文炳，后周世宗柴荣时，被封为"荣禄大夫上柱国赞治尹开国上将军"，享有"食禄三千七百户，赐金绯鱼袋"，与赵匡胤二人并称周世宗之"股肱"。

陈桥兵变后，赵匡胤黄袍加身，并下令诛杀后周世宗的皇子——纪王和蕲王。宫廷上，唯有三朝元老卢琰挺身而出，冒死进言："昔尧舜授受不废朱均，今受周禅，安得不存其后。"赵匡胤见卢琰脸色铁青，双目圆睁，只得暂时将两位皇子追回不杀。为留柴周一脉，卢琰暗中将蕲王柴熙诲抱回府中抚养，收为义子，改名卢璇。

宋太祖赵匡胤对卢琰官封极品，爵位国公，卢琰对此却看得极淡，内心依然对先朝皇帝忠贞不贰。为此，他向赵匡胤提出归农的想法。开宝元年（968），宋太祖见挽留无望，亲作《御赐功臣卢琰致仕赠别诗并序》，云：

朕以卿尚书卢琰，老成历练，欲藉以弼成至治。卿乃起空谷白驹之想，为林泉自适之谋，难为强留之计。然君臣之分，恶可然，故赐汝以诗，以光来裔。诗曰：

袖手长才世路轻，爱闲那肯鹜荣名。

挂冠便欲辞丹阙，策杖还归老故城。

适意不论三仕喜，传家惟有十分清。

林间佳趣真恬退，好向廉泉自濯缨。

诗中流露了欲留卢琰无计的惋叹。

获准归农后，卢琰如与永康人、柴世宗驸马孙惟恩一起，率全家老小，挟蕲王连夜出京城，过临安，来到灵山下。卢琰见此地峰峦叠翠，环境幽雅，正合自己躬耕垄亩之念，便定居下来，并将这个地方称作"朵山"，音同"躲山"，中华人民共和国成立后改为"大山下"。

据《大山卢氏宗谱》谱序载：

越国公始居汴，为后周工部尚书，有政绩，禅宋后迁居婺之灵山，灵山者，卢氏发祥之地也。自越国公而上皆缺而不书，古籍无所稽，略其所当略也；自越国公而下，支派世系近而可考，详其所当详也。

这段文字记述了越国公迁居灵山的史实。

卢琰生有八男一女，他将女儿卢锦许配给了蕲王，隐柴为卢，列作九支，这便是"九支卢"的由来。为使赵匡胤彻底放弃对自己的牵制，他让儿子们和地方官上奏自己已亡，宋太祖信以为真，派使臣中书省侍郎来灵山凭吊，还举行隆重的谕祭。祭文曰：

> 窃维卢琰历事吾朝，累建劳绩，于时有年，嗣朕在位，实公匡辅，忠义可嘉，方期上柱国家。岂意盍先朝露，讣闻不胜哀悼，今特遣官谕祭，以示异恩……

由此可以看出赵匡胤对卢琰之评价甚高。

卢琰"义不臣宋"的侠肝义胆，为后世所传扬。他不仅是忠义之人，更是深明大义之士，从最初"不食宋粟"、冒死保护留下柴周一脉，到后来转变对宋室一统天下的看法，使"九子具将相之才以备朝廷之用"，还建塾延师，开发灵山，造福百姓。

太平兴国元年（976），宋太祖驾崩，卢琰赋《横山晚笛》一首：

> 牧童牛背日将醺，短笛摧残几片云。
> 莫道山中无宁戚，重歌白石忆明君。

一位老臣对明君的缕缕思念之情，溢于言表。

雍熙二年（985），卢琰病逝，葬于灵山南麓。

你没有去瞻仰灵山下卢琰的青冢，也不知道经年的月光怎样照着那个"大山下"的叫作"耕读世源"的村庄。你曾在东阳老家上卢村支书、大伯卢祖元的家里，目睹越国公卢琰的画像，画像上有题字"宋封越国公显德元年御赞"，记载了皇帝的高度评价："卿貌而古，卿德而丰，抚下事上，以仁以忠，噫斯人也，媲美乎伊周之风。"一代名臣的胸怀和人品，可见一斑。

"记取碧纱笼古璧，莫叫白眼视书生。"安息吧，灵山的先祖。

磐安三踏

彭　芹

小　引

悄然的初秋。

树叶从浓绿开始变老，变黯然。知了的叫声也已经淡漠。

在这个微妙季节里，整个浙江都在台风的能量中时刻紧张着。

台风已经将浙江沿海的城乡推入如履薄冰的境地，处处都能见到"战胜自然""筹划未来"的影子。虽然人类的强大没法和沉默的自然规律相提并论，但我们仍乐此不疲地努力改造自然，并将之视为与自然之间的最频繁的对话。

打开网页，用搜索引擎搜索一个叫"浙江磐安"的地方。网页没有多少东西可看，但它的每个解释都是透明的，无可挑剔的。

磐安的意思是"磐石之安"，很稳重的意思。没有滔滔的言说，没有醉醺醺的华彩，有的是哲学的俭朴与深奥，以及自然的复成与酣乐。听说，它除了是一个被称作"九山半水半分田"的山区县外，还是一个有着旖旎景色、清澄天空、微甜水系的风光世界，既是大量古代隐士的向往之地，也是现代人复归平静的理想生态之乡。

让人欣喜的是磐安的尚未知名。有时，一个地方出了名，便成了游人蜂拥踩踏的俗地。那情形跟噩梦差不多。

此时，磐安就像一个未出嫁的女儿一样，可爱，从容，淡定地靠在浙中母亲的怀抱里，取悦着我们这些生活在城市里头脑日渐枯沉的现代人。

有了这些理由，还要什么呢？

在杭州市作协及磐安县文化和广电旅游体育局的安排下，我们很荣幸地先行前往磐安看个究竟，探个虚实。

踏水寻幽

9月9日下午。平板花溪。

千米平板花溪位于大盘山国家级自然保护区，从磐安县城驱车半个多小时即可到达，路修得也还不错。两边的风景显示着村落的稀疏以及脱贫后农居房的挺拔风姿。可闻山间溪流的叮当作响，可见苹果树、核桃树、野山楂树、柑橘树上伸手可触的累累果实，小鸟栖息在榆树上啼鸣，傍着机耕路的草丛里生长着草莓、狗尾草、黄花紫菀、番薯、洋芋芳和叫不出名字来的鲜红浆果等。雏菊盛开在农田的两边，老牛带着小牛悠然地在路旁散步。所有一切构成了一幅妙不可言的乡村野景图。

整个夏季，这里都是清静的。虽然致富口号张贴在泥墙上，农民的房前屋后晾晒着成片的天麻、玉竹、玄参等药材，证明他们并不完全超脱，但一到这里，我们还是感觉到了一种慢慢的、拉长了的时间之美。山里特有的缓缓的生活节奏，让心灵变得静默和细腻。

初入花溪，不知深浅，以为是一条浙江山区里常见的翩然而下的山中之水。仔细观察，才发现这条溪流与我以前所见的有着绝对的不同之处。

它很浅地哗哗地流动着，整个河床是由一块巨大的连成一片的火山熔岩石组成，光滑，平整，没有什么坑，也没有陷阱。潺湲的水流在上面就好比乱颤的绸缎，恋枕依衾，跳荡无休，随着两边的鸟叫及丛林里各种不明声音一起，静静泄入人的心底。

如果一个人坚持要跟山间水流结交，那么花溪大概就是最好的亲密接触之地。想想几亿年前，山顶的火山口崩发出的岩浆冲刷着这片河床时，火红的熔岩似狂野的公牛一样猛扑而下，多少生灵涂炭啊！时过境迁，岁月无痕，昔日的岩浆早已经变成一块温柔的谷底河床，每时每刻都被花溪洁净的水轻轻地洗沐着，抚慰着。自然的造化之神奇令人不得不服，不得不敬畏。

赶快向一旁的农妇租一双自制鞋，穿上它，踏水而上吧。我看到《杭州日报》尊敬的莫小米老师已经小心地换上了水鞋，很优雅地卷起裤腿，准备下水了。

红红绿绿的化纤布做成的粗鞋一挨上水面，顿觉刚才令人微微出汗的暑热消失了，从脚趾往上渗透的凉意实在难以形容。

那何等有趣的和谐与快乐，那何等饱满的欢愉与松弛，都在水里被一点点地融化了。

远处是山绿作障，近处是云气隐显。沿着溪水走，脚步变得挪移紧缩，左右晃悠。水漫过脚面，除了凉意还有一种搔首弄姿的软媚，入骨三分。水穿越石缝时作一个个婉转的小圆旋涡状，溜溜地直打滑。人在溪中行，一不小心还会摔倒，必须要腾出两只手来时刻提防着才行。

风从山顶的火山湖吹来，夹杂着野草闲花的香气，直醉人心的最底层。两边茂密的山林里传来鹧鸪的动人叫声，像自然之乐。低头一看，水中小鱼儿何尝不是一群"仙风灵胎"呢？再也没有任何东西比脚下的水更不会骗取人的信任了。它们美得一丝不假。所有愉悦都是由心而生，不再是头脑的任何复制或假设。

曾经在磐安度过三年的南宋四大诗人之一的陆游有名句："家住苍烟落照间，丝毫尘事不相关。斟残玉瀣行穿竹，卷罢黄庭卧看山。"

顺境时入世，乱世则隐居，是古代名士的人生必然走向。山与水本来就是一对恋人，它们不关心国家大事，不关心世事沧桑，不关心人我是非，它们只依四季而长，依天而生。

人其实是很简单的，头脑里再复杂的"机械装置"也不能隐藏性情中对"自然"二字的膜拜。如果不是生活在拥挤的城市里，我们就不会轻易被山水打动。

喧嚷的城市让我们有一种头疼欲裂的破灭感，那么来到山水里，让烦扰统统消失殆尽吧，让心灵安宁、平静，生机勃勃。由此平衡才会真正产生。

现代人太需要这种回归与平衡了。

花溪的水完全可以洗涤疲劳，洗去人内心的杂乱无章。它有真味，它不需风尘的靓妆，也不需多余的衣饰。所以走在花溪的中部地段，我们看到其中有一段人工添置，据说是某集团花钱修饰的紫藤长廊，虽然做得精巧，但没过多久长廊上的紫藤便被狂野的山风吹得不见了踪影。

"照眼欲流"，本是有它特殊的情韵在此，规律使然，人就不必再自作多情地按照自己狭隘的思路去妄图设计什么了。

我们生活在一个求胜的时代，人人都要挣钱，人人都要消费，唯恐落后，自然给人的静心不再有。

有什么办法可以忽视这些呢？

花溪水以它最和谐、贴切的方式告诉我们，几千年、几万年流动着的洁净之水，是圣水，不要去惊动它，改变它，就是最好的保护，最好的投入。

踏石觅趣

9月10日上午。徒步百杖潭瀑布。

从磐安县城出发，驱车约一小时可到龙岩溪旅游区的一个停车点。因为主干道正在建设与修整中，我们只好取道另一条路，很不好走。雨后塌方造成的坑洞使得车子不断地颠簸。没到景点，我们就下了车，导游说必须步行到瀑布，至少再走一个小时才能到达。

下了车，我们直接暴露在肆无忌惮的初秋阳光下，毫无遮挡。乡间的机耕路上有一个个硬斑，好像是干透的伤痂。不时有尘埃满面的卡车、铲车开过，使周围的树草蒙尘之余，也在告诉我们开发这一带景区的重要性和迫切性。

人类因为发明了汽车，所以放弃了自己的双脚。

没有路，就没有多少人会走着进入景区，也就推动不了风靡一时的休闲运动的发展。毕竟主动来受苦的人少，除了真正的自然主义者，或者徒步爱好者外。

任何地方都在变得不像它原来的自己，它们正在迅速朝着陌生的、统一的方向变化与延伸着。这是大势所趋。城市的乌托邦式的精神在乡野其实并不适用。

沿着山往上走，在右边，在森林的碎石小径上，情况突然就有了转变。

这真是条绿色的充满野趣的山间小路。其境界俨如一块天开的国画，虽有着雕琢的完美，却不见一点人工的匠意。为什么要修一条青石板与鹅卵石铺成的徒步路呢？与脚底摩擦的细砂路足矣，足可抵挡雨天的路滑了。

酷热的阳光被橘子树、柳杉、银杏树、马尾松、板栗树、竹子等散发着清香的植物挡在了外面。我们仿佛进入了一个长满旺盛野树的清凉世界，空气中顿时没了尘埃的味道。刚才我们还头晕目眩呢，这会儿突然变得意识清醒、精神焕发了。

手机的信号已经完全没有了，意味着现代生活正在离我们越来越远。山高林密，无羁无缚，想走多快就走多快。如果热了，渴了，身边的清泉可供洗脸，直饮。如果烦了，累了，泉边的石块可供休息，甚至打坐。

有一名泉，曰"冷泉"，淋漓的泉水从大石块的缝隙里渗漏出来，并被严实地遮蔽着，手伸进去撩拨一下水，果然冷得出奇。拿这样的水泼面洗脸，再是骄阳下的徒步都不会让人觉得是一件苦事，而所有的疲劳与烦躁顷刻便化作水珠飞坠于石头之外了。

徒步的意义就在于奉献自己的体力。体力的消耗有利于精神的滋养，尤其是在这样尚比较纯粹的山水自然怀抱里。

当地农民带领我们踏上了颇为刺激的"石头之旅"。在一块接着一块的巨大的石头之间，我们靠着双脚与双手艰苦地攀爬着。完全没有路。

好几次要掉入石头下面的溪流里，都是快速反应之后立即跳跃到下一块巨石上，跟野生动物一样，在摇摆中保持着身体巧妙的平衡。

平时里久不运动的脊梁骨仿佛换了一根似的，急忙忙地舒展开来，为久已沉重的身体提供着意想不到的帮助。原来身体就是一座生了锈的钟啊，擦拭一下便立刻能行走自如，还越走越精神，平时的慢性疾病在那个时间里全都不见了踪影。

在一条三尺来宽的溪流挡住去路时，我索性穿着球鞋直接踩踏而过。球鞋湿透了，水漫进了袜子，将受伤的脚后跟浸渍得生疼，但我一点儿也顾不上了。因为，这就是一种我最向往的简单，不是我们平日里常说的"麻烦"。

经过将近一个小时的徒步攀登，我们终于在曲折的转弯角落里看到了飞流直下的瀑布。

令人难以置信的是，高约五十米的百杖潭瀑布哗哗地倾泻着雪白的水珠。走近时，会有扑面的水汽把人的整个身体给蒙住。实在太壮观了。

瀑布下的水潭深不见底，碧绿，明净清灵，藏而不露。潭边的石头也是大得惊人，一块块稳稳当当地立在边上，几株山毛榉树循规蹈矩地为正在石头上纳凉的游客遮蔽着秋日的艳阳。

不管什么样的危险都无法阻止我们前行了。

我和一名摄影师以及另一名女记者一起，冒险去攀登瀑布的上头，探看离天空更近的第二、三个瀑布眼。沿着大瀑布，在掉落的松树枝和扎人皮肤的茅草铺成的小路上，我们艰难地往上攀登，小心翼翼地挪着步，脚下的石头常常被我们踢入深不见底的约五十米高的瀑布的水里，如果头脑一晕眩，那么我们也会跟石头一起往下摔得粉身碎骨。

美丽总是藏在危险之中。这是我一贯的认识。

爬约二十分钟，我们终于跳到了最后一块磐石上。眼前猛一亮，定住。我们惊呆了。这就是瀑布的上眼吗？风情万种的第二道瀑布下的潭水，深邃，清冽，碧绿，凉意袭人，真实得令我们不敢相信眼前的画面竟是在人间。

景象真的是完全变了。每一片树叶，每一块石头，每一片潭水，都在这秋日的阳光下熠熠生辉。还有什么东西能比这潭水静卧在秋天的下午里这么美丽、纯洁与博大呢？太阳成了最好的工具，对着潭水一通猛晒，然后产生的蒸汽再飘浮到空中，在子夜悄悄地回到潭水的表面。这样的良好循环，我们虽看不到，但能真实地感受到。

伸手去抓一把潭水，捧在手心里，刚才浓绿的颜色一下就没了。风偶尔从水面上划过，也没有激起多少涟漪。水到底有多深呢？当地的导游告诉我们，大概有六十米。

在那么高的瀑布眼上，看着天空、水、阳光、山石和石上的青苔，人好像有点半梦半醒似的，四面的山还是那么陡峭，但心已经像轻风一样在潭水上飘荡了……

人类是多么富有啊，不是富有金钱，而是富有这眼前的山光水色，富有在能够时不时让身体每个细胞都沉浸在温暖舒适的阳光之下，富有在山那边还有一大片在当地政府保护之下的黄杨林，富有在深山密林里不时出没的各种野生动物。

然而，离开瀑布，我们往山下走，看见筑路的砂石被工人们往山下随便一倒，压死几多无声的植被。推土机的狂热意味着将来旅游业的狂热。不久的将来我们再来此地，也许不会走得那么辛苦了。游客们可以直接将车开到停车场，享受便利的服务的同时只需走一小段的山路即到山顶，当然所获得的，也就是略多于在城市里的宁静，与真正的徒步穿山越岭的意义相比不知要差多远。

不能说景观设计者有错，他们在实践的正是多数人的理想。栈道，天桥，青石板路，木纹的扶手，宽敞的停车位，等等。改变是很容易的。要保持原貌则太难了。所以当地政府提出的"生态旅游"的观念实在是一种非常及时与明智的考虑。

生态旅游是一个概念，需要当地人在他们熟悉的生活平台上建立起一个与环境相协调的旅游方式。

磐安县县长意味深长地说："有时发展与保护的确是一对矛盾。"

他的话里透着一种坚定和淡淡的无奈。所以，真心地希望磐安能从容地将这对矛盾协调得漂亮。

踏古知今

9月11日上午。玉山古茶场。

人们对一个地方的尊敬往往从它的历史开始。磐安最著名的文物古迹当数陆游遗址、大盘山昭明院、孔氏婺州南宗这三个地方。其中孔氏婺州南宗曾经屡发争议。现经专家学者的考证后，得出"婺州南宗"三分天下有其一的定论。这真是一件喜讯。20世纪80年代末曾有时髦人士提出"拆旧庙，建剧院"的主张，幸亏有广大族人的一致反对才使此馊主意未能得逞，使这一极具人文价值的古庙得以完好保存。

遗憾的是，因为台风天下雨，我们未能前往这三个地方参观，但在回杭途中，我们来到了另一个旧时代历史的记忆之处：位于磐安玉山马塘村茶场山下的玉山古茶场。

那天小天井里雨下得正密，坐在没有骑墙的厢房里，听着玉山年轻的孔书记讲述这个古茶场的每一个动人的故事。

"茶圣"陆羽所著的《茶经》中有这样的记载："产茶者十三省四十二州，婺州东白者为名茶，大盘山、东白山产者佳，列为贡品。"

"婺州东白"在当时的名气之大，绝不亚于今天的西湖龙井。而能够喝到这种贡品茶，并且是在几百年前的古茶场屋檐下边听雨声边喝，真是一种极大的心灵慰藉。

一小撮静静的绿叶子沉淀在杯底，渗透出来的茶香和微绿的茶水让人心动。杯握手里，人立刻进入一种微醺的悠然自得里。

曾经积极帮助茶农推进茶叶的制作与销售的道人许逊，已经被尊称为"真君大帝"，被塑像朝拜，每年的春秋两季，附近村镇无数的百姓前来观瞻求祈，慢慢形成了延续到现代的"春社""秋社"两个兴旺的茶场庙会。

古茶场当年的繁华还可从它建筑的华丽式样中略微地见到。虽然二楼厢房的地板已经摇摇欲坠，但四面相通的廊角处仍可见雕刻精美细致的牛腿和飞翘的檐口，天井里用卵石铺设的多种图案也显示着当年茶叶盛会的骄矜与隆重。

曾经的冠裳云集，如今只剩一道道灰白的残破的过道楼梯。当年的歌舞乐声，早已乍歇，归于全寂。走在楼上残破的地板上，听雨，闻茶香，冷意袭人，再看那积满了几个世纪的尘土的灰墙、桌椅，完全断裂的地板和不知名的瓦罐，突然感觉历史不过是一瞬间的透露和穿越，如梦如幻如泡影。

调子虽然是灰色的，但留给后人的观瞻是活生生的。因此历史也是一种清晰可查的可以触摸到的文化价值的传承。

芳华是没有例外可以停留的。我们活在当下，用心去解读这些关于根的意义所在。

很难想象，一个民族，一种文化，一种精神积淀，如果没有扎根在本土之上，后来的人将如何继续好好地生活下去？

我们之所以努力向前，正是因为有着过去勤劳的人无声的推动。

当地政府费了很大的气力保留下来的这座古茶场，其实就是"生态旅游"口号下的一个无法复制的未被污染的部分。说它是活化石也罢，说它是谜也罢，它的存在，就意味着文化价值被充分地尊重着，被充分地善待着。为了我们的子孙后代，同样也是为了我们自己。没有历史，哪来的今天呢？我想，因为有了对过去的考据，才会有对今天的合理定位，才会有更加美好的明天诞生。

暮色磐安

邹　园

　　哪里会有这样的游人，都已经临近暮色苍茫了，却兴致勃勃地三五成群开始出去游山玩水？

　　我们便是。

　　到达磐安的那天，我们在黄昏时分走近磐安的大盘山麓，这个有着"群山之祖，诸水之源"称号的美丽景区，此时远山落斜阳，小村生炊烟。沿着长长的石子路走着走着，路边就不断有归家的鸡犬奔突而过。抬眼一望，农家敞开的堂屋饭桌上已经有热腾腾的米饭和菜蔬了。一对古稀老人坐在门口，安详得很。满是皱纹的脸上是微笑的眼睛，我们走过去拉了几句家常，他们大有邀我们一同吃晚饭的意思。我们连忙客气道："不了，我们还要去看平板长溪，看廊桥，看斤丝潭呢！"嘴里这么说着，鼻子却嗅到了柴灶饭的清香。深深吸住一口，很久都不呼出去。

一转眼，就到廊桥了。这深山古道边的廊桥，伴着悠悠暮色显得孤寂而宁静。坐下，放眼望去，山色深浓，绿树茂密。山脚的野花和狗尾巴草在夕阳里闪耀。你在廊桥的怀抱里惬意着，被金色的黄昏娇宠着，心境舒畅得像一挂淡绿的绸。

廊桥附近，有不少村民背着的篓子里有用各色布条织成的彩色草鞋，哦，原来这就是游客涉足平板长溪的"小船"啊！早就听说平板长溪的奇趣了。整条溪流的底部平整光洁，无沙无石。人走其间，如履平地。还等什么？人们纷纷换下皮鞋、旅游鞋，穿上草鞋蹚入溪水中。虽说已经是黄昏，但光坦的溪底仍然清晰可见。水温适中的溪流轻抚双脚，小鱼也在趾间欢快穿梭。最使人叫绝的是，长三千多米的平板长溪里还可以骑自行车和滑水！那天，一群刚从喧嚣都市的水泥森林中来的人，在这柔和清凉的水流中徜徉来回。直到暮色遮掩了长溪的银色水波，他们才恋恋不舍地走出溪流。

才离开水，一晃又到了水边。什么地方？洗肠坑。这浓重暮色中的一汪深水，在诉说历史的往日。据说，当年昭明太子避难于此，就读于昭明学院，空闲时，总会到这一带玩。一天，他正玩得忘我，忽感口渴，去附近农家要水喝。老农指着门前的一泓清泉说："就喝这个。"太子觉得有失体面。老农明白太子心思，那泓清泉瞬间变成一把巨大的茶壶。太子不仅在此喝水，还用此水煎草药以药汁清洗肠子，而后羽化成仙。我们听着故事，就觉得这汪泉水在黄昏里格外清亮。

花溪下游还有个斤丝潭呢！原来是由直泻潭中那条气势恢宏的瀑布冲出来的。潭水深不可测，据说一斤蚕丝还不能到底。前不久有人拿一根系着秤砣的长绳索放入潭中丈量，绳索到头了还不到潭底。也有人说，济公和尚在杭州净慈寺造大雄宝殿时，在大盘山上伐下的大树就是通过斤丝潭运往杭州的。这些美丽的传说，在黄昏暮色里给斤丝潭蒙上了一层神秘的色彩，也给我们的记忆镀上了一层永久的波光。

哦，夜幕终于降临了。四周的田野一片苍茫。我们从山路返回。一位老农挑着两大捆柴草从我们身边走过。老农走远，我们蓦然一望，他好像挑走了两座山。我们议论说，在磐安这个山野之地，到了黄昏，山会更美，水会更秀，哪怕是一捆柴草，都满是诗意！

磐安感言

赵健雄

直到临行前一刻，我尚不知道磐安在哪里，记忆的地图里还没有磐安，同行者多数也没有来过。后来才知道，它的地理位置恰好处于浙江中心。

倒不是我孤陋寡闻，知道磐安的人就是不多，虽然它离杭州不过两三个小时车程。

现在，经济实力决定话语权。磐安虽已脱贫，在浙江省内仍属后发地区，它的声音因此而微弱。只有很少人知道，磐安是一个生态大县，在崇山峻岭中，更是钱塘江、瓯江、灵江、曹娥江四大水系的源头。

磐安是个形象的词，既表达了当地多山的地理状态，还喻示了一种如石头般坚定、不为世俗利益牵系而坠入污染浊流的决心，而这是所有浙江人的福分。这些年，经济发展带来的生态破坏，在一些地方达到相当严重的地步，甚至可以说，后者把前者的功业与优势抵消了。

比较之下，磐安几如世外桃源。在这里，我看到满目青山，森林与梯田翠绿相间，是一幅幅如画的风景；清澈的泉水用手掌掬起来就可畅饮，味道是甜的；村道上偶尔能与挑着粪桶的农人擦肩而过，粪臭在街头飘荡，这里仍遵循着传统的耕作方式……

传统的方式不是效益最高的，却是可以持续发展的。能够一以贯之老祖宗的道儿，是多么不容易啊。从长远来看，生态优势就是最大的经济优势。

这么一种态势已开始显现出来，以对日本的生鲜香菇出口来说，这里就占了全国出口量的大半。重要原因之一，就是其生态状况得到消费者认可。

我们没有权力让自己在城里享受现代化的好处，而叫磐安人安贫乐道。

事情的另一个方面是我们无法规避现代化带来的种种坏处，磐安人却在许多方面保持着一种安然的态度。

我们去的那个景点叫百杖潭，正在开发，领路的是个包工头，带我们翻山越岭，有的地方并无现成的道路。大家被眼前的美景吸引，都说能不能快点开发。错过今年的"十一黄金周"多么可惜！包工头不慌不忙地说，明年不还有"十一"吗？

他是磐安人，如此从容的态度让人心生羡慕。目下城里人都被如何更快更多地挣钱弄得心神不定，往往忘了生活本身的目的，那是一种多么可怜的状态啊！

忽然想到磐安这个地名就含了某种启示。

当下，我们得有石头般的坚定，才能保持一种安然的心态以待明天。

二十年后，照目下的弄法，可能会有一些地方已经不适合人居，那时磐安不但会是旅游目的地，还将是最佳居住区。

从前与现在的旅行

赵健雄

从前旅行差不多是另类的个人行为，传统的农耕文明使我们的祖先很少有出远门的需要与机会，除了进京赶考或做生意。但赶考者毕竟有限，而在古代生意人的品行一直受到贬抑。被奉作"大圣先师"的孔夫子甚至有言："父母在，不远游。"而当父母故去之后，一般人都已成家立业，男耕女织，更顾不上远游了。

在交通工具不发达的古代，旅行不仅辛苦，还几近冒险，非凡夫俗子所为，这与现在是大不一样的。

电视的出现与第三产业的兴盛改变了旅游的概念，它使出行成为一种集体行为与别人经验的重温，而距离发现越来越远。

这个世上还有什么地方，是摄像镜头没有展现过的？在屏幕上我们看到的通常是最精彩的部分与瞬间，因而实际深入之后，带来的往往是平淡无奇乃至失望的感觉。

我喜欢去无名之地旅行，而磐安百杖潭或可归入此列？虽然它在历史上也有过声名，近代以来却出于种种原因寥落了。

这是一个正在整治、准备开放的景点，其中一些项目还没有来得及清理，譬如称作龙门阵的巨型乱石堆，大大小小，分布在山涧，身手敏捷的包工头带领我们一块接一块地攀越。

实际上他是想试一试，对于普通旅游者，这能否作为一个旅游项目开发。

要通过这堆巨型乱石显然是一件困难的事情，石头往往没有抓手或踩踏处，得仔细寻找落脚的地方，有时在别人帮助下才能登上一块大石头，也有时，包工头临时往涧水中挪石头，我们才能踩着过去。

这就有了一点探险的味道，有点像是古代的旅行了。等过了这个乱石滩，我们才知道旁边有条虽然也不大好走却是现成的路。但大家都很兴奋，尽管也有人不慎踩进水里，把鞋子弄湿了。

龙门阵后有座龙王庙，过了龙王庙才是百杖潭瀑布的第三折。说是气势不如平时，但仍十分雄伟，人字形的水流贴着略略倾斜的悬崖落下来。所谓瀑布，其实是一条竖起来的河，对于那些平淌着的波涛，再宽阔人们也觉得平凡，一旦改变常态就不一样了。事物的存在方式，往往决定了它的价值。

乾隆八年（1743），天台文人齐召南来过这里，留下四篇游记，关于此地，有如下描述：

> 下又一砥，高千余仞，砥上一潭，其形如圭，广倍上口之五六，深可丈余。壁有古庙，则龙王敫顺神像，南有石台，若床若堂，可坐二三十人，两山峡，水若银河落于九天。

当年齐召南走的是与我们不同的路径，自山顶下抵这里。尽管他文名卓著，人们仍难以通过这么寥寥几句话想象此处风景。

正因为如此，那时非亲力亲为无法了解世界，而一般人又几乎没有亲力亲为的可能。

古人的视野如何与今人相比啊！

现在，一个普通的老百姓也可以通过种种媒介了解地球上几乎每一个角落发生的事件，我们的目光因此而广阔，我们的生活因此而丰富，只是再也享受不到那种"鸡犬之声相闻，民至老死，不相往来"的平淡和安恬了。

这是幸福，从另外的角度观之，是不是也含了某种不幸呢？种种浮躁与郁闷莫不由此而来。

目光更近处

肖向云

　　无限风景在远峰，许多现代人这么说。是呀，对于身边的风景，我们往往不太在乎。它们的美丽，总属于远道而来的人。而现在，我开始怀疑了。

　　一切皆因为近日的磐安之行。磐安是浙江中部一个小小的县，离杭州只有两个多小时车程，大概可以称之为"属于身边的"。然而，这次我是头一回去看望它。同行的朋友们大多也是。

　　过了著名的横店影视城，马路就变成山路了，几十分钟之后，车子穿过一条隧道，磐安县城骤然降落在我们的视野里。在这个山城，居然还有一条十几米宽的河穿城而过。一座城市有了水，就有了灵气。而磐安还有山，还有云雾，不妨封它作"仙城"。

　　我去过很多城市，它们的风格差不多，不外乎高楼大厦，很现代。磐安县城也看不到什么古典的建筑，但让人感觉舒服。简单地想一想来由，原来是树多。据说磐安的森林覆盖率约百分之八十，还是国家级生态示范区。后来一了解，居然是真的。

生态，如今已成了一个很有诱惑力的概念。改革开放以来，全国上下都在一心一意搞经济建设。好了，经济上去了，回头看看，有辉煌，也有创伤。于是来治疗，补救。再想一想，磐安为什么能够保持良好的生态环境呢？也许是由它的地理环境所致。中国地大物博，愿意来山里投资办厂的少，磐安因此与工业无缘。没想到这反倒成了好事情——没有工业的破坏与污染，良好的生态环境存续下来了。当别的地方都失去生态环境的优势时，磐安的优势就凸现了。

这话不假。磐安的生态让我有了上述感受，也让我对风景有了新的认识。

那么多原生态的风景，看一年也看不过来。我何苦在长假为了找一处人少的风景而费心呢？去磐安，问题立马解决。

两三天时间，三百个景点只逛了三四个，却还是走马观花。譬如去花溪，看了独一无二的平板长溪，却因为天色已晚，没有继续往前去看火山石和美丽的濒危植物七子花；去百杖瀑，路倒是走了不少，也看到了仙境般的瀑布，却没能跳进那山上的潭里畅游一回；在全国仅存的古茶场，没能惬意地坐下来，一边喝"婺州东白"，一边聊天；在老宅，没有抚摸那乌石墙，倾听古典的回响。

目光更远处，不属于自己。下次假期，我要邀上三五个友人，去磐安，去细细品味那属于自己的风景。

卷 三

诗写磐安

黄亚洲

我是昨日下午离杭城去磐安的，高速公路大暴雨，几乎百分之五十的天塌了下来，我看见所有的汽车都开始蜗行。司机小马事后说，当时车子左右摇摆，很有些危险。

但是车进磐安县境，雨就忽然消失了。一座座碧绿的山站在那儿，尽管没有雨水洗过，但也都像洗过似的，通体晶莹剔透，所有的花瓣顶端和叶脉顶端，都像有脂状的水珠滴落。

空气闻起来，更不用说了，竟有一种甜丝丝的感觉，还伏着一种松脂的香味。

我从来没有到过磐安，一见磐安如此清新脱俗，无半分铅华脂粉之气，马上就喜欢起来。

　　当地的领导干部很客气，以车引路，于是我一路迎着山风曲曲弯弯直达大山深处的花果山山庄。山庄老板果有眼光，看准了"花果山"这个名字在我们这个喧嚣的时代所特有的精神价值。

　　一路迎风而行，兴之所至，吟成了半首诗，当晚的餐桌上我就朗诵了这半首，直至晚上与磐安文学界的朋友见面，又匆匆加写了后半截，草成一首，于是就以这首小诗代言，在见面会上表达了初见磐安山城的感想。

　　诗题为《山城磐安》，诗文如下：

　　　　磐安是一枚绿叶

　　　　隐匿在大森林当中

　　　　磐安是一滴水珠

　　　　先是追随瀑布，紧接着就追随彩虹

　　　　哪怕是一只松鼠

　　　　蹑手蹑脚跑过

　　　　磐安的弯弯曲曲的商业街

　　　　都会有小小的震动

　　　　有一些毛茸茸的度假村

　　　　像松果一样垂在枝头

　　　　姑娘们骑摩托进出

　　　　一只只都是饱满的蜜蜂

　　　　我的汽车在林间小道拐了八十个弯

　　　　一把小小的钥匙才交到我的手中

　　　　我今夜的梦将进入哪一个鸟巢呢

　　　　蛙声会不会震耳欲聋？

　　　　我的南方红豆杉，我的香果树

　　　　我的由茶花堆砌起来的山峰——

今夜我们都是朋友，让我们倾心交谈

我们交头接耳的身姿，词典上称作"山风"

我的梦境，今夜将会飘入一枚绿叶

或者飞起一道彩虹，我多么希望

希望每一天都能这样安详地与祖国相逢

至多允许一只小黄莺降落，落在我与祖国的当中

晚上果然睡得很安详。我是开窗睡的，湿润的山风一阵阵飘入，带着一些4月的花香，感觉颇佳，一直睡到早上总机员用电话刺破我的梦境。

上午的感觉更清新，磐安敞开了心扉深处的百杖潭让我们进入，而且是由磐安县委宣传部部长老潘亲自导游。老潘近几年写的散文很见功力，这次的导游更见特色，竟至于在优美的大瀑布旁边亲自做了个优美的"滑跌在地"标准动作，来提醒众人注意安全，真是竭尽东道之谊了。

百杖潭景区青翠的山色、茂密的树林和草坡、细窄如蛇的千年古道、身段奇异的瀑布，在我们周遭布置了一张严严密密的绿色罗网，让我们所拥有的任何凡念都挣扎不得。

尤其是那条古人以碎石铺成的蜿蜿蜒蜒的金丽古道，不知不觉之中爬入了我的心，蚯蚓一样，咬松了我心底的土壤，于是，中午在农家乐咬嚼油炸土豆腐的时候，以及下午在回杭州的汽车上，我又吟成了一首《磐安，金丽古道》：

大石头，直接做了群山

小石块，细细碎碎，就连绵成了古道

哦，这些时间的肩膀

哦，这些大山的边角料

踩上去，就像一寸寸地按摩山的脊椎

会听见一半的骨节，咯噔咯噔地叫

古道犹如青蛇，尽在草丛和树叶之间爬行

大大小小的瀑布，成为路标

陆游之所以能写出"山重水复疑无路"

肯定与他避难磐安时的记忆有关，与这条古道有关

当年驮盐的骡子和马，你们哪里去了？

当年赶考的书生，有没有瘸了脚？

当年的官府派出了哪一路神探

在青蛇的七寸之处，捕住了大盗？

古道是哪一天从典籍中游出来的

现在，钻进了旅游局长的项目报告？

其实，古道，始终是大山的脊椎

那种咯噔咯噔的声音，是大山病后康复的信号

　　从大山的脊椎里走下来，一直走到养育了西子湖的肥腴之地，那样一种地理反差，让人感触很深。

　　磐安位于大山深处，那种地方是应该定时去一去的，不仅为了见绿色，而且为了见骨脊。

夜宿磐安乌石村

孙　侃

　　世间很多珍奇都藏在人所不识的地方。即便未被藏到冷山僻角,仍因被熟视无睹、被视作草芥、被移作他用而遭埋没和毁弃。当然,在一个需要不断被发现的时代里,身边珍奇的倏然出现无疑更让人欣喜。比如石头,怎么说都是一块块石头而已,怎会一下子把很多都市人吸引过来了?

　　乌石村,顾名思义,是一座由乌石垒筑起来的村子,位于磐安尖山管头村的范围内。所谓乌石,是一种色泽乌黑的玄武石,这种玄武石是在两亿多年以前,因火山喷发而形成的,至今在村落附近的山上仍能采到。这种乌石不仅可用来垒筑房子,还可以用来铺路,甚至还可拿来作为洗衣板……除了绿树,入得村内,满眼所见是一片锃锃发亮的乌黑,堪称旷世奇观,给人的感觉着实奇特!因此,当有幸来此参观的我们准备住下来时,提出的第一个要求就是希望能住进乌石屋里。这才是真正难得的机会呢!

老祖宗传下来的东西总有它的道理。最让我们着迷的，仍是这乌石屋特有的景致：透过乌石砌成的窗户往外看，地面是乌石铺成的，院墙是乌石砌的，连屋瓦都是乌石做的。主人告诉我们，这乌石垒筑成的房子，不仅结实，还冬暖夏凉哩。我们当中的一位作家此时使劲地吸溜了几下鼻子，说："我觉得坐在这乌石屋里，还能闻到一股特有的石头香味儿呢！"

大家发出一片笑声。在这片如画如梦的山水中，百草有馨香，万物也飘香，这神妙的乌石自然也会有一股特有的清醇香气。我们一齐嗅闻着这乌石，认真，虔诚。一下子，好像谁都陶醉了。

入夜，我们在乌石村的街巷中穿行，捕捉别一番的郊夜感觉。月光静静洒下，朗照这一片屋舍。幢幢乌石屋静谧默立，像是一尊尊伟岸的巉岩；每块乌石垒筑得如此密不透风，条条线缝在月光下更显其鬼斧神工；乌石在月光下泛起一片沉稳而柔和的黑色，像早已被时光之手抚摸得通体透亮。我顿时就觉得这历经沧桑的乌石远不是外表显现的那么粗粝简单，其间必定深藏着诸多奥妙，沉淀着无穷哲理。硬朗的石头总是摆出思考的姿势，它的默默蹲踞往往正是记录、反思和瞻望。

这样一想，就觉得乌石这篇文章满可以再往下做，结合浙中腹地的人文遗存来做，结合山脉台地的地质构造来做，结合这片山水的历史遭际和发展前景来做，锃锃发亮的乌石的内涵便越来越丰富。夜已很深，同行者仍坐在乌石屋中神聊不止，很多思路的灵光也只能在月光清朗的夤夜，只能倚着这乌石墙，才会不时闪现。乌石村一夜，搞得我们既疲惫又兴奋。才是清晨，一伙人又已起身，撩着台地特有的薄雾，继续在村里转悠，不期遇上了一群上海游客。据说他们是临时调整旅游路线，前来这儿游览的。"我们去了夹溪，又去了玉山古茶场。有人告诉我们，这儿还有一个用乌石垒起来的村庄呢，我们二话没说就找过来了。"说话间，他们已经遁入乌石屋深处了。一大早就遇上了这么大群的游客，原本那种世间珍奇人所未识的忧虑，一下子被透过薄雾照来的灿烂阳光，彻底驱散了。

磐安三题

应忆航

涉水而上的花溪

我要脱掉鞋袜，丢下一路风尘；我要站在流水中，怀着最自由的心情与你追逐。

花溪，你的水流漫过我的脚踝，水花溅起邂逅的最初戏语，风徐徐从遥远又古老的上游吹来，吹开我们的笑靥如花瓣一样地漂映在溪水中……一条神奇的千米平板长溪，一面被流水擦拭约一亿年的明镜，与远道而来的人们清澈相见，映照着我们轻盈的身影。

花溪，我要涉水而上去你的上游，让你用温婉的声音在白云深处唤我，用缠绵的水声在岁月低处吻我，用你两岸开放的鸢尾、芍药和蔷薇，抚慰着我一路渴望的心扉……我知道这清风、云彩、鸟儿和花朵,都是你养育的朴素又天真的儿女,在约一亿年沧桑的背景里,她们年轻、美丽地生活着。

原来,我们相互寻找的美丽并不遥远,也许就在一山之隔、一河之遥、两三个小时的路程,原来在这个浮躁的物欲世界转身之际,藏着许多不为人知的纯粹风景!

花溪,现在我真的不想离去,也不再追逐奔跑。蹑手蹑脚走在你的长溪,恍若走在隔世的桃源,溪水在我的心中潺湲而流,让我们在絮语中走得更远一些,好吗?

一幅画的乌石村

以心为砚,以想象为墨,我想画出眼中的你。

我要用最浓的墨,画一座座乌石垒筑的奇特小屋,挑出抽象的线条,勾勒挺直的屋檐和古典的窗棂;我要用最清爽的风斜抹千年的石墙,弥漫一袭岁月的沧桑;我要用最春意盎然的青绿,描绘你村头高高的槐树、枫香和银杏……

我要用飞鸟的鸣落皴擦青翠的竹林,以及村女打一把油纸伞摇曳细雨中的心情;我要用朱砂红点那一片桃花,倚乌黑的院墙款款而开;我要用从脚下飘浮上来的云,洇染你的池塘、流水和小路,并在跌宕而下的梯田间留下大片令人遐想的空白……

在4月的某一天,当汽车一路盘旋,轻云一般地降落在你的面前,我流连在村落间、古树下、宗祠前、池塘边、大红灯笼高挂的檐廊、喜盈盈的农家乐里时以及与从上海远道而来的游客热情攀谈时,才发现我的想象只是你的一个点、一条线、一个小小的侧面,我无法画出你全部的秘密。

原来你的奇特和美丽,本身就是一幅很民间的国画,具有强烈的视觉冲击力,你比想象更生动、更神奇,更具精彩的细节和成长的魅力,带来不一样的惊喜和感动。我知道是大自然一双神奇的造化之手在画你,是穿越千秋风雨的一双智慧之手在画你,是世代居住的村民的一双双勤劳和创造的手在画你。画你,在浙江的台地乌石村,在江南一个最美的空中乡村!

在玉山古茶场喝茶

潇潇雨声在耳边轻了,风也细了,我们来到玉山马塘村的古茶场。八仙桌、长条凳,一片带四方天井的青瓦房,村姑拎来乡间清冽的水冲泡,看茶叶在玻璃杯中翻转而上,又舒缓地展开嫩绿的芽叶,静静降卧在杯底;一袭春天的清香便飘逸开来,时间也慢了下来,我们喝一杯下午茶。

这杯茶,晋代道士许逊喝过,并派出道徒四处施茶游说,八方的茶商慕名前来收购,渐渐形成了我国最早的茶叶交易市场,现被专家称为"中国茶文化的活化石";这杯茶,唐朝的陆羽喝过,他在《茶经》里说,"婺州东白者为名茶,大盘山、东白山产者佳,列为贡品";这杯茶,远近的乡邻百姓喝过,兴起了每年一度的春社与秋社,迎龙灯,竖大旗,观社戏,万民祈求天地安康;这杯茶,新来的省委书记、省长喝过,他们与乡民促膝交谈,称赞这里水好、茶好,要好好发展这一产业;这杯茶,现在我们坐在木凳上喝着,遥想千年往事一幕幕飘过……

渐渐地,连空气中也有了一种古老的清香,我们的心穿行其间,任一杯绿茶洗去千年风霜,也滤尽心头的尘嚣和烦恼。我想,我一定会忆念这个下午的,我会慢慢地品味一杯茶,认真读一本祖上留下的方块字的线装书。

台地的故事

杨东标

何谓台地？这个地理学术语对我来说是陌生的。词典上是这样解释的：边缘为陡坡的广阔平坦的高地。而有一位叫陈峰齐的镇党委书记这样向我描述：比如说一个脸盆，我们可以把它看成一个盆地；如果把脸盆倒扣过来，那么，四周陡峭中间高出平坦的则为台地。他的解释显然要比字典的解释形象生动。而我站在磐安尖山这片台地上四眺时，获得的感受似乎更生动，更鲜明。尖山一点也不尖，我的眼前一片坦荡，广阔，辽远，几乎让我难以相信自己置身在一个重重叠叠的群山里。即便远处有朦胧绰约的山影，那也是很遥远的。因此，这里的阳光有如平原一样明亮而富足，旷野上的风也分外活泼，浩浩荡荡，无遮无拦，又由于海拔约五百米，这里的夏日自有别样的清凉。

在浙江的中心腹地，拥有这样一种地形地貌，是我来之前所未闻的。更让我吃惊的是，那样质朴的土地，竟怀抱着如此丰厚的历史珍藏，流传着许多动人的历史故事。比如：元初，一位叫杨镇龙的人，曾在这里建国称皇，并被记载于史。1289年，即元至元二十六年，杨镇龙聚众起义，攻占宁海、象山，率部向西进发，经天台至东阳，一路所向披靡，从者如云，聚兵十二万，建都东阳玉山，定国号为大兴。这东阳玉山就是现在的磐安尖山地带了。原来，杨镇龙建都竟在这高高的台地之上。

不多久，杨镇龙起义失败了。整个过程异常悲壮激烈。台地上浸润着太多壮士的热血，站在这里仿佛还可以听到当年风云的呼啸。后来人们在这块土地上发现了一些断垣残壁、兵刃器械，听到了关于"城里山""打铁屏"的传说，更让人发出凭吊兴亡的感叹。我不知道当年的他何以会选择这片台地为据点，也许这里地域宽广，林木葱郁，纵横驰骋，大有回旋之余地？也许他借助了神明或占卜之类的指点？细想起来，情绪便有些汹涌。有着几分书生气的陈峰齐说，应当在这里立一块碑或者建造一个纪念性的东西，让那历史的风云在这里被收藏。

值得欣慰与自豪的是，如今这片台地不再沉寂。勤劳勇敢的人们正在编织着新的故事。这里被选中，一个省级工业园区正在动工建设。不只如此，这片台地如今也被看好发展旅游业。远古时代的造山运动，犹如天工巨手，切割了这片山水。台地的四周，沟沟壑壑，跌跌宕宕，营造出无数佳山胜水，跌瀑、险涡、深潭，星罗棋布，其中尤以十八涡名闻遐迩。尖山人虽身处深山，却敏锐地捉住时代的脉动，大做起旅游的文章来了。

这乌石村又是尖山台地的一大景观。旧村民居一式为乌石砌成，砌成了历史的古朴和凝重。黑黝黝的，坚固如堡垒。亿万年前，火山口喷发，形成遍地可采的玄武石。于是，便有了风光独具的乌石村。偶有一两只憨憨的黄牛被牵过，几声哞哞的叫唤，让人生出恍如隔世之感。这里的路面环境极清洁，农家院子里有花草映面，一派农家庭院的恬静。具有环保和文保意识的当地干部已将村子里四分之一的乌石屋（约一百间）收购，作为历史陈迹保护起来。我们走进一家乌石屋，主人笑吟吟地迎上来，招呼我们用餐。原来，这里已被他们开发成农家乐。我们坐下来，立即被眼前的马兰头等农家蔬菜吸引了。主人说，用乌石砌成的房屋冬暖夏凉，就地取材的食品无一受污染。到这里来走一回，获得的是健康与快乐。这话说得何等诱人啊，真让我们大大地乐了一回。

当晚，我们就住宿在乌石村里。天亮时分，我早早地起了床。

春雨像雾一样弥漫在我的四周，亮晶晶的。台地早就苏醒了。不远处，有几个农民正在竹林间挖笋。硕大的毛笋沾着湿润的泥花，内行的人都知道这样的毛笋最鲜嫩。而目光所及，春笋正一株接一株地长成一片，蔚成蓬勃之势。簌簌的竹叶把晶亮的雨水摇落下来，滋润着这片厚重而神奇的台地，滋润着新生活的故事。

时间灰烬里的绿

李郁葱

  溪水的沁凉逐渐布满了身体，从脚，一直到心肺，然后到我的眼睛，再到我向外的视野，从那层层叠叠的绿色中又围拢到自身，那是一种远离城市喧嚣的安宁，像是不远处苍翠山谷间的鸟鸣：不知道是什么鸟，它的啁啾是活泼的，甚至有些嘈杂，但带给倾听者内心的宁静。

  我站在这薄薄的溪水之上，想象那时间里的浩荡，在约一亿年前，这条叫作花溪的平板长溪是何等的惊心动魄。就在这条溪的上游，曾经有一个火山口，而我脚下的石板，曾经有滚烫的岩浆在流淌。现在，它冷却下来，安然地卧于这山谷中，让孩子的笑声和人们的惊叹如风掠过，它便是时间。

  我站在浙中磐安这个叫花溪（贵州贵阳也有一处花溪）的风景区里，在离它三十多千米的地方，现在是非常热闹的影视城横店，一座从平地搭起来的时间的舞台，那里每天演绎着时间里的悲喜剧，为我们带来诸多光阴里的浮光掠影。而在这离横店三十多千米之远处，大自然把它的造化沉默地呈现了出来：曾经是热烈的，曾经是流荡的，现在，它沉寂，用平整如削、裸露达一千米之长、浑然一体的石板倾诉出来。它是时间留下的线索，也许是我们能够抓住的风的痕迹，悄悄融于漫山遍野无尽的绿里，在默然中把它的生命力再次表达。

时间在平板长溪中把它的背影表达得彻底和别致，时间的雕刻在这里是低调的。磐安还有另外同样让人沉醉迷恋的风景，比如奇诡的十八涡、亮丽的百杖潭……相较而言，同样是时间里的印痕，平板长溪显得从容和平静，像一卷缄默的书，它留下的正如在众声喧哗中那一抹淡然而坚定的绿。这也是最契合磐安这个山城名字的风景，安如磐石，这是怎样的信心和祝福，我深信，时间的智慧能够带给我们的这种从容和淡然是最好的礼物。

溯花溪寻源而上，溪水是平缓的，在不动声色中浸润我们的躯体：这样打量这条平整的河道是有趣的，据测量，如果加上还潜伏在地下的部分，这平板溪总长逾三千米。我们无法揣摩大自然的心机，它让时间把这挥霍成一长卷清凉的山水画，这或许便是它的用意，它要的就是我们偶尔的倾听和亲近。

在溪畔的沟壑里，绿色中突然会闪现一些红色的野草莓，足以引起郊游人的惊叹了，时间让这些野果退回到了田野，这没用多少年。而我从这薄而亮的溪水中走上岸，在这一刻，我是润泽的。

风雅古茶场

李　靖

　　有一年我去金华茶叶市场买茶叶，那个茶叶市场在城郊的一个角落，相当简陋，只是在一块废墟上搭着一排排塑料棚，棚内搭着货架，茶叶买卖在塑料棚里进行。茶农多的时候，棚里挤不下，一些茶农只好到棚外去。茶农蹲在地上，一筐筐的茶叶放在地上。买茶的和卖茶的，交易完毕，银货两讫，各自走人。茶市也就在出茶时那么短短几天。茶市一过，棚拆了，茶市便没有了。在这样的地方买茶叶，和买青菜萝卜没区别。但是茶叶毕竟不同于蔬菜，茶叶的文化元素是很丰富的。此次去磐安，东道主安排的行程上有一项参观玉山古茶场的活动。开始，我对古茶场之行并未抱多大兴趣，根据以往亲历，一些旅游景点常常是名不副实的，说是一条风光旖旎的河，实际上

那么美吗？去山里看看

只是一条百来米长的干涸的沟渠；说是一个湖，也只是个水荡而已。现在到处都在"复古"，这个古茶场也许不过是一件"假古董"。那日午后，我们从磐安出发，车在大盘山转了近两小时，转得人晕晕乎乎，什么兴趣都没有了。我们勉强下车，一看，顿觉眼前一亮。这个始建于宋代的玉山古茶场的遗址，在国内果真是个独一无二的去处。它让我看到了古人是在一种什么样的地方做茶叶交易的。我们看到的古茶场是清乾隆年间修建的，较好地保存了原貌。古茶场分茶场庙、茶场管理用房和茶场三部分。门楼式建筑，白墙青瓦，处处透着古意。这个古茶场在古代是榷茶之处，榷茶是旧时政府对茶叶实行征税、管制和专卖的措施，和我们现在的茶叶自由交易是完全不同的概念。我国的茶叶专卖制度起于唐代，从宋代开始，榷茶制度和茶马交易是作为两项重要国策来实行的。朝廷用茶叶去换取吐蕃等地的战马。这一政策一直延续至清代。至今，在茶场庙的碑文中还可以看到。特别是在明代，茶叶是作为军需物资来控制的。史书上说安庆公主的驸马走私茶叶，横行霸道，被地方官告到朱元璋那里。安庆公主是朱元璋和马皇后生的两个公主中的一个，是朱元璋最为疼爱的公主。但朱元璋还是以国家利益为上，杀了这个驸马。为茶而丢了性命的驸马，历史上大概也是绝无仅有。

古茶场为两层楼房，分两进，第一进是小天井，第二进是大天井。天井四周是厢房，为市场自由交易场所。两进厢房组成回字形大四合院，楼上楼下四面长廊相通，便于客商往来。楼上左右长廊相接之处是空场，是客商品茶与现场茶叶品级之处，其余楼屋则用于客商住宿与囤积茶叶。房子开间都较大，有二十来平方米一间，窗却特别小，只有脸盆那么大一个窗洞。古人在生活上、建筑上一般都比较精致，如此气派的茶场，开如此小的窗，一定是和茶叶有关，想是怕囤积的茶叶受潮吧。站在楼上，细看屋柱上的牛腿，每一条牛腿上面雕刻的都是茶叶和茶籽，茶叶茂盛厚实，长在茶叶间的茶籽一串串圆浑饱满，寄托了茶农对茶的美好期盼。想象一下当时的情景吧。权威的商家们坐在楼上，由伙计奉上一包包来自不同产地与茶农的新茶，由他们细细品尝后，定出级别。茶农候在楼下，静等结果，等着伙计下楼的那一声吆喝：贡茶——，或者是，马路茶——文人茶——。而后那些经过检验的茶会被贴上标签，按等级出售。茶场交易从春社开始至秋社，其间是不间断的。

第二进是大天井，天井中原本搭有戏台，供茶农与茶商在交易之余，一边吃茶，一边看戏，一边谈笑风生，真是风雅莫过于古人，古人的风雅是从骨子里透出来的，是在真实地享受生活，而不是表现生活，一桩茶叶买卖，都能做得如此风雅，如此有韵味。可惜的是戏台被毁，如今只剩下四根石台柱。好在茶场还在。茶场每一处，还有眼前倒塌的石柱，都是古人留给我们的一点念想啊。

我这个人平时不太喜欢到那些花花绿绿的茶馆吃茶，觉得那不是真正吃茶的地方，那只是年轻人的一种时尚去处，倒不如乡下或是社区的劳保茶馆，再不济一个人在家里吃，也是要强于那些茶馆的。但是那日在古茶场吃的一杯茶，竟使人回味无穷。能在这样一个地方吃茶，也是人生一大幸事啊。

古茶场边有茶场庙，是茶农为祭祀"茶神"许逊所建。茶场庙每年都有祭祀活动，特别是春社和秋社。春社祈求风调雨顺，秋社感谢"茶神"带来丰年。这种盛大的茶事祭祀在全国也是绝无仅有的，可惜我们去的不是时候。

卷 四

所有的安如磐石

苏沧桑

据说，在卫星照片上，中国东部有一块最绿的地方，叫"磐安"。

初冬，我以"生态"的名义，踏进那片古幽的绿，融入它原始的呼吸，像突然摆脱了一个梦魇，什么都不一样了——呼吸，心跳，步履，思考，一切。

那是一种从容不迫、安如磐石的幸福感。

那些醒得最早的眼睛……

这是磐安的乡下，没有比露珠睁得更早的眼睛了。

如果在城市里，这时候，加夜班的，玩电脑的，泡夜店的，失眠的，都还未曾合眼，他们的双眼红肿、浑浊。

而在这磐安乡下的清晨，所有的眼睛都如露珠一样清澈。人的，牛的，羊的，庄稼的，花的，草的，还有一汪汪碧水……到处都是初生般纯净的眼睛。

这些眼睛的主人，都在晨光中自然醒来，起身，开始一天的生计。晨雾慢慢散去，阳光慢慢亮起来，水慢慢流过来，火慢慢旺起来，炊烟慢慢升起，饭慢慢焖熟，庄稼慢慢拔节长高，牲畜慢慢长大……不急，不躁，安常，处顺。

仿佛，所有的一切，都在同一种亘古不变的舒缓节奏里，在负氧离子含量比城市高一百五十倍的空气里，一起做"深呼吸"。

而城市一旦醒来，便会被一个梦魇控制、驱赶——快快快！忙忙忙！效率！效率！无论大人、孩子，都有太多事要做，实在累极了，便急喘几口气，却忘了可以慢下来，停下来，深呼吸一下，把肺里的积垢呼掉，把心里的积垢排掉。

快一点，是能得到多一点，殊不知，无数更为宝贵的，在随风而逝。

在磐安的乡下，时间的概念已完全不同，时间，掌握在此间居民自己手中。

站在晨间的田野上远望，视野的左边，隐约可见晨雾里修旧如旧的老村中，炊烟袅袅升起；视野的右边，新建的一排排三层小洋楼，筑成另一个崭新的村庄。有着几千年历史的磐安，是名副其实的首批国家级生态示范区，无论新旧村庄，都没有任何污染，没有乱扔的垃圾，没有边拆边建的工地。

如果以为古老的就是陈旧的、腐朽的，那就错了。磐安的身体很古老，它的血液却很通透，它的呼吸还很轻盈。

如果以为，这儿没有贫穷与艰难，那也错了。这儿也有沉重，也有困难，有"保护"与"发展"这一对矛盾，有要不要"快"的困惑。它有时是一滴有点苦涩的泪，却绝不是一滴污浊不堪的地沟油。

一丛野菊花，无比的鲜黄，如同婴儿啼哭般照亮了整个初冬的田野。

时光恍惚回到三十多年前。我也曾是这山野中的一员，上学必经的山间小径上，处处开着野菊花，一个小女孩独自走着，唱着歌，有时她会饿着肚子，有时她要冒着雨雪。她的父母，从不像现在的家长，担心孩子会碰到什么坏人，少学了什么，吃了什么亏，落下什么好事。

多少年了，多少人和我一样，在城市这个第二故乡里，仍然从未习惯那一个个急促错乱的节拍。

此刻，我在三十多年不曾走过的、带着露珠的田野上，慢慢走，深深吸气，轻轻呼气。

眼睛映照着露珠，也变得清澈透明。

露珠映照着山野，人的身体和灵魂也变成了一颗露珠，映照出一个世外桃源，那里离尘世很远，此中人忘了自己是谁，身边有谁，头皮贴着天，脚心贴着地，脸贴着空气，一个最简单的灵魂，契合着大自然最简单的节奏。

路旁，一头老黄牛，慢慢咀嚼着草料。它抬起纯洁的眼睛，像两颗巨大的露珠。眼一眨，睫毛上一串露珠吧嗒吧嗒地落进土里。

农夫过来看看，并不催它。他的手里没有牧笛，也没有鞭子。

我忽然觉得，这粗壮的农夫，是几千年前的孔孟，用无言诠释着"五谷不时，果实未熟，不粥于市；木不中伐，不粥于市；禽兽鱼鳖不中杀，不粥于市"（《礼记·王制》）。这一"取物顺时、合乎礼义"的自然法则，他懂得，在满足生存需要的同时，爱护自然万物，合乎自然法则。

"走吧。"过了许久，农夫站起来，说。

"走。"我听见牛答应了一声。

"走。"

大家继续走，慢慢悠悠，炊烟般舒缓，自然。

那杯千年前的茶……

上午九点半的阳光；

海拔五百多米的泉水；

三五片传承自晋代的"婺州东白"；

四合院，白墙青瓦，精雕细琢的两层木楼；

天井砖石缝隙里苔藓的绿意……

这些全部一起，注入透明的玻璃杯底。

绿茶，在汩汩的水声里翻飞，我忽然听见千年前的喧嚣。

这是中国茶文化史上的一座丰碑——全国罕见的玉山千年古茶场遗迹。

这儿的茶，晋代开始声名远播，唐代开始进贡朝廷。因宋代实行榷茶制度和茶马交易两项重要国策，这灵秀之地，便有了榷茶之地"玉山古茶场"。

春秋两季，茶农们来此祭拜茶神、兜售茶叶，官家在此征税、专卖，五湖四海的茶商来此住宿、品茶、买茶、卖茶。

那些已然作古的人，曾经坐在二楼的雕花椅子上，一边看戏，一边谈笑风生，一边细品一杯杯新茶，定出等级、价格，交与伙计。

楼下的人们则侧着耳朵，听着伙计走下楼梯吆喝："贡茶——马路茶——文人茶——"

有的脸瞬间苦了，有的脸瞬间灿烂，如同千年后九点半钟的阳光。

如果下雨呢？

雨淅淅沥沥地下着，蓑衣斗笠的茶农，任凭雨怎么下，都不言不语地等候着他们的生机。家里人在家等急了，便冒着雨，送饭过来，正好听到伙计报的自家茶的价位。夫妻俩隔着雨，对望一眼，笑了。卖完茶，他们挑着空篓，踩着泥泞一起回家。

雨从古代一直下到现在，那份幸福也是。

我听见满足，虽然只是山里的贫贱夫妻。

我听见茶香，在他们说出的私语里。

最令我陶醉的，是这最真实、最自然的风雅，在这山野之间，在平凡、地道、自然的每一个生活细节里。

我们一干人，各自手捧一杯热茶，靠着，坐着，听着。不知谁偷拍了一张几个人闷声不响喝茶的照片，包括沉浸在某种声音里的我。同行的龙一看见了，说，真像地主婆啊。

是啊，多么享受。

如果没有人叫醒我，我愿意一直捧着一杯热茶，窝在太阳底下，一坐千年。

那些古村的王……

从一个长着千年古树的村庄，嫁到另一个长着千年古树的村庄，该算是一个新娘最好的归宿吗？

当我远远看见屹立在古村头的它，我觉得，它，就是古村的王。

这棵约七个人才抱得过来的银杏树，已有一千四百多岁。它看见庄稼青了又黄，黄了又青；看见太阳月亮交替；看见村里的屋子破了又建，建了又破；看见芸芸众生悲欢离合。电闪雷鸣过，风吹雨打过，牛啃过它的根，鸟在它头上拉过屎，金榜题名的文武状元和十八位进士在它脚下玩耍过，世界在它面前新，在它面前旧……

一切都是浮云，唯一不变的，只有天空、大地、它——古村的王，时间的王。

当我走近，像一只蝼蚁，匍匐在它裸露在地表的黑色根茎，匍匐在满地的绚烂中时，我觉得，它，是我的王。

它是我最爱的银杏树，是我见过的最古老、最美丽的银杏树。它的美，不仅在于它参天覆地的树干，古老而娇嫩的叶子，雍容而素朴的气质，还在它身后斑驳的石墙，黑色屋背上覆盖着五分之四的金黄，它脚下那满世界静谧的、纯粹的金色。

最美的，是它站在村头，在天地之间、万物之上那王者一样的气势，却与它周围的一切相依相傍，惺惺相惜。仿佛所有生命，随时愿意与它一起，旋转轮回，上天入地。

我也愿意。

远处传来沸腾的鞭炮声，整个古老的村庄，正为一个姑娘送嫁。嫁妆从刚刚修旧如旧的石屋里抬出，大卡车上，已堆满大红花被子。

她会嫁到哪儿？

在村的另一头，我们又遇见了很多古树。好几棵同根生的，像"两口之家""三口之家"，最有趣的是，其中有两棵树合抱在一起，像在合欢中的男女。

大家都笑了，多么祥和，连树也是。

我们行走在一个又一个长满古树的村庄，拜谒着那些沉默的王，傍晚，我们栖息在王的脚下。

沸腾的鞭炮声突然又在不远处响起，村干部说："走，带你们闹洞房去！"

真巧啊，白天出嫁的那位姑娘，嫁到这个村来了。新郎和她一样，都在青田打工，是雕刻石头的。

多么般配，同样的土生土长，乡里乡亲，同样的古树，是他们无论走到哪儿，一生都不会变的相同的乡望。

我们一个个像孩子一样把衣角兜起，兜回一大捧喜糖、花生、香烟、膨化米棒。

走在初冬的冷风里，嚼着一颗生花生，在别人的故乡，我忽然闻到自己故乡暖暖的味道，不知道为什么，眼眶慢慢热了起来。

在越来越光鲜、越来越亮丽的故乡，我已经很久没有闻到这样的味道了。

我们有几个人，还能嫁娶乡里乡亲，知根知底，每天与故乡相拥而眠？

那份真诚劳作的芳香……

磐安的每一口食物，新鲜得像直接从土里到嘴里。给我印象最深的，是两顿早饭，以及"顺"来的一堆野食。

"吃早饭啦！"主人的大嗓门，是绝美的引子，引出一大海碗鸡蛋猪肉青菜香菇蕨根粉，热气腾腾，香气腾腾。

我似乎看见，鸡蛋刚从还热着的鸡窝里掏出来。生它的鸡，可能就是昨天引起我们围观的那群土鸡中的一只，那群土鸡排着队，一步一停地走过一座架在溪流上的石桥，觅食，散步，吵架，交配。它们不会被关在暗无天日的地方，像上班族一样拥挤，按钟点吃规定的饲料，打抗生素针，被催肥、催长、催生。

我似乎看见，猪早上还在跑，它临终前的每一天，都很快乐，不用吃掺了什么精的饲料，不用接受人工授精，不用站在大卡车上痛苦地长途跋涉，它们在临终前都没有受过摧残。

我似乎看见，青菜刚从地里挖起来，还带着露水、泥巴、菜青虫。

我们曾经在暮色中看见，一座大桥下，一对夫妻在两个大得像谷仓的木桶旁劳作，我们隔着河问他们在干什么。他们笑说，在做蕨根粉，要挖地三尺，挖出蕨菜根，晒干，打成粉，在溪水中一遍遍过滤，再晒干，做成粉条……

这碗蕨根粉，像直接顺着河水流进碗里。

油是菜籽油，自家榨的。

水是山溪水，后山接的。

仅仅是一碗面，所有的来龙去脉一清二白，那么直接，那么新鲜，没有危险，没有污染，真实得让人落泪。

我把面汤都喝了个光。

几天后，我们在另一个村庄吃了一顿极为丰盛的早餐。我们寄宿的几户农家的主人，将自家做的早饭全部集中到一户——玉米饼、蕨菜饼、猪肉炒香菇、雪菜炒笋、炒野菜、酱萝卜，还有羊杂蕨粉羹、玉米羹、白稀饭、烤番薯、烤芋艿、烤馒头……没有油条，也没有任何其他油炸的东西，整个房间里浓香馥郁，吃过早饭的每一个人，呼吸里都散发着新鲜食物的香气。

主人们非等我们离席了，才接着吃，几个女人抓着饼，端着大碗，站在门口吃，吃得很香。其中一个女人，见我看她，粗糙黑红的脸，突然绽开一个笑，散发出被阳光晒透了的甘香。

多么知足啊，此刻，仿佛我不是客人，而是她们中的一个。

每一天，我和同行邹园都形影不离，走着走着，总想"顺"点什么。在一个门口有水车的屋主人那儿，发现了生栗子，偷吃了一个，出乎意料的甜！主人见了，硬往我们兜里装，还硬塞给我们大半袋葵花子，奇香无比，是我们这辈子吃过的最好吃的瓜子！

我们一路还"顺"了几根农民晒在野地篾竹排上的番薯丝，很甜；刚出炉的香榧，很脆；还有漫山遍野的野草莓，酸甜后的回味是不可思议的鲜。据邹园交代，她还"顺"过农民晒的干菜，特别鲜美，可惜我没吃到。

当我们不得不以那些来路不明、成分"暧昧"的食物为生时，这里哪怕粗茶淡饭，都显得格外香甜、珍贵，不仅因为它们直接来自田间地头，还因为，它们渗透着真诚劳作的芳香。

那片长满药的森林……

从太空往地球看，有一片广袤深邃的葱茏，就是我们祖先的老家。

早在五万年前，人类就在森林中树叶蔽身，摘果为食，钻木取火，构木为巢。他们在地球最大的生态系统中孕育，诞生，成长，繁衍，壮大。

依赖它，崇拜它，热爱它，感恩它，并懂得保护它。

后来，人类走出了森林，带着森林赋予他们的一切——

森林之美，绿，香，氧气，还有至今未找到答案的特殊刺激物，给人类肉体和精神的双重享受，以及梦想。

森林之品格，大气，坚忍，固守，包容，无私。

森林之智慧，吐故纳新，自然从容。

人类从森林出发，一路挥毫泼墨，画着丝绸蚕桑、男耕女织，画着江南丝竹、黄钟大吕，画着琴棋书画、铁马金戈，画着人类历史文明的壮丽长卷。

从太空看，中国东部那块最绿的地方，就是磐安的森林，覆盖了磐安近百分之八十的土地。和所有的森林一样，它拥有无数珍稀动植物和风景名胜，但最独特的，是它举世闻名的中药材。

自宋代起，磐安便因中药材而蜚声中外，有"药花开满若霞绮，万国皆来市"之说，这片神奇的土地，得天独厚，山水土质和气候条件特别适宜中药材生长，有动植物药材一千二百多种，品种多，门类全，产量大，质量好，享有"中国药材之乡""千年药乡"的美誉。

然而，再丰厚的宝藏也经不起无休止的挖掘。有一天，一个磐安人意识到什么，停下了采药的手，第二个磐安人，停住了上山砍伐的脚步。紧接着，一个个，一户户，一村村，一镇镇都停了下来。

不上山采药，靠什么过日子？

自己种！

于是，"家家户户种药材，镇镇村村闻药香"。从此，磐安的中药材种植业成为传统优势产业，产量约占全国五分之一，在国内外市场举足轻重，悠久的历史还积淀了丰厚的药乡文化、养生文化。

森林也终于缓过气来。

儿时，我最喜欢闻的，就是中药味，悠悠药香，袅袅热气，带着母亲体香的中药，喝了，人就舒坦了。

"大德无言"，一碗沉默的中药，是磐安对世人无言的爱，也是森林母亲的乳汁。

森林，这个巨大的生命体，永远像母亲眺望着、守候着远行的孩子，盼着自己的孩子累了、倦了，能回来歇歇，即使孩子无尽地索取，她也从无怨言。

自然科学伦理学家图尔明说："在宇宙中有在家的感觉。"

当"啃老族"变本加厉地盘剥着大地母亲时，磐安是个孝顺孩子，没有忘记自己的老家，老妈。

那些过去和现在的他（她、它）……

理想与生存，几乎永远矛盾。无论是时间深处，还是当下这一秒。

淅淅沥沥的冬雨，落在榉溪村孔庙黑色的瓦檐上，飘下一线线银色游丝，仿佛飘忽不定的时光。

我想，世上有几个人，能像孔子四十八世裔孙孔端躬那么幸运，来到磐安这福祉宝地，既能继续他繁衍生息的幸福生活，又能实现传承儒家精神的美好理想呢？

八百多年前，宋室被迫南迁，孔端躬背井离乡，挈族避难。他携带一株来自孔林的红豆杉苗（编者注：本书中一说为桧木，另一说为红豆杉），行到婺州榉溪时，因父亲病重不能再行，便在这灵秀之地，种下了红豆杉，弃官为民，从此以山水为伴，日出而作，日落而息。但是，他没有忘记他的理想与责任，他兴办学堂，教化民众，传授儒家文化。

其实，磐安，本就不是乡野磐安。早在南梁，昭明太子萧统曾隐居大盘山编写《文选》并种药救死扶伤，唐朝诗人李白曾漫游好溪，宋朝诗人陆游、明朝文学家屠隆都曾到磐安旅居，留下千古诗文，为磐安的山水增添了无限神韵。

如今，十二个乡镇，两个街道，二百一十六个行政村，随便哪个村干部，几乎都能出口成章，对历史文化、天文地理娓娓道来，对庄稼地里的事，他们更是熟络得如家常便饭。

这儿并无书生相的人，这些人却往往出人意料地写得一手好字。

这儿的一个普通山丘，都有可能葬着文人进士。

这儿路边一座普通的坟墓，墓碑上不刻名字，而是"山水知音"。

这儿每个村，几乎都有庄重肃穆的祠堂。人们供奉祖先，不仅用仪式，还用自己的一言一行。

那些逝去的人，享受着比生前更隆重的尊敬，即使他们只是平凡的农民。尊敬便意味着活着的人是清醒的，知道什么是对的，什么是错的。

当我们无数人，将欲望误读成理想时，走在磐安的古村、古道、古巷，浸淫在它隔世般缓慢古老的节奏里，我常想，这儿的每一个平凡人，会有什么样的理想？

假如，他们从小生在这儿，长在这儿，从来不曾离开，从来不曾去过外面的世界，一定不会有所谓的理想，一定每天很知足，很充实吧？

像她，那个坐在门口削着番薯的老农妇，在我们一干城里人的众目睽睽之下，怡然自得，旁若无人。

像她，那张照片里的百岁老人，照相前将头发梳得溜光，笑得那么美。

像那只狗妈妈和它的三只小狗，太阳下，尽情亲昵嬉戏，一点不怕我这个陌生人。

像她，两岁的小女孩，在挂着红灯笼、堆着稻草和柴、码着大缸酸菜的进士府邸，并不懂得曾经的荣耀，捧着半碗没有菜的煮粉条，一边挑到嘴里，一边和两个小男孩玩得起劲，他们空着手，没有玩具，却那么开心。她突然抬起头，笑，叫我"阿姨"，像叫一个每天都来他们家的亲戚，又自顾自地玩起来。我掏出包里所有吃的给他们，他们接了，也不抢，也不说谢谢，继续玩。

像他，中年木匠，在傍山傍溪的街旁，听到我们赞叹花雕椅的精致和圆润时，露出雪白的牙，笑说："不是我刻的。我油漆。"神态相当自豪。

…………

这里，没有人为掌声而活。

也许，只为内心而活，也许，从来没有想过为什么而活。

多么简单，又多么智慧。

所有的安如磐石……

两天后，我去了香港。车子飞驰过青马大桥，进入灯火璀璨、高耸摩天的钢筋水泥的"森林"，感觉像穿越梦境，令人不由赞叹：反差真大啊。

人类的进步发展，说到底是从森林到"森林"，这对于人类，对于地球、宇宙，到底是福是祸呢？

我一直不懂。

在百度里，我搜到了人类关注"生态"问题的历程：

20世纪50年代，生态问题首先引起知识界的重视，进而引发世界各国政府的关注。

1962年，《寂静的春天》一书在美国出版，揭露了农药对环境和人类生存造成的严重污染及危害，在全世界引起轰动。

1968年4月，由全世界三十三位自然科学家、哲学家、经济学家、教育学家和企业家发起，一个探讨人类前途命运的多学科、国际化的民间组织——"罗马俱乐部"成立。

1970年4月22日，美国十万多所中小学、两百多所大专院校和各大团体两百多万人，在全国各地举行了反对污染、保护地球环境的大规模群众活动，后来，美国国会将这一天定为"地球日"，并得到世界范围内的支持，成为"世界地球日"。

1972年，第27届联合国大会将每年的6月5日规定为"世界环境日"。1974年以来，"世界环境日"每年都有一个主题，如："只有一个地球""水：生命的重要源泉""关注臭氧层破坏、水土流失、土壤退化和滥伐森林""儿童与环境""贫穷与环境"……

与此同时,"宇宙伦理学""生态伦理学""森林伦理学"等新兴学科相继产生。当代最有影响的生态伦理学家罗尔斯顿说"建立生态伦理学的契机和出路在中国传统的哲学思想中",即在"天人合一"思想当中。

与此同时,描摹世界末日的《后天》《2012》等灾难片触动了无数人的神经。

然而,与此同时,还有无数人,仍在做着截然相反的事,有明知故犯的,也有不自觉的,有私人行为,也有政府集体行为。

有一个网站,可以看到世界各名牌大学的视频公开课,我第一次打开,便被"幸福课"吸引。"我们来到这个世上,到底追求什么才是最重要的?"被誉为"最受欢迎讲师"和"人生导师"的哈佛大学心理学讲师泰勒·本–沙哈尔无比坚定地认为:"幸福感是衡量人生的唯一标准,是所有目标的最终目标。"

此刻,当我以"生态"的名义,重新回望磐安,我想起,磐安的县名出自《荀子·富国》:"为名者否,为利者否,为忿者否,则国安于磐石,寿于旗翼。"多么不简单啊,一个小小的王国,任世界变幻,始终如磐石一般,坚守着自己那份最深的"绿",让无数颗心灵,拥有安如磐石的幸福感。

歌里说,"从未感到过孤寂,就算这尘世颠翻天地……光阴渐去,命运点滴,唯一不变的是一起。因为坚信,我们敢去,哪怕远方看不清"。

磐安,你慢慢走,做你自己。我和你一起,永远不会弃你而去。

时代与时代相连,历史与历史轮回,仿佛是个圆,你看似走得很慢,其实也许你正走在最前面。

见龙在田

龙 一

这几日我走访了一个有趣的地方，听到一个有趣的故事，引出一个有趣的想法。

佳村是浙江连绵群山中的一个小山村，田里种茭白，坡上种茶树，而村中最珍贵的财产是一条"龙"。这天，镇上陪同采访的小胡给我们讲了这条龙的故事。

相传，佳村溪中有龙，保一村平安。不想，此龙在天庭考绩上佳，天庭升迁它就任他处新职，致使佳村连年大旱。村民惶恐，宰羊焚香，叩祷无算，请玉皇大帝选派新龙。玉皇大帝将一有罪降职的龙派到佳村。新龙到任，普降甘霖，村民得救。此后一连数年，佳村岁和年丰，庆祝丰收之时，村民三牲五供，祭祀新龙，并取新米投入溪中，供新龙食用。新龙反复向村民解释，不宜供米，然村民感念新龙仁厚，仍供米不止。此事被玉皇大帝得知，恼恨新龙媚养村民，致使村民对天庭无敬畏之心，只尊信于它，有损天庭威严，且村民糟蹋粮食也使玉皇大帝不满。于是，玉皇大帝降旨，罚佳村两年苦旱，且严令新龙，不得怜悯村民，绝不能私自布雨解救村民，更不能享用村民的祭祀。很快，佳村泽涸如龟背，山焦似炭烧，田中稻米、山中茶树全部旱死，连竹笋也干瘪了。村民哀求新龙解救，言已然醒悟，再不敢糟蹋粮食，更不敢有违天庭，如是者数四，老幼妇孺尽出，舞蹈扬尘，指爪掘地，叩头出血，祷声震天。玉皇大帝听任村民哀号，一无所动，然新龙不忍村民无端受罚，却也不敢对抗玉皇公然行云布雨，无奈之下，便化雨为雾，为霖，为露，为霰，滋润万物，同时也警告村民，不能用三牲祭祀，更不能以粮米投溪为它供食。不久，佳村山青水绿，五谷丰登，村民大喜过望，感动之余，便忘记新龙的警告，大张旗鼓，宰牛杀羊，设坛祭祀新龙，并且再次将当年新米大量投入溪中。新龙大恐，现身劝阻村民，然少数村民愚钝，肆意为之，私自祭祀，投米入溪。此事被路过的神仙发现，上报玉皇大帝。玉皇大帝大怒，恨新龙施私恩于村民，公然对抗天庭，藐视玉皇大帝天威，罪同恶逆，降旨将新龙斩作三截，弃回佳村。新龙分龙首、龙身、龙尾，坠落佳村，致使佳村土地变红，龙体也变成石质遗迹……

感谢磐安

顾志坤

从磐安采风回来，脑子里一直在想一件事：我该为这个美丽的浙中小城写些什么呢？不错，这次到磐安，可写的、该写的东西实在太多了，在一起采风的作家中，有人早已拟好了题目，如"诗意磐安""诗画磐安"等。有的已经开始动笔了，有几个诗人甚至边采风边已写出诗作来，并当晚就发在了自己的博客上，颇受读者的好评。

那么我又该写些什么呢？写风土？写人情？写磐安的特产与美食？都可写，但我想，我还是写写心中的那一份感谢吧，因为这一次采风，除了让我感受到了磐安独特的山水景色和浓郁的风土人情外，磐安给予我最多的是感动，因感动而生谢意，这是我要说的心里话。

先要感谢磐安的水，磐安素有"群山之祖，诸水之源"的美称，听磐安的领导干部讲，磐安是浙江重要的水资源保护区，作为钱塘江、瓯江、灵江和曹娥江四大水系的发源地之一，从磐安流下去的碧水惠泽着全省上千万人口，对于如今污染日益严重且水资源日益紧缺的下游，磐安的水，发挥着多大的作用啊。自然，我就是其中的一个受益者，因为我是上虞人，我就住在曹娥江边上。从很小的时候起，老师就教导我们，曹娥江是我们的母亲河，从我们的祖先，到我们这一代，还有我们的子孙后代，都是喝曹娥江水长大的，是曹娥江养育了我们，是它给了我们生命、智慧、力量、做人的志气和骨气。可以这么说，没有曹娥江，也就不会有今天的我们。那么，有谁知道，我们今天喝的曹娥江水，与数百里之外的磐安有什么关系呢？以前我不知道问题的答案，恐怕多数人也不一定知道。现在我知道了，原来我们喝的水，是从磐安一路流过来的，也就是说，是磐安的水滋养了我们。这么说，我们难道不应该感谢磐安吗？当然，更应该感谢的，还是磐安人民为了保护这一脉干净的水源，曾经放弃了巨大的经济利益和发展良机。坦率地说，与周边发达的县市比，磐安还比较穷，穷就穷在当地工业基础较薄弱。磐安要发展，工业或是突破口。磐安的领导干部和人民也曾渴望在磐安这一方土地上，有鳞次栉比的工厂建起来，有机器的轰鸣响起来，有源源不断的产品产出来。磐安的父老乡亲可以就近在这些工厂里上班，而不必离乡背井去遥远而又陌生的地方打零工，在每月的某一天，有数量不等但相对稳定的工资会装进大家的口袋中，成为家中收入的重要来源。县里的财政收入也会告别捉襟见肘的局面而有重大的好转，财政好转了，事关百姓切身利益的各项基础设施和民生工程就会得到大大的改善……

但是，这样的企业又在哪儿呢？不错，有着得天独厚地理优势的磐安并不缺企业，许多企业都想在这里生根、开花和结果。但是，当一些怀揣巨额资金和带着大项目的企业家主动来到磐安寻求投资的时候，磐安领导干部的头脑却保持异常清醒。不错，磐安需要企业来投资，尤其需要大企业来投资，但是，磐安更需要能和磐安的一方水土和谐相处的企业，这是磐安在发展中永远不变的宗旨。正因为如此，磐安才拒绝了一些污染型企业的进入，保护了这方水土的纯净和高洁，使全县的出界断面水质常年保持着国家地表水Ⅰ类标准，而空气中的负离子含量，全县竟保持在每立方厘米三千五百六十七个，比西湖、武林广场的空气中负离子含量不知要高出多少倍。要知道，负离子含量达到每立方厘米两千个以上的话，对慢性病的治疗很有益。当然，水质和空气质量虽然达标了，但磐安也为此做出了巨大的牺牲：本可稳定到手的巨额地方财政收入减少了，税收也减少了；本来可以就近上班挣一份稳定工资的父老乡亲，又得背起行囊远走他乡了。你能说，对这样做出自我牺牲的磐安领导干部和人民，我们能不表示感谢吗？

感谢过磐安的水，还要感谢磐安的广大领导干部和群众为我们保护了一大批遗产，这不是云里雾里虚无缥缈的话，而是我实实在在的真心话。这次到磐安，我们最开眼界的，是在磐安广袤的乡村里，难得看到了一大批保存良好的古建筑。这些古老的建筑究竟有多少，我说不出，也不知道磐安有关方面有没有统计过，但就我们这次采风所看到的，差不多每个村都有古建筑。其中有一些，还保存得相当完好。如玉山的古茶场、被誉为"大盘山中明清古村落"的双峰大皿村的古建筑群等，尤其是始建于南宋宝祐年间的盘峰榉溪村的孔氏家庙，宏大开阔，建筑严谨，堂构考究，古朴宏伟，堪称一绝。村中更有九思堂、五星堂、五书堂、九德堂等数十处保存完好的清代和民国时代的古建筑群，令人目不暇接，难以忘怀。笔者因职务之便，曾跑过许多的乡村，然而遗憾的是，在这些与磐安的乡村有着差不多历史的村落中，已很难看得到这样连片而又完整的古建筑群了，有的只是在一些被拆毁的古宅上建造起来的不伦不类的现代化建筑。虽然在某些村落中，也还有一些零星的古宅保留着，但大多已残败不堪、摇摇欲坠，并多充作关牛圈猪和放置粪桶柴草的场所，令人唏嘘不已。

坦率地说，对于是否要保存和保护这些古建筑，逐渐富裕起来的磐安人也是有过思想斗争的。住在亮堂牢固的现代建筑里当然要比住在阴暗潮湿的古宅里舒适得多，但是，拆掉这些古建筑，就等于拆掉了这一段连接着悠远血脉和文脉的历史，怎么办？怎样才能做到既保护好这些古建筑，又改善百姓的生活？磐安人终于闯出了一条新路子。尖山管头乌石村，可以说是这条路子最好的样板。这个村有四百六十多间连成一片的古建筑群，皆以黑色玄武石为墙，又以黑色的土瓦片为顶，四百六十多间房子分割成若干个完整的四合院。这是浙江省内保存较为完好的古建筑群。为了保护好这片古建筑群，乌石村在这个古建筑群旁边开辟了一个新住宅区。除了少部分村民仍住在古建筑群里外，大多数的村民就住在这个新住宅区，新住宅区的村民以开设农家乐为业，现有床位约一千五百张，2009年，新住宅区接待游客约十万人，营业额达到约八百万元。那天参加"浙江作家看生态"磐安采风团的全体作家就住在乌石村，与我们同住的是一千五百多个远道而来的上海人。一个坐落在崇山峻岭之中的古村落顿时成了人群涌动的"小上海"。在村里的一处古建筑门口，我问一位拄着拐杖正在仔细察看古建筑上一处砖雕的上海老先生："老先生，您在看什么？""看砖雕。""怎么样？"老先生频频点头："不简单，真的不简单，经过了这么多年，还能让我们看到保存这么完好的古建筑，真的谢谢磐安的人民啊。"边说着，老先生又拄着拐杖走向另一幢古宅。望着老先生微驼的背影，我久久地回味着他的话，是的，老先生的话是对的，磐安人民为了保存和保护这些古建筑，曾付出了巨大的努力和牺牲，在拆与保护这个问题上，甚至还产生了严重的分歧。但最后他们统一了思想，走上了一条良性发展的路子，更为其他兄弟县市的乡村古建筑保护和开发利用提供了可供借鉴的范本，因此，从这点上来说，我们难道不也应该感谢磐安人民吗？

要感谢磐安的地方还有很多，比如磐安人的性格。磐安人热情好客，磐安人纯朴爽直，当然，磐安人也执着，有韧劲，对于这一点，我曾与一位镇领导做过专门的探讨，他笑笑说："可能是山里人的性格吧，认准了的方向，就会一直走下去，决不会回头的。"我说："就凭你这句话，我要谢谢你。"

他说："为什么？"我说："你给了我启发，深刻的启发，别人我不好说。单就我而言，这句话就已是金玉良言了。"他点点头，说："磐安不比其他地方，各项发展均受地理条件的限制，大家心里都比较着急，但是如果你这也想干，那也想干，或者三心二意，东拿西放，到头来可能什么事也干不成，这些年我们干成了一些事，就是凭这种执着的精神。"他说的是实话，在玉山，在双峰，在尖山，在我们到过的磐安的所有乡村，几乎都可以看到镇村领导干部带着村民在忙碌着，或筑路，或整治环境，或修缮古宅……在玉山的上月坑村，一位正在筑路的村民边用衣角揩着头上的汗水边对我们说："这条路马上就修好了，欢迎你们到时再来。"望着这位满身尘土却又充满自信的山里人，我的心里涌起一阵激动，正要开口说声"谢谢"，不料却被一位杭州来的作家抢过话头："好的，到时我们一定再来，谢谢你们。"是的，谢谢磐安，谢谢磐安的父老乡亲，这是我们参加这次赴磐安采风活动的全体作家的共同心声。

血性磐安，淡定磐安

陈宗光

薄暮，远山如黛，冬阳很有节奏地退避了，黄昏的最后一抹亮色被长夜的序幕吞噬了，一切复归平静。我站在高山农家乐三层楼房的一个窗口边，迎着凉意微微的习习山风，远眺着群山的背影渐次退隐，感受山水磐安，回味人文磐安，思绪朦胧而固执。谜一样的磐安，到底是什么吸引了我？

地壳运动，汪洋大海中诞生了这块土地，也总有多少亿年的岁月了，但这块风水宝地一直没有自己的名字。由于地处浙中，又因生性古怪，近在咫尺的四邻，想起来了就关心一下，想不起来了也就遗忘了，及至到了1939年，才有人想起这块土地的别具一格，于是从《荀子·富国》"国安于磐石"之说，取名"磐安"。其间又离离聚聚，建县复县累计至今才八十二岁。这个年龄辈分，在中国县级建制里，怎么说都还是襁褓里的小弟弟了。其实，早在唐宋，这块土地上已经风起云涌、波涛翻滚了。八十二岁，在历史的长河里只是瞬间，可在这瞬间的背后，隐藏着多少抑扬顿挫或悲壮或感伤的故事？或许，我这几天挪动的每一步，都踏在某根敏感的历史神经上。磐安，你生性能屈能伸、淡定自如，我想，我应该是触摸到一些什么了。

"成吉思汗"们的铁蹄实在是太坚硬了，战旗所到之处，所向披靡。这个强悍的马背上的民族，先灭金，后又于公元1279年把整个没落的南宋朝廷踏得稀巴烂，结束了我国南北分裂的局面，继而建立起横跨亚洲、欧洲的大元帝国。

在这种背景下，有一个男人首先悟出了磐安这块土地的不凡，他是以自己的血性感应到了这块土地的血性的，这个人就是宁海的杨镇龙。元朝的阶级压迫太深了，文韬武略的他举起一面白莲教的旗帜，振臂一呼，便聚起了一支队伍自立反元，攻克宁海、象山后，他把队伍带到了磐安的玉山。不久，他的队伍便有了十二万之众。这里最宜养兵，剽悍的民风把这些原本身为农民的士兵熏陶得有如虎狼一般。大宋朝气数早尽，但他也不想跪下当元朝的臣民，竖如高山，横如流水，他也可以自立为王。于是，杨镇龙在玉山杀马祭天，建立了大兴国，自封为大兴国的皇帝。

势头正盛的元朝廷哪容下面有一个什么独立小王国，结果是早注定了的。经过几次血洗，玉山被荡平了，大兴国灰飞烟灭，唯余萋萋一片荒草。杨镇龙及其弟兄们的肉体虽然被铁蹄碾碎了，却竖起了一面血性的精神大旗。自古胜者王败者寇，想当年，杨镇龙压根就没有把自己当过寇。这是一种逆流的傲骨，七尺男躯最终头被砍了也只是个碗大的疤，大兴王还是大兴王，这个小王国的名称就这样流传下来了。今天，我们无须评论杨镇龙的是与非，当我在玉山第一次听到导游说到杨镇龙是"起义家"时，我已经体会到血性在这块土地上的分量了。

与杨镇龙一起灰飞烟灭的，还有临泽的周氏家族。南宋时，周氏家族的人均文武全才，整个家族居然有十八条金腰带。其中，有一条金腰带特别炫目，那就是用十八般武艺从千军万马的比武场上冲杀出来的南宋嘉定元年（1208）武状元周师锐。从厅基丘、台门丘、祠堂丘、簧门、庵堂基、前周、东周、西周、接官亭等古地名、古遗址的传说中，我们今天不难想象这个家族在宋时长达数百年的辉煌。显耀的府宅，宽敞的官道，成群的奴仆，丰盛的宴席，都构成了对南宋朝廷依赖和留恋的元素，因而临泽成了杨镇龙聚众造反的根据地也就不足为奇了。武状元周师锐在反元的疆场上，洒尽最后一滴血，向灭亡的南宋朝廷行了一个绝代的孝礼。他用血性捍卫了周氏家族最后的尊严，把自己的热血肉身化作了磐安的一抔土，为磐安这块厚重的土地输入了一份人文的营养。周氏家族被灭门了，以至家谱都出现了断代。但网再密，也总有漏掉的鱼。劫后余生的周氏族人从此四散隐居，开始休养生息。只要血性的基因没有消失，这块土地仍然有希望。

希望，总是会像春草一样，顽强地生长、拔节、开花、结果。

如今，当年周氏家族的居住地遍地荒草，阡陌田园中，谁也不会意识到，这里的地底下竟然埋着一个"朝代"，埋着一个古"大兴国"。随便在某一个角落用锄头掘几下，那裸露出的宋砖黑瓦，抑或兵戈器皿，都会向你诉说一个个惨烈的带血故事。这些故事无声地旋转着，迫使临泽乃至玉山甚至整个磐安一直淡定了数百年，直到今天。也许在21世纪的某一天，当掀开用泥土和荒草编织的盖头，再现当年的真面目时，磐安便会迎来另一种意义上的辉煌。

如果说杨镇龙与元朝的"胜者王败者寇"的争斗是中国内部矛盾的话，那抗倭的战争就是抵御外侮了。明嘉靖三十一年（1552），倭寇为了向外扩张，几个"鬼子"仅凭几下子三脚猫的功夫，头脑一发热，在浙江沿海烧杀抢掠后，居然向浙南、浙中挺进。他们破黄岩，掠象山、定海，攻仙居，进入磐安。这时，又一个不寻常的人看中了磐安，这人就是抗倭名将戚继光。那一刻，磐安大地开始震动了。还是在玉山，磐安抗倭军营中，几乎每天都有剽悍的民众参加义军，那些平时在田间、茶山劳作的小伙子，血管扩张，情绪沸腾，立志发奋沙场，舍身保家卫国。

龙虎大旗高高地竖起来了。龙是中华民族的图腾，虎是百兽之王，这龙虎大旗竖起的是一个民族的精神。在磐安，龙虎大旗竖起的是这一方土地的性格和品行。劲旅发威，玉山的夹溪岭、乌岩岭寨隘坚如磐石，倭寇最终在这里折戟沉沙，从此在磐安这块土地上销声匿迹，最后成了历史的笑柄。

夹溪的亿年冰臼作证，磐安的土地是容不得野兽蹂躏的。是朋友，我们执手同欢；是敌人，我们水火不容。

同是这块土地，红军的星星之火燎原过，抗日战争的时候，还消灭过日本鬼子。在笔者眼里，磐安的浙中十里大峡谷，别说奇岩危壁了，就连凝聚了万千点滴露珠的瀑布，也是雄气十足的。它们从高处飞泻直下，粉身碎骨了，仍始终站立成一个顶天立地的英雄模样，让人感慨咏叹。

夜宿乌石村，我迎着冬阳的余晖，走向那古老风貌依旧的村庄。纵横交错的乌石小巷里，仿佛处处卧虎藏龙，冷不丁便会撞见当年的英魂。那用碎石铺就的庭院能否诉说，那耸立千年的枫香树能否指证，这里曾经有过怎样的谋划，抑或发生过多少惊天地、泣鬼神的故事。今天，一个规划齐整的乌石新村，光农家乐的接待床位就达一千五百多个，可同时接待两千多人就餐，这无疑破了一省的村级农家乐接待纪录。我想，这里雄壮的大峡谷风光，以及在这块被血性滋养着的土地上生生不息的传奇故事，正是吸引大城市的人们光顾的主要原因。

老天是公正的。高山旮旯里的东川村，居然成就了一片千年香榧林。时势造英雄，东川人潜伏着的血性在新时期的气候下，火山般喷发，他们硬生生地用十来年时间，把一直阻隔新旧时光的大山肚皮戳了两个洞，从此，东川与大山外的精彩世界用一条能开大车的"直线"连接起来了。如今，年产约二十万吨的蜂儿香榧果，摆上了大城市超市的货架，使这一村的农民过上了有滋有味的新生活。

从另一个角度来说，磐安这块土地的血性，是以淡定的方式来体现久远的辉煌。光一个玉山古茶场便可证明这一点。"君子比德于玉"，玉之润可沉静浮躁之心，玉之色可愉悦烦闷之心，玉之纯可净化污浊之心，而茶亦具有同样的功能，茶和玉淡定同案，意境之深远，莫可言传。两者的区别仅在于，茶不但可品，更可吃。

茶，在唐宋，乃至更早，就已是"国饮"了。茶文化多方位地丰富了君子的内涵。

怪不得磐安人喜茶种茶，一眼望去，满山满垄都是青翠欲滴的茶。

想象中，这还是唐朝的某一个日子。微风吹散了连日的阴霾，水汽氤氲的山岭间，毛毛细雨逐渐被地气糅合了，一抹春阳很悠然地把雾幕徐徐拉开，大地渐次灿烂起来。

霎时，江南春山特有的清鲜气息一下子就沁满所有的空间。这一刻，"茶圣"陆羽正在自己的茶屋中点墨《茶经》。篝火很旺，壶中的山涧水已经煮沸，他把火压了下来，然后放上一撮龙井，慢慢煮，见差不多了，倒出一小瓷杯，轻轻啜上一口，品味极佳。他推开窗户，极目远眺，见苍翠群山一层一层地被春风剥开来，让阳光点缀成一幅金光闪闪的水墨画。茶是好茶，景是好景，他立时就想到了玉山茶山，那一片久仰的茶山也该是今天窗外的这般景色了，兴之所至，他欣然在《茶经》落笔："婺州东阳东白……"

翻看资料，那时磐安无名，隶属东阳。

据传，玉山就有一个叫龙井的地方，产出的茶叶就叫龙井。后来有人把几棵龙井茶树带到了杭州种植，由于杭州的城市影响力大，后人认为龙井就是杭州的了。我们现在知道的"婺州东白"是不是就是当年的龙井，喝茶时已可究可不究了，但对于玉山茶叶的出名，历史上是万万不可缺一人的。

这是最早一个在磐安这块血性的土地上淡定地干出一番事业的外地人，他把自己所有的心血和智慧献给了这片土地，这人就是晋时道教名士许逊。与别的英雄好汉不同的是，他看中的是这里的"三茶"——茶山的面积、茶叶的品质、茶农的执着。那时，玉山已经是茶乡了，但好茶没有叫出好名声，原因是工艺落后，无促销手段，致使茶农生活窘迫。喜游名山大川的道人多饱学，许逊扎根玉山，反复数年，终研制成了名茶"婺州东白"，用现在时髦的话说，"从此一炮打响"，不但解决了茶农的温饱问题，也推开了茶叶的销路，茶农也因此把许逊尊为"茶神"。

由于货真价实，到了唐时，"婺州东白"被列为贡品，亲尝"贡品"的陆羽把此茶写入《茶经》也就在情理之中了。

有了上述基础，磐安的茶叶到了宋代便迎来了辉煌。茶叶交易市场开起来了，朝廷更是设立了巡检司，"生意兴隆通四海，财源茂盛达三江"。我们今天双脚踏在这个古茶场，还依稀感觉到当年那人声鼎沸的火热场面。那占地约一千六百平方米的建筑里，无处不刻画着当年茶场的兴旺痕迹。无疑，茶叶是当时地方的支柱产业了。尽管元、明、清时当地茶产业衰弱了许多，但古茶场一直完整地保存到了今天。如今，玉山古茶场已成了中国茶业发展史上的一块活化石，一系列完整的茶文化，成为中华文化不可或缺的一员。

这是天下一绝，这是血性磐安创造的一个淡定奇迹。

那一刻，我在这个古茶场里，喝着一杯香气袅袅的当代名茶"云峰"，深思良久……

凝聚着血性的淡定，磐安有着不凡的吸引力，孔氏南宗一脉定居榉溪，是命中注定的事了。

历史上，北宋错把宋徽宗赵佶推上了皇帝的位置。这个赵佶不理朝政，却工于书画。他的宫廷书画堪称史上一绝，如果把他放在诸如现在书画院院长之类的位置上是蛮恰当的，但他身在帝位治国无方，致使朝政腐败、国库空虚，为南宋的彻底没落埋下了祸根。同样错误的是，赵佶的儿子赵构当了南宋的皇帝。赵构，这是个胆小怕事，没有治国能力，永远直不起腰的主，战事一开打，他不顾臣属，成了先行逃命的缩头乌龟。结果，国与家的命运都可想而知了。

如果不是宋高宗赵构的逃命，磐安恐怕没有孔氏儒学的言传身教，这就是我在前面所说的"缘定"。

宋建炎三年（1129），金兵入山东，陷兖州，宋高宗仓皇南渡至浙。大理寺评事孔端躬侍父孔若钧随驾抵台州，闻孔氏第四十八代世袭衍圣公孔端友兄已背着孔子夫妇的楷木像涉居三衢，并业已定居，孔端躬便辞驾从台州赴衢与兄会合，不料途经僻壤榉溪其父孔若钧身患重疾病逝，目睹南宋朝廷腐败无望，自感无回天之力，遂决意丢官弃禄，隐居榉溪。

想必当时叫榉川的榉溪，定是野兽出没的蛮荒之地，但孔端躬完全继承了老祖宗孔子当年周游列国的那股吃苦耐劳的衣钵，硬是把这个弹丸之地开发成了风水宝地，从此适应乡野生活，恪守祖训，尊师重教，开办书院，传播儒学，如此一代代繁衍至今，影响日盛。

不可否认，孔氏儒学的直接传播，多少滋润了磐安这块土地，这是一种不可或缺的人文营养。有了它的渗透，血性在淡定的氛围里总是恰到好处地爆发，效果也总是恰到好处。

水声叮咚，山重重，我依依不舍地站在磐安农家乐的窗口边，透过夜的眼，朦朦胧胧地看到了千年前的一个小村庄——唐时的大皿村——茅庐炊烟，小桥流水，山花野草，田园阡陌，鸡鸣狗吠，村侧高山顶上，突兀地长出乳状的双峰。一个落魄的诗人走来了，他在浙中等地流浪许久了，感觉前途渺茫，人生无常，几近绝望。今天，他流浪到了双峰山下，一不留神睁大了双眼，面对着的居然是陶渊明笔下的"桃源"。他最后向着双峰山，大喊了一声"我陆游"，长长地叹出了一口胸底之气后，吟出了两行千古名句："山重水复疑无路，柳暗花明又一村！"

我一夜无言，沉睡在陆游的村庄里。

要离别磐安了，最后的午餐定在花果山山庄。那情那景，我又一次想起了陆游的千古名句。

血性磐安，在淡定中相聚，下次见面，你让我感觉到的将是怎样"柳暗花明又一村"的壮观？

在磐安，行走斑斓
——触摸人文建筑

孙和军

　　我们在一幅"群山之祖，诸水之源"的卷轴画中行走，穿过明净舒缓的大盘山台地，信马由缰，迷醉在季节的斑斓中。南方红豆杉和香枫的落叶，染着金子光泽的诗句，满满地铺进了我们的心灵。"浙江作家看生态"磐安行，在浸染了六个日夜的山水灵气之后，我似乎更多地被散落在磐安各地的人文建筑所吸引。

古茶场，用我唯美的惊叹装饰

　　似一幅随意勾勒的徽派山间庭院画，在略显凉意的秋冬之际的马塘村，人不经意间就嗅到远飘的煮茶啜茗的浮香。走进去，又陡然发现——玉山古茶场，全国重点文物保护单位，国内唯一现存的古代茶叶交易市场。

茶场庙供奉的是道教净明派尊奉的祖师，东晋高道许逊。许逊（239—374），字敬之，道号真君，南昌人。据说他活到一百三十六岁时，率全家四十二人和鸡犬等一起升天。所以有了后来"一人得道，鸡犬升天"的说法。《列仙全传》里有对许逊精彩且翔实的介绍。由人向神转化，自然免不了类似的渲染。不过，我倒怀疑历史上的许逊和他的全家人及鸡犬等是被龙卷风卷上天的，然后又不知摔在了哪里。

玉山茶农从宋代开始奉许逊为"茶神"，并建茶场庙，塑像膜拜，是有两个原因的。其一，许逊曾与著名学者郭璞为伴，云游四方。游历玉山期间，许逊见茶树遍布山野，茶叶却滞销，于是帮助茶农研究加工工艺，遂成茶中精品"婺州东白"，畅销各地。唐时"婺州东白"被列为贡品，被"茶圣"陆羽收录在《茶经》之中。故历代茶农感谢许逊。其二，宋代的皇帝崇尚道教，列道教为国教和正教，宋徽宗自称教主道君皇帝。许逊被诰封为"神功妙济真君"，民间对许逊的信仰历经层累衍化，在宋代达到高潮。朝廷和民间一起热衷于造神，于是有了这座茶场庙和管理茶场的巡检司。

一座茶场，因为造神的缘故而聚散千年，是需要一种文化的信仰来支撑并延续的。清乾隆年间的那次重修，又赐予了我们二百多年的历史眸光。精美的雕梁画栋，巧致的檐柱牛腿，奇妙的天井卵石图案，以及诸多清代官文"称头碑"，在这座古典方正的木质四合院落里，我也一样可以经历某些历史时期被朦胧、被模糊，甚至被摧残的心灵砥砺，然后，愈发在今天变得明朗和美丽起来，并让我这个来磐安做客的异乡人坚贞地固守住这份明朗和美丽。

或者举手轻抚，或者抬足轻踏，走马楼式的廊轩里，隔着千年百年的时光回望古人。聆听携着山风而来的马蹄声，卸篓担筐的吆喝声，分茶斗茶的赞叹声……春社、秋社在早晨的窗户下轮流播放。祭茶拜神，茶神巡山，寿龟端茶，看社戏，挂灯笼，吹先锋，叠牌坊，一排排亭阁花灯喧腾而过，三十六个青年壮丁在茶农茶商的围观鼓劲声中竖起龙虎大旗。

赶完茶场，商旅者望着在翠色中模糊的落霞，纷纷牵马骑驴，沿着婺台丽绍古道，向着大山的纵深处颠簸着前行。这时，黛青色的山峦在天际凝成了几抹高低起伏的轮廓线。

我喜欢想象古人的生活，喜欢在远离城市的山间乡野，回归一个地域文化的本真。古建筑专家罗哲文先生在2004年考察玉山古茶场时，就赞叹它为中国茶叶发展史上的"活化石"。我在普陀接待过罗先生，并蒙他赠书赠字，也算有一面之缘，不揣冒昧，想赘赞一句"中国茶文化的生态地标"。虽然，我只是玉山古茶场的匆匆过客，在一个偶然和短暂的时间，用我唯美的惊叹，装饰了这个茶场。

夹溪古道，我用文字一路踩来

从夹溪十八涡出来，陪同的磐安县文联同志建议我们几个体力较好的去爬夹溪古道。我毫不犹豫第一个上去了。

一个地域的人文历史，就是这个地域文化生态的最好标注。自第一批山民蹚过夹溪大峡谷开始，自然也就有了和它年龄相仿的古道。樵夫与僧侣，商旅与马帮，侠客与戍卒，流放的官员，赶考的秀才，游山玩水的诗人……曾经属于他们的古道，今天却成为我的古道。那一个个在阡陌红尘中与山色一起渐行渐隐的背影，今天成为我用五官去召唤、用心灵去相逢的天涯人！

峰从天上来，云自脚下踩。这是古人登古道的意境。意境何尝不是一种风景？翠峰如浮，山风似涛，漫过满眼的是圆滑斑驳的青石，以及覆盖其上的红叶黄草，荒藤杂蔓。移步换形，望峰息心，叩响的是先民筚路蓝缕的足迹。将一块块石头铺砌成一条通往沿海地区的盐道、商道、学道，繁荣与沧桑，喧嚣与寂寞，在山花烂漫中自由而执着地蔓延。

是的，我们望不到先民，如同我们望不到古道的尽头。但是，峰峦叠嶂之中，我们望见了那座古朴的关隘——夹溪寨。古寨据扼于路冲，两旁即削壁千仞，深峡险谷，涛声回薄，是用巨石垒起的约十米深的拱形寨洞。寨洞中间有巨石闸门，战斗紧急时可以掉下闸门，刀劈斧削般阻隔敌人。碑文载，明嘉靖三十四年（1555），副使刘悫巡摄金华，为防倭寇入侵，亲来夹溪视察，见此处"群山划然中断，两崖相持壁立，其下即所谓十八涡者也。桥横亘其间，如缀绝绠，真天险也"，即命建夹溪桥。

当年寨顶置滚石檑木，颇有一夫当关万夫莫开之势。明嘉靖三十一年（1552），倭寇入侵，掠象山、定海，破黄岩、仙居，进入磐安境内。戚继光在金华招募兵员。一代名将和他的婺兵曾在此守关拒敌。这是一条上控金、衢，下延台、温，沿海地区入浙中之要道。旌旗映日，白刃凝霜，战马萧萧于飒飒风涛之中。金盔银甲的戚继光肃立于夹溪古寨，眺望群峰，他淡定而犀利的目光已经穿越了群峰，和他的戚家军一起，在东南沿海一带诛倭灭寇。

如今，戚家军营址隐约可见，巍山耆民赵模为守军捐建的数间石屋，基址犹在。饱受过战火熏燎的夹溪古道，因为抗倭与历史遥相感应着，延续着。清时，衙门也曾在此设夹溪岭汛，驻右营马战百总和守军三十名。咸丰年间，太平军主力部队沿此下天台。1942年冬，国民党军嵊绍司管区一连沿途驻防，为日寇偷袭而全部遇难。1949年2月30日夜，浙东人民解放军第二游击纵队也经此道奔袭天台并攻克天台县城。

走过关隘，古道曲折而上。那曾经的客商川流，曾经的烽火络绎，及见证古道故事的古松，还会向我们传递什么样的信息呢？我臆想古松的虬枝上一定深藏着某种语言，或许也会以诗歌吟唱行者的寂寥，以散文舒展天庭的玄机，以小说泼写山丘的颜色。那是大自然的语言，幽幽古道，让历史与大自然如此贴近。今天，它是我用文字一路踩来的精神驿道。

驿道不是人生方向的全部，却是人生的中转站；正如历史不是岁月的全部，却是岁月的中转站。行色匆匆的人要在这里分流，聚散，当阅尽沧桑的我们徘徊在十字路口，历史会诡秘地、玩世不恭地以文化的名义，与我们共同构筑起一道囚笼，睿智地消遁在找寻生命终极的走向中。

孔氏家庙，无法完成的对话

走进孔氏家庙，心情总是崇敬的，视线总是清明的。按照新儒家代表人物杜维明的观点，儒学是一种学习的、包容的文化，更是一种可以对话的文化。只是在人性与神性的不断演绎转变中，我不知道自己有没有与之对话的可能。

从榉溪的南畔走到北畔，只有十几步的距离，一座桥为我们完成了摆渡；从简朴的孔氏农居到深邃的孔氏家庙，近的只有一墙之隔，血缘为他们完成了穿梭；曲阜的马车从春秋御到今天，一纸史书就完成了远隔两千多年的征程；从初来乍到的后生晚学到庙堂之上的儒学圣贤，要完成一种对话，恐怕依旧不可实现。

我终于明白，我离"七十而从心所欲，不逾矩"尚远。不是孔子不给我对话的机会，相反，那"如在"大匾下孔子的塑像其实是为来访者提供了对话的亲和氛围。只是当一个白丁面对鸿儒时，除了顶礼膜拜还是顶礼膜拜。

对话不只是教导，更主要的还有对彼此的倾听，对彼此的尊重。《论语》，应该就是孔子的弟子怀着这样的初衷编纂而成的吧？是的，从礼乐之治，到人性释放，我们已经倾听了《春秋》和《论语》以作为传统中国人道德思想的坐标。我们走进了《春秋》，走进了《论语》，又必须从《春秋》和《论语》中走出来。

婺州南宗阙里，孔子第三圣地。打开一本《沉浮榉溪》，我感动于榉溪孔氏八百多年的守护，命运注定了他们可以成为文化的长跑者。而我，充其量只是个文化的追随者，在"脉有真传尼山发祥燕山毓秀；支无异派泗水源深桂水长流"对联前，我渴思着或许能获得些微精神上的能量；在孔子第四十七代孙孔若钧的墓前，我寻思于千山万水之中安放自己灵魂的轨迹；甚至在南宗孔氏名人和榉溪孔氏名人画像之前，我惊讶于耕读文明才是一个家族、一个国家能够不断壮大且永恒地延续的原动力。

　　孔氏家庙始建于南宋宝祐二年（1254），元、明时历经多次维修。伴随历史沧桑，清初孔氏家庙毁于兵燹，现存建筑为清代重修。整个建筑由门楼、戏台、前厅、穿堂、后堂和两个小天井组成，通面阔约二十一米，通进深约三十米。门楼采用三柱穿斗结构，戏台为轩阁式结构。前厅、后堂是五开间，招梁式和穿斗式相结合。木梁上遍布精致的雕刻饰品，八十四根柱础中留有宋、元、明、清四个朝代的式样，那是沧桑历史留下的记录。

　　"宋室南渡"在中国人的历史心理上一直是比较狼藉的。然而从文化尤其是儒学迁移传承的角度来看，我们却能得到一丝慰藉。衢州南宗和婺州南宗，都是这一历史的产物。孔若钧、孔端躬父子选择了榉溪，就如同在历史的特定背景之下，演绎了人生的一场戏。站在写着"金声玉振"字样的戏台上，仰望古老的彩绘壁画，生命中肯定会有某一根暗弦被隐隐拨响。戏是浓缩了的历史，在家庙的戏台上，多少生旦净末，演了自己，也演别人；多少妇孺老少，观看了别人，也观看自己。

　　青山夹道，榉溪潺潺。家庙的马头墙、檐翼、旗杆，以及周边的老街，孖和堂、九思堂、永芳堂等，在我们行走的不经意间，增添了文化的感染和诗意的惊悸。我知道，我无法完成与孔圣人的对话，却凭着梦想的飘逸张开了对古代建筑惊心动魄的领悟。

　　感谢榉溪，感谢孔氏家庙。

村落生态，一种自然的生命情怀

　　江南的古村落，总是一曲山水协奏的古筝雅萃。一山一山抚过山的裙褶，一溪一溪拉着溪的裙裾。我们的车子梭子般穿越在依山傍溪的崎岖公路上。"山绕孤村，水绕孤村。"庐陵刘仙伦编织的青丝绿线在我记忆的梭子里抖落、盘缠。

　　田野永远是七彩的，即便在初冬的嫩寒中。偶尔遇上一阵毛毛细雨，我们最痴想的，就是披上青箬笠、绿蓑衣，山水情结、田园情怀毫无理由地成为中国农耕文化背景下知识分子撇不开的牵念。这样的情致下，看见深山野坳一幢幢黄色的土坯房，都会感觉是山丘为我们特意披上的朴素却华美的衣衫。

尽管这样的比喻并不确切。但是，我知道一个实情，许多中国人的艺术灵感都躲在夜色中。那么，今晚我获得的一个新灵感就是：中国村落的建筑精华都隐居在山岙里了。

村落建筑艺术的原生态或许与城市建筑艺术的繁华相距甚远，抑或是两个极端。但繁华的极致是不是又会回归到原生态？

在尖山东里村，作为祭礼和聚义之用的厉氏家庙，和其周边的睦雍堂、惇睦堂、忍德堂等四合院，都饱饮了一百五十年甚至二百五十年以上的山雨岚风。长幼有序、和睦相处的传统道德观，浓重地播撒在这个村落的土地上。我在一位厉姓老人指引下，看到了睦雍堂南北台门上的匾额分别写着"山鸟谈天""池鱼读月"这样妙趣天成的佳句。饮其流者怀其源，这不是厉氏先祖与环境和谐相处的原生态理念吗？

松茂竹苞君子宅，云蒸霞蔚隐士居。安文王隐坑村相传留有昭明太子萧统读书著作的遗迹。也许是这个原先偏僻的连鸟都飞不进来的山坑成就了萧统，也许是萧统成就了这个山坑。水秀山明，不藏仁智都难；人灵地杰，不传声名更难。在此倚着长长的流溪、斜斜的阳光，靠着嘎吱的木楼、参差的石阶，看着晨烟暮雾在竹林梢头袅袅，听着鸡啼犬吠在小桥那畔隐隐，还有谁不心向往之？

山磅礴而深秀，水澄澈而潆洄。玉山的上箬坑自然村，自唐贞观年间开始，先民以最初的刀耕火种方式，开辟着自己美丽而神圣的田园。至今仍繁衍着近五百位姜尚的后裔。溪石泥木搭建的原生态楼房里，都流传着发生在村落里的二十多个民间历史故事。村口的广场上，两水环流，两庙合建，古木群簇，林翳盎然，自见风藏于斯，气纳于斯。

生存与繁衍始终是人类两个最基本、最古老的生命主题，也是最原生态的文化主题，无疑，那是一种对生命意义的追寻。在乌石村，我陶醉于香枫红叶和竹海翠涛以外的最美最炫文物，乃是清一色的乌石和乌石锻造的石居村落。我可以想象这里的村民对生命的理解也应该是最美、最炫的。乌石庇护了村民，有生命的人与有灵性的石，几百年间互相抚慰，早已演化出一种默契。我沿着狭长如梦里老家的石街行走，两旁水印般晃过一幢挨着一幢的四合院式明堂，终于徜徉在东川村村口的大香榧树前，望着远远的山道上隐约的人影，幻想着在这里与一位美丽的村姑相爱，我想，这不仅仅是简单的浪漫的造化，更是对人性本真与生命意义的文化追寻。

村落生态，一种自然的生命情怀。

磐安行

柴　薪

一棵树

不知道是被一个有心人在多年以前种下，还是被大风挟带或者从飞鸟的嘴角遗落下的种子自生而成，抑或是森林中的一茎树根潜行于此然后破土而出。在玉山临泽，我看到这一棵古老的银杏树。它葳蕤的枝叶旁逸斜出，构成巨大的树荫，浓荫下的泥土里，小虫很凉快吗？我不知道它长于何时。它像一个历经沧桑孤独的人，它远离森林，在荒野，它用鸟鸣、风声、雨声、落叶声这些声音自言自语。

当路人说它繁花似锦的时候，它在一夜之间删繁就简，落叶纷飞。当路人说它枯萎衰败的时候，又有一轮新绿在枝条中萌动。一棵树，在荒野维护着自身的高傲和寂静。它甚至没有一厘米一厘米向外移动，只在内心画着向上的年轮；它不关心自己被命名为春天或秋天，它只全力以赴地做着一棵树独自应该做的事情。冬天，它像一个白头老人；春天，它像一个簪花少女。谁也不知道这棵树有多大的年龄。我想起在磐安境内见到的其他古树群，像管头龙背的古枫香树，塘口和小桥头的古香榧，水口殿边的古枫杨，水口文昌阁的古柳杉，楼下宅纸炉脚的古柏木，门头山的红豆杉、黄檀，夹溪古道旁的马尾松等，它们的树龄动辄上百年或数百年，令我肃然起敬。

现在是初冬，这棵银杏树下落满树叶，一地金黄。我凝视荒野上这棵孤立的银杏树，想起俄罗斯作家陀思妥耶夫斯基的一句话："在人和森林之间，可以死得更舒服些。"我觉得他是在说这棵树。而此时这棵树也许正以两个硕大的鸟巢为眼睛打量着我这个陌生人吧。它用鸟蛋作为瞳仁，用鸟羽作为睫毛，而鸟的飞翔就是其目光流转。

青砖·黑瓦·乌石墙

像薄嘴唇一般说出雨声的黑瓦，微雪覆盖的黑瓦，鱼鳞一般在碎银似的月光中移动的黑瓦，生长着一棵棵瓦松的黑瓦，倚伴着麒麟等神秘动物砖雕屋脊的黑瓦，在我的现实生活中已经渺无踪影了。只有春雾一般的回忆和浆果一般的梦境，依旧维护着黑瓦及其覆盖下的外婆的煤油灯、表姐的小铜镜、外公的陶药罐，还有我的少年时光。

在今天的城市甚至许多乡村，钢筋、水泥、铝合金、玻璃等取代了木头、青砖、石头以及黑瓦，取代了我及许多人的童年和故乡。

制砖瓦的工匠，烧制技艺和烧砖瓦的土窑不再交相辉映，一起遭到废弃。那种倾斜的屋顶，躺在床上就可以听到鸟鸣、风声、雨声以及雪子踩在黑瓦上的足音的大瓦房，如今只能在一些偏远的山区小镇或民俗保护区才能见到。同样，像片片黑瓦叠加而成似的，乡村少女拖到腰间以下的长辫子，如今也只能在某些电视剧或某些油画中偶尔窥见。而今天，我有幸在磐安的许多山村小镇上见到如此之多保存完好的青砖、黑瓦、马头墙的古建筑古民居，尤其是在尖山管头村看到用乌石砌墙的古民居，而且墙壁上乌石和乌石之间一点黏合剂也没有。我的心房已成了用一万条辫子、一万行黑瓦编织叠加而成的大瓦房啊，潮汐一般的雨水日夜喧哗。

古镇老街

尖山中有一条由明清时期的建筑物构成的名闻遐迩的老街，青石板、鹅卵石铺就的街面蜿蜒伸展。街两边精美繁复的文昌阁、鼓楼、钟楼、家庙、祠堂、花厅、民居错落有致。古建筑中的天井、马头墙、木刻、石雕、砖雕、石兽、绘图、壁画、题壁、题照，精妙绝伦。我想象当年的酒坊、茶肆、商铺、旅店、药店、染坊镶嵌在这条老街上，小镇车马辐辏、商贾云集的盛景。我想象他们当中有商人、贩夫、挑夫、山民、兵卒、土匪、僧侣、道士，而我希望自己是一个身穿长衫，手拿折扇，壁上题诗，花前月下饮酒，道上骑马，偕书童游历的书生，与他们擦肩而过！

老街独特的氛围，会不会激活古镇沧桑的回忆，从而使约三百年前的风声、雨声、鼓声、钟声、面影、背影再现于白天与黑夜之间呢？我走在这条暗藏了无数风情和传奇的老街上，半梦半醒亦真亦幻。

瀑布的近邻

瀑布很小，也无名，却很美，位于浙中磐安山区某峡谷中。其近邻有无边的树木，许多种鸟及零星的几家农户。初冬的某一天，我与朋友漫游于山中并借宿于某一家农户。看白云，走栈道，观瀑布，听水声，沐山风，吃野菜，说闲话，无比幸福。

从某种意义上说，水，躺下来是河流，站起来就是瀑布。换句话说，瀑布是站立的河流。

瀑布使平静的河流喷珠溅玉，烟紫雾白，如同一个少女源源不断地生长中的又粗又长的辫子。而山就是这个少女，她在深夜才会转过身来，让我目睹她另外半边的容颜。瀑布周围长满了河边常见的芦苇，使我感到惊奇。大概它们预见到并促使这一瀑布在许多年后开辟出一条新鲜河流吧！风中的芦苇苍苍起伏，令我想起《诗经》中的白露、蒹葭、秋水、伊人。晚上，在农户家，朋友们一起用餐，用大杯喝酒，喝那种当地自制的谷烧酒。酒好，堪比茅台。热辣辣的如瀑布般直泻肺腑，我的胃部也应该生长出一两株芦苇吧！恍恍惚惚地倒在床上，睡去。睡梦中或许梦游着到瀑布中去给一个少女梳辫子吧。

手艺人

在磐安许多古老的小镇上，我看到了他们。裹着蓝布围裙，戴着断了腿、贴有胶布的老花眼镜，一颗花白甚至完全雪白了的头颅俯在一件金器、银器、铜器、玉器、铁器、木器、石器上，用尖锐的刻刀细细地琢磨，用坚硬的铁锤淬火锻打，用锋利的斧头劈砍，用尖利的凿子雕刻。一个下午或一个夜晚流逝了，而他不知不觉；一个陌生人站在他面前很久很久了，而他不知不觉……在这个喧嚣、鼎沸的世界上，手艺人的存在艰难地延续着一脉静气。

一个诗人，也应该是一个手艺人，书房就是他的作坊，他细心地用笔和纸擦拭，打磨着因蒙尘而黯然失色的文字。这些传承了约五千年的铜器已经褐迹斑斑，在手艺人的手里渐渐恢复着它们最初的活力和光辉。一个诗人与一个手艺人拥有共同的使命——发现。发现，就是除去遮蔽。他要从"常识"和"定理"中突围，收复被这个数字化的时代所侵吞的向这个世界发问的能力。

以诗取仕的唐代已经远去，以诗致富的时代永远不会来临。在这个浮躁的时代，诗歌在许多人眼里已经成为可有可无的阑尾了。诗歌写作，一种无法养家糊口的手艺，一种下午或夜晚边缘的事业。从工厂、医院、学校、银行、商场、公司回到家，回到书房，诗人平庸的脸上渐渐反射出文字复活之后的光芒。

他偶尔怀抱心爱的铜器走过雨中的小巷，许多人从日常生活中蓦然抬起嘴唇，发出梦呓一般的欢呼。

地名背后的秘密

我在磐安境内行走，路边的乡镇、村子、河流，这些在当地地图上的地名，在我眼中化成具体的风景。

我觉得在行走中，阅读一个个我经过的地名，也是一种享受。比如：安文、玉山、临泽、马山塘、小溪头、茔石仓、台盘、里黄门、飞凤山、上月坑、上箬坑、十八镬、香灵岩、沉钟镬、花溪、夹溪、尖山、楼下宅、龙背、塘口、水口、管头、新宅、桥屋基、纸炉脚、火炉岭、双峰、盘峰、榉溪等。

这一个个地名一定有许多故事深藏其中，而我无力管窥。

徒步在它们之间，我希望能遇上一个具有隐者之风的白发长者并能与他彻夜长谈，或许如此才有可能洞悉一个个地名背后的秘密……

玉山古茶场

走进古茶场，一遍遍抚摸古茶场粗大的圆柱、斑驳的墙壁，在茶场厢房楼层的回廊，我仿佛闻到古时"婺州东白"的幽香。

古茶场内鹅卵石铺就的天井地面落满明媚的阳光，茶场厢房楼层地板上阳光被栏杆、栅栏的阴影一块块分割，像是在丈量那些远去商人的脚步。

古茶场外，一条新铺的水泥路静卧着，掩盖了原来黄土路上匆匆而过的车辙。故事、传奇和传说，还有古人从这里出发，随着茶叶去了远方，一去不复返。

在这个暖洋洋的冬日里，我坐在古茶场内一张四方桌旁喝着一杯磐安云峰茶，茶香四溢，齿间留香，沁人心脾，加上磐安的朋友好客，让人舒畅，有一种温暖的气息。

在这个冬日，在这个全国唯一现存的国宝级的古代茶叶交易市场内，由茶开始，我进入历史，进入一种思考：茶如人生，人生如茶。

谜一样的临泽

出过一个状元、十七个进士，一门十八条金腰带的周氏先人在南宋末年怎么突然消失了？这种宗族突兀的断代和猝然的终结，令人疑惑，令人费解。

繁华的"十里长街"，体现周氏先人财富和权势的"马路"怎么也已不见了踪迹？

瓦砾、陶片、炭屑、烂木，不时被人从田间地头的黄土坡里挖出，难道临泽的地下真的藏着些什么？元初，杨镇龙起义兴建的大兴国城遗址真的深埋在临泽的黄土下？

谜一样的临泽，给我们留下许多未解之谜。

大皿古风

双峰乡人民政府所在地叫大皿村，大皿村四面环山，中间有一条清清的溪水缓缓流淌。居民大都沿溪水两岸而居。大皿村古风依然，有许多古老的民居。最有名的有节孝坊、进士第、二十四间民居等。还有一幢奇异的古建筑，叫前园三层楼。该楼建于清末民初，由大皿村一个在外行医的名医所建。楼房坐东朝西，正厅为三层，厢房两层，天井内有花坛和长形鱼池；楼房雕琢精美绝伦，人物花鸟山水，栩栩如生，四柱牛腿雕有马、羊、虎、狗，表示中国文化中的"忠、孝、节、义"。楼外墙壁采用许多西式建筑的元素做装饰，中西结合。这在当时的大山里绝对是一个新鲜的事情，也由此可见主人是个见过世面的人，他把在外面世界的见闻带回了故乡。

听乡长介绍，双峰大皿村在抗日战争时还设有后方医院，宁波中学也整体搬迁到这里。在学习和教学之余，学生、老师和当地的居民经常帮助医院抢救、护理伤员。

我沿着溪边慢走，路边堆着一堆堆刚刚挖出的中药材——玄参。玄参是当地的特产，和磐安其他地方产的白术、元胡、贝母、白芍俗称"磐五味"。著名的"浙八味"中有五种产于磐安，可见磐安"中国药材之乡"并非虚名。

溪水浅浅的，不动声响，只有偶尔的起伏处，才见着它的流动。这里的宁静、沉郁和安详让我迷恋。但我只能匆匆拍一些有代表意义的古建筑、古民居，在黄昏来临前离开了。

榉溪孔氏家庙

盘峰有被誉为"婺州南宗，第三圣地"的榉溪孔氏家庙。我曾到过曲阜的孔氏家庙，我定居在衢州，衢州的孔氏家庙和我居住的小区只隔了几条街，而对于榉溪孔氏家庙，我在今天才有幸拜谒。

八百多年前，孔若钧及其长子大理寺评事孔端躬，闻知孔端友业已定居衢州，便辞驾从台州赴衢会合，不料途经永康榉川（今磐安盘峰榉溪村）时，孔若钧不幸病亡，客死异乡。长子孔端躬为守孝道，又因战乱连年，时局动荡，决定去职为民，留在榉溪，从此孔氏一脉在榉溪延续下来，开始了"孝悌为本，耕读为生"的生活，并传播儒学，教化乡民，以至后代人才辈出。

在榉溪孔氏家庙里，我看见门楼、檐角、木雕、彩绘、大厅、圆柱、天井、匾额、对联、牌位、遗像等都保存完好，引人发思古怀幽之情。

我想榉溪孔氏家庙的存在印证了洪铁城先生提出的孔氏家族不但适于城市发展，而且也适合在乡村生存、生活的论断。

孔氏家庙侧门外有一条鹅卵石铺就的街道蜿蜒而去，走在上面让人想起远去的时光。

美丽的夹溪

夹溪就在我这种不经意间出现了，但于我似乎又有某种必然。

当我看到狭窄的溪涧碧绿的溪水，夹岸的树木、藤蔓、灌木交相纠缠，当我看到十八镬、冰臼、怪石、栈道、索桥、拱桥、古道、古道边树龄上百年的马尾松、零星分布的民居，我明白我绝不会错过与它的相遇。

我离开故乡多年，故乡只在我心中，错把他乡当故乡，在我心里是常有的事。夹溪有我故乡的元素，它的气息、水声、石头、清风，我相信在某一个夜里，这清澈的溪水会随着我一起入梦。

夹溪美丽的山水，已经引来了好几部电影、电视剧的摄制组取景、拍摄。

和我同行的有小说家龙一、陈宗光、顾志坤，诗人陈继光、何斌、郑天枝、孙和军、陈章寿，散文家苏沧桑、邹园，我不知道他（她）们当时的心情，但他（她）们都留下了笑声和赞美声。

这就是夹溪——美丽的夹溪，有山，有水，有石头，有清风，有拍摄电影的景点，我们一起合了张影，定格的瞬间留下了我们的身影。

那里种着一棵树

——磐安千年红豆杉之杂想

邹　园

　　磐安上月坑村的这一棵树静静地站在土坡上。树根旁的字盘上写着："红豆杉。树龄约一千三百年。"它体态苍老，高大粗壮。碧绿的浓叶间，全是那星星点点的红豆果实。太阳一照，透出红宝石般的光芒。

　　我们俯拾散落一地的红豆，感到幸福、满足。千年非常具体。千年可以触摸。

　　想起早先有个娱乐节目叫"给你千年"，无非就是红男绿女、马跃人欢的廉价热闹，却冠之"千年"美誉，言辞失当，不着边际，略显轻浮。

　　千年其实沉重。王朝将相，气数命脉。金戈铁马，烽火连天。历史学家眼中一个带铜锈的数字，考古实验室里一缕幽远的气息，博物馆文物展厅严格的恒温指标……

千年更是寂寞。荒冢野草，残垣断壁。寒暑相逼，风刀霜剑。洞箫余音袅袅远去，城头只见烟柳斜阳，冷月如钩。

跨越千年，红豆杉的生存法则给人启示：生态，是生命系统与无机环境系统的特定结合。"生命"指植物、动物、微生物等各类生命群，包括人类。各种生命群相安无事地聚居在这个地球上，各得其所，各司其职。

换言之，生态就是大自然这个老祖宗留给我们的一局棋。其中的每个棋子各有定位，不可乱来。但人类这群最"伟大"的生命体是喜欢自作聪明的。我们让将帅跳马，让兵卒飞车。我们至高无上，目空一切。我们砍伐树木，杀戮动物，最愚蠢的莫过于"让高山低头，让河水让路"。但最后的结局很戏剧性：人类在大自然的惩罚下人仰马翻。地震、海啸、洪水、暴雪、地陷、海洋污染、山地滑坡……高山依然昂头却让我们低了头，河水不仅没有让路还让我们绝了路。生态的奥秘玄机啊，我们不懂。

一位外国学者与中国同行说起，他所在的大学保留着三百多年的草坪，令中国同行汗颜。想起自己所在的城市，曾让一座建成只有十三年（本可以用百年）的二十层大学主楼消失在定向爆破的轰响里……人的心气浮躁，漠视一切于此可见。在这样的经济社会，除了利益趋向，除了功名成就，除了GDP崇拜，世间万物真的就没有什么值得敬畏了吗？

我很自然地想起《南山周末》中有一篇《被剥皮的红豆杉在流泪》的报道，说在中国的红豆杉之乡云南，美丽的红豆杉遭遇了灭顶之灾。记者在采访的十多天里，只看到死去的红豆杉，而活着的长在大地上的一棵也没有看到。纳西族的老人说："没有了，全剥完了！这里的每一个地方我都放过羊，活的红豆杉找不到了！"寿命千年的参天大树自然无法幸免，即使是那些粗不过儿童手臂的红豆杉，树皮也被剥得精光。

红豆杉遭遇灭顶之灾的原因就是20世纪90年代初，美国某公司发现，红豆杉树皮中的紫杉醇具有抗癌功效。消息传到中国，传到云南，人们突然意识到财富就在身边，人们疯狂地剥红豆杉的皮，没有人把规定详尽的《云南省珍贵树种保护条例》放在心上，因此，许多的红豆杉的生命就在一夜之间戛然而止。

还有更可悲的事情。

还是云南，某乡数千平方米的裸露山体，全部被人用绿色油漆喷刷了一遍。据说"绿化"那么大一片荒山，仅油漆桶就装了一大车。植树绿化这片荒山工程大，周期长，投入大，见效慢，一检查就要露馅。而用油漆"绿化"，工时少，投入小，见效快。只要想办法不让检查组的人深入实地近观，而是站在远处眺望，见到一片苍翠映入眼，便可让检查顺利过关。奖牌照发，奖金照领，皆大欢喜。

如果一个民族的精神土壤已经贫瘠到无法栽种信仰和信念的地步，如果心浮气躁、急功近利的人类，因道德缺失、精神滑坡而进入文化沼泽、人性沙漠，那么我们确实没有任何能力浇灌培育未来的"红豆杉"了。干涸的生灵也只能"刷漆上色"了。

这个关于生态的话题可谓沉重。

所以，磐安红豆杉能在一个又一个世纪的春风里苏醒、发芽、抽叶、结果，不仅是树的幸运，更是人类的幸运。和三百多年的草坪一样，它令我们感到由衷的自豪。

这是因为，对于大自然的恩赐，磐安人有敬畏之心，有近乎宗教的虔诚。乡长告诉我，这里保护树木的规定很简单——不准砍。如有违反则严厉惩罚。早先是让违反者带着猪头、羊等祭品去承认错误。如今就是从两百元起的罚款。村里曾有人搭梯子上树扒皮，立即被照章罚办。

磐安也有自己的困惑和难处，要甩掉"欠发达地区"的帽子，迫使当地官员必须妥善处理"生态立县"与"工业强县"的关系。结果是：根据磐安地形地貌和生态建设实际，县领导干部从生产力空间布局角度对全县进行了"两带四区"的划分。大盘山国家级自然保护区所在的中部和其他生态功能区禁止发展工业。重点开发以新城区为龙头的诸永高速公路产业带和以磐安工业园区为龙头的磐东北台地产业带。

千年古树红豆杉以及无数的绿水青山,就这样被县领导干部手中温柔的红蓝铅笔划入了用心良苦的"保护圈",这些举措收效良好:森林覆盖率约百分之八十;水质达到地表水国家I级标准;环境质量指标名列浙江第一;年平均气温为十六摄氏度,空气中负离子含量平均值高达每立方厘米三千五百六十七个。

绿色生态这份答卷,磐安得了耀眼的高分。

当地官员管这叫作"两边开发好,中间保护牢"。

这是磐安的智慧,磐安的胸怀,也是磐安的信念和哲学。这就是为什么磐安这个最年轻的县,却是华东"最绿的地方"的道理所在。

我亲眼看到,"最绿的地方"有着最本原的生命景象,鲜活的生态无所不在……

在玉山古茶场的庙宇里,迎门高悬的牌匾上,"德泽无涯"四个大字赫然入目,令人肃然。我久久端详,觉得,从古到今,这"德"这"泽",就是生态。

在尖山的石砌农家小院里,蓝裤花衣的农妇坐在小凳上削着紫皮白瓤的高山番薯。一只只削好的番薯堆放在竹箩里宛若静物画。阳光洒满农妇一身,她嘴角浅笑,面容安详。这浅笑和安详,便是生态。

住管头村那一晚,正好隔壁院落娶新娘进门。我们闹新房时起哄着要新人坦白恋爱经过。新郎看看漂亮的新娘,底气十足地告诉我们,那年在青田,是我先追的她!这底气十足,也是生态。

在乌石村的一家农户房檐下,腌菜的大缸里已经放好了大白菜和盐。壮硕的村妇赤了双腿跨进缸里开始踩菜。她用脚咚咚地踩,嘴里呱呱地和旁人说着话。语速之快,脚步之欢,令我实在想笑。这咚咚和呱呱,正是生态。

在磐安最后的那顿早饭很特别。蕨粉饼是各农家主妇做好,用锅或盆或箩装好送来的。看到各家女主人辛勤劳作和朴实无华的脸，我心涌起一阵纯正的感动。我想，这样的早餐这辈子可能难再遇到。这纯正的感动，当然是生态。

…………

从磐安回到杭州的那个傍晚，正遇"晚高峰"堵车。我们的中巴在车流缝隙里艰难行进。技能娴熟的司机几经努力，居然无法挨近浙江省作协的大门，百般无奈只好开进隔壁机关大院。还没有停稳，保安上来一个敬礼：请立即倒出去。本单位的车已无法调头！

日复一日的都市生活呵，我们的生态……

下得车来，我在车流人潮中拖着背包旅行箱一路蹒跚，像是战场上溃退下来的一名败兵。人与自然鏖战正酣，我等焉能不败！

思念遥远山乡翠竹林间，此刻鸟雀归巢，清溪长长。

行游磐安数日，恍如上了一次学堂。山水风光，民情习俗，历史留痕，岁月古迹，我们的课堂实在太大。

课目也丰富。古茶场品茶，乌石村农家乐，平板溪戏水，龙峡漂流，十八涡迎飞瀑，百杖潭赏飞虹，榉溪孔庙朝圣……手里握着的《活动指南》怎么看都是一册教学大纲。所有的课目设置，就为温习那个单词——生态。

六天后，我们毕业。回望身后，云雾轻漾，绿色浸染。再见，磐安，美丽山乡。祈祝你生命之树常绿，美好生态永恒。你无尽的魅力一如饱经风雨雷电却依然风姿绰约的千年红豆杉！

人自山乡回，带回一腔清新。心田的垄壤增添了新土，思绪的沟渠有了活泉的滋润。那是我的心灵家园啊，那里刚种下一棵树。

磐安的惬意时光

李俏红

一窗的朗月，送来栀子花的香味，淡淡的。

磐安城，5月，满山都是这样的花。这若有若无的香气，让我想起众多磐安的人和事。

一

第一次到磐安，正值栀子花初放。街头有人把花扎成一束束叫卖，纯纯的花香，小城人把幸福写在脸上。我沿着安文溪散步，惊喜地发现河中成千上万的红鲤鱼追逐着我的脚步，除了丽江，我想不起哪儿还有如此浪漫的情景。于是我忍不住与孩子一起下到河沿，与红鲤鱼嬉戏逗乐。

伴着暖意的葱茏，一个女子银铃般清脆的声音在耳边响起。女子长得秀气，喜欢茶艺。我到磐安，她每次都会邀我喝茶。柔和的音乐，加上一杯清香扑鼻的花茶，让我感受到一种返璞归真的乐趣。抿上一口，茶味便慢慢沁入心底。栀子花，默默地绽放，默默地飘香，淡淡的，却在不知不觉中沁入你的肺腑。如果说这是花的气质，那也是磐安的气质。微风过处，我把芬芳，留在了心里……

二

到磐安，每次必去的景点是花溪。

花溪又叫平板溪，一定要夏天去，一定要下水。裸露小腿，手牵手地走在浅浅的河中，水清清的，凉凉的，流过脚背痒痒的。几位悠游的"美眉"因是第一次在花溪涉水，一步三晃，一路惊呼，甚至一不小心还跌坐在水中。站起来时，脸就娇羞成了一朵绯红的小花。

戏水，打湿了衣裤，打湿了头发，打得浪花的笑声从河里跳到了岸上。

原来小河的水还可以是这个样子的哦。

两岸石缝里透出丝丝凉意，吸引着游人的脚步。泉水像透明的藤蔓，在悬崖上爬行，让静止的山体有了妩媚的情意。坐在秋千上，脚下的水，像钟磬、像竖琴，不倦地演奏着。这一路上伴随我们的，一半是净心的音乐，一半是养心的负离子。夏日刺目的阳光筛落下来，碎成了一地的温柔。

水声潺潺，浪花，一朵一朵地，把花溪的夏日午后冲洗得越发秀美可爱。

三

初相遇，乌石村。

我醒在一亿多年前的玄武岩之间，醒在高山台地上，醒在阳光的睫毛之间。

此刻，窗外山岩上，各色小花正厮混在一起前摇后摆。天边稀薄的云层像蚕丝一样，渐渐散去，不期而至的快乐伴着晨风把我的心撑得满满的。

走过长长的村中弄堂，看乌石结构的老屋如此奇特，看村口那株老态龙钟的樟树如此安详，斑驳的遗韵中处处流露着深厚的人文底蕴。我无法拒绝这些古老的诱惑和魅力，端起相机，拍个不停。什么叫浪漫？浪漫并不只是在咖啡厅的灯光下。古老村落的清晨漫步，也是一种浪漫。

遇见一批上海的游客，听着他们绵软的上海话，相视一笑，原来"酒香不怕巷子深"啊！

这儿的农家乐产业已经相当成熟。我住的那家店的主人就告诉我，他们靠开发农家旅游过上了好日子，如今儿子在外地上大学，学费都是开农家乐赚来的。

"县里专门为我们开了农家乐培训班，只要服务到位，我们相信生意会越来越好的。"说这话时，老板手中拿着一碟土花生，说是自家种的，一定要我们尝尝。

四

磐安乡下，是我喜欢去的地方，可以采野菜，品野味。

从小喜欢野菜，蕨菜、马兰头、苦菜、野水芹等山野土菜每一样我都认得，但只有在磐安的乡下才能将野菜烧得如此色香味俱全。于是，每隔一段时间，我便要到磐安乡下吃一吃野菜。

趁鱼头还炖在锅里，我们到村里随意逛，与田野来个亲密接触。随手摘回来的香荠和野芝麻，洗一洗就是一道最养生的菜。

香菇是磐安一绝，是磐安必不可少的一种味道。若没有香菇，磐安会变得无味。

溪里的石斑鱼，个大味鲜，这样一盘石斑鱼在杭州至少要卖六七十元，在磐安才卖二十元。

土鸡煲那叫一个香呀，马上会勾起你肚子里的馋虫；玉米薄饼、麻糍、荞麦饺、农家的金樱子酒……呵呵，不醉不归哦！

磐安多野味，只有自个儿亲身感受了，才知这里确实是好山、好水、好境界。

五

"清水出芙蓉，天然去雕饰。"说的就是磐安这般秀美的小城。磐安的一山一水都是有生命的，它以善良、淳朴的本色迎接远方所有的客人。

磐安就像一只大花盆，如此妥帖地安放着众多美丽的风景：田野的老牛、山村的炊烟、安详的老人。没有月亮的夏夜，可以在田野里看到萤火虫……这么柔和的一幅水墨画，你一定会喜欢上的。

磐安，一个让我魂牵梦萦的地方

郑天枝

一瓣香茶

我来自陆羽的故乡

在"茶圣"的《茶经》中

品味过"婺州东白"的清香

想象中　茶会醉人

一个妙龄的女子

在一片茶叶上留下了初吻

在玉山古茶场徘徊

穿越时空隧道　茶香袅袅

历史的尘埃被洗涤干净

就连俗念也开始逃离肉体

手捧着热茶　思绪翩飞

静坐　积雪渐渐消融

谁轻拍我的肩膀　真君大帝

谈古论今　时间变得格外轻盈……

想起了衰老这个词

百年的风云

在您　童真的笑容里化整为零

山外的世界很大

身后的柴火很温暖

我不知您有没有眺望

远方的风景不及泥土的芬芳

想到了衰老这个词

愿不愿意都得面对

因为有了您的微笑

衰老　在此刻显得温馨柔软

放弃所谓的思考　简单

最好的营养　宁静的好心情

一朵金色的菊花开在脸上

一本打开的书　如冬阳纯粹

您的内心　清澈　映衬万物生长……

那一抹金黄

一千多年　谁能站在这里

遍地的金黄彼此贴紧

风吹过的声音无人能够描绘

来去匆匆　谁都是过客

看惯了风雨　你裸露的根

似乎只是想昭示爱憎分明

我是一个单纯的人

在你的面前呼吸很轻

你的深刻　仅是一枚苔藓的脚印

野草低伏着　不是想衬托你的伟岸

那些黑暗中飞来飞去的精灵

留下的空旷回音与众不同

虚妄的深渊　不及你的一片叶子坦诚

伏在地上　掌纹模糊

只想在你的身旁守住一颗安分的心……

点石成金

寂静的山庄　因一个人莅临

因一个人的一句话改变了容颜

管头村名成为历史

乌石成为这个村最响亮的名片

我想到了点石成金

想到了大海的蔚蓝　会不会

像一面镜子将沉睡的往事唤醒

清晨　睡梦的翅膀

被喧闹的声音舒展

临窗眺望　炊烟在房顶袅袅升起

临街的集市人头攒动

动与静在这里完成了最美的组合

有人亮开歌喉

冬日的阳光照耀山村

温暖一张张恬静的笑脸

谁都会是匆匆的过客

不过　能在乌石村走一走

或许　你会在幽深的小巷里

找到你自己想要的那种绵软……

在厉氏家庙前驻足良久

我注意到　老人

在讲述祖先故事时

始终保持仰望的神情

脸上的笑容充满自豪

时间　在他的眉宇间

变得安详　闪耀着光芒

在厉氏家庙前驻足良久

仰望　是情不自禁的

历史的灯盏　隐隐约约

脚下的泥土也是厚重的

相信眼前的一切　江山易老

能被凝固了东西　无须粉饰

就连一些隐痛

也会变成一株植物在风中吟唱⋯⋯

打开尘封的记忆

山野沉静

炊烟已是一个很光滑的词

里吞村的泥墙　被冬阳洗亮

我们惊叹这样的画面

我们行色匆匆的脚步

在平静的水面激起涟漪

村民看着我们　只是没有了惊异

风　轻轻吹拂　没有冷意

有些凉爽的风　很友好

顺手打开了我尘封的记忆

时间在悄悄流逝

这里的纯美像雨露滋润着古朴笑靥

外面的世界很精彩

这里的世界同样精彩

我被融化　身体变轻

心变成一只雨燕在这里穿行⋯⋯

阳光打在脸上

一抹阳光打在脸上

您有些沧桑的脸　令我感动

书香飘散　泛黄的书页

在您的默念中醒来　每一个字

都熠熠生辉　词语不再是象征

此刻　一切都显得平静如水

年近百岁

谁能读出虚幻与生活和解

跳跃的时间如门前的清泉流淌

我明白　生命只是一次馈赠

真正的桃花源　在自己的手中

有许多时候超然于日常的生活

此时　我渴望靠近您　寻找路标

也渴望回到闹市能有所远离

填补隐秘的空白

拥有像您一样平和安谧的幸福晚年……

涌动着的波浪

——东川村寄语

在这一片古老的土地上

我找不到合适的词

来形容它的深邃或是俊美

苦涩的　甜蜜的

都已经成为过去

我只想说我到这里来　是一种缘
就像这里应该是我的根

我是农民的儿子
对这片土地　怀有特别的情深
在乡间的小路上徜徉
血液找到了依附
找到了自然人本应该有的呼与吸
我的皮肤　就像流水
抑或不起眼的瓦片
浑身的铜臭　变得无处藏身
请拿出酒杯　斟满美酒
我愿意醉倒　时空由远而近
请让我在这片古老的土地上安睡……

在江湖
　　——题舞龙峡
尖山镇楼下宅村
八百年的历史
我不知这是什么样的概念
倒是舞龙峡富有诗情画意
九龙潜伏　九龙却又是不甘寂寞
满目的苍翠　满目的渲染
在我的眼中只是一枚红叶

湖中泛舟　仿佛一个梦

在碧绿的水中释然

不要唤醒我　江湖险恶

冬天里的那一点点旧事

只是九龙吐出的一声叹息

雨季过去　请不要说花已开尽

我愿意追随龙舞　在江湖隐身

更愿意在舞龙峡呼吸清新的空气……

高难度的飞翔
——百杖潭记忆

你在歌唱　以飞翔的姿势

我也想歌唱

却发现这样的飞翔很难

盘旋那只是呓语

你的源在遥远的地方

你在空气中画出优美的弧线

彩练当空　你的微笑没有终结

在你的面前

我发现自己老了　真的老了

假如我可以是一尾鱼

我依然会继续选择逆流而上

在你的飞练中　我读出了某种暗示

就像雨后的彩虹也不过是一场虚幻

还有什么不可以舍弃的呢

除了飞翔　除了梳理沉重的翅膀

蓝天　或许是我该选择的仰望……

小桥流水人家

　　——双峰乡大皿村印象

夕阳　照耀着古老的村庄

小桥　流水　人家

这是一幅绝美的图画

不用到沈从文的故乡寻梦

柔情似水的情节　在这里

在我们的心上生根发芽

节孝牌坊经历了风风雨雨

我们伫立　虽是短暂的一瞬

千年前的教诲　让我们多了一些敬畏

我们的心跳　想应和这里的节拍

就像歌唱　需要找准基调

乡亲们的微笑是最好的礼物

我却不知该如何说话

昨晚饮酒有些过量并且胡乱涂鸦

我想　这可能是我唯一能够选择的感恩……

在这里我只能选择仰望

　　——榉溪孔氏家庙前怀想

时间在这里凝固

仿佛所有的辉煌

在这里都会黯然失色

我只能选择仰望　膜拜

一把无形的手术刀在暗处发光

我不惧怕　心甘情愿被解剖一万次

接受洗礼　我会是多么的幸运

将所有的面具卸下

打开肉体　连同灵魂一起赤裸裸展示

不会宽恕　甚至粉饰过去

善与恶　罪与罚　苦与乐

想在这里找到最合理的平衡

细密的雨就这么绵密地下着

如果它表示某种诉求

我就该立即停止自己词不达意的表述

找准行走的姿势　迎接下一个春天的来临……

卷 五

坚如磐石之安

赵健雄

磐安县名，是以境内大盘、安文两地各取一字聚合而成，并含了"坚如磐石之安"的意思。"安"是古往今来人们的基本追求与至高境界，与当下"和谐社会"的说法如出一辙。安乃稳，安而乐。

但一个地域或群落，如何才能安享平和的生活乃至有坚如磐石之安呢？

风调雨顺、政治清明都是必要条件，还有个重要因素便是文化的生发与濡染。没有经"文而化之"的生民灵魂，即使如何富裕，也不会有普遍的幸福。

这个道理，磐安的先人显然比我更懂。

位于大盘山中的榉溪村就有国内除山东曲阜、浙江衢州外的第三处孔氏家庙，这是十余年前，经浙江省文物专家和新华社记者联合实地考证后认定的。桦溪孔氏家庙有八百多年历史。当年孔子的第四十八代裔孙孔端躬在战乱中流落至此，脱下华衣锦服，成了穿蓑戴笠的山野农夫，却不忘创办书院，传播儒学，教化乡民。后来理宗追其功德，在宋宝祐二年（1254）敕建桦溪孔氏家庙，并赐"万世师表"金匾。

此地还有昌文塔，但我至今没去过，据明朝《东阳县志》中记载，这塔"始营于丁未年六月丁未日"，即万历三十五年（1607）六月初七，距今有超过四百年历史了。时任东阳县令的郭一鄂在《昌文塔记》中详细记载了造塔经过，说他奉命来此"核保甲法"，见此地"山川映发，险固奇特"，就对"环溪上聚庐而处"的陈姓人说："地脉自佳，第缺一浮屠，特起巽方，以镇水口之上，更何虑不户缨组而士踔腾也！"在这位县太爷的倡议下，当地父老乡亲"喜而谋之，捐金卜地筮吉，鸠工云集飙飞起"，耗资十铢有余建塔。塔成后，郭氏命其名为"昌文"。

昌文显然比黩武更有利于民生与社会稳定。只是四百多年过去，间或仍有统治者喜欢用武力解决问题，而把问题越弄越复杂，须知强迫人们做这些不做另一些，哪如让人从心底遵守规范呢？倘若谁都觉得自己可以无法无天，天下没法不乱。

文化试图编织的就是思想道德的高天远地，除协调人际关系，还有慰藉人心的作用。

昌文塔位于磐安梅枝岭马鞍山上，时任磐安县委宣传部部长的潘江涛先生，在一次登临时说："忽然觉得，作为磐安最古老的建筑之一，昌文塔其实就是标杆和尺子，标志和丈量着磐安山区历史文化的标高和厚度。它的巍峨和轩昂，它的不凡气度，是再多的高楼大厦也无法削弱的。"

这种认识肯定比一味追求建造更多的高楼大厦有远见。潘江涛作为一个行政官员说这些话，我以为在磐安也应当是有基础的。

所谓"现代化"绝非单纯的物质堆叠和欲望扩张，而是有一整套相关文化体系在摩擦中发展，并鼓励人们行善和为社会自觉做出贡献。

中国正在进行的现代化,同样不能没有精神文明建设,而其资源,至少很大一部分,还得到传统文化中汲取。

从磐安人对其境内两处古建筑流露出来的异常珍惜与骄傲之情,我知道此地何以能够面对这个纷乱的时代而相对坚执、安如磐石了。

文化现在被叫作"软实力",仅从经济角度而言也已成了一个巨大的产业;这种认识显然比此前只注重"硬抓"有了进步。

我们且看如今世界,哪个真正发达的国家没有自立自信的文化填底呢?

唯愿磐安坚持并发扬自己的传统,不只小心保留和维护古老的建筑,更在内心如磐石般安稳与安乐,不为潮流所动,进而影响周边乃至大城市,当"礼失求诸野"时,让人们还可以来这里找到某些原初的东西。

随　记

赵健雄

　　尽管比杭州凉快，磐安的天气仍很热，在将近四十摄氏度的高温下游山玩水，游虽在游，但就不那么好玩了，况且此时磐安缺水，连有名的花溪也几近没水，可以从大石板上走过去而不湿鞋。只有百杖潭的瀑布没断，也不知它哪来的水源。好些日子不下雨了，难道是涌出来的地下水吗？我看农家屋前种的豇豆，还长着就枯了，过几天能直接收获豇豆干。

　　这儿的人倒是心静，还有不少喜欢看书与写文章的。

　　刚到那晚开了个座谈会，有交流也有交锋，很有趣。这样的气氛在许多地方都找不到了。

　　北宋末年，孔子的四十八代裔孙孔端躬在战乱中流离至此，虽然落魄，仍不忘创办书院、传播儒学——士人还是讲忠孝礼仪的。这才有后来南宋皇帝理宗敕建榉溪孔氏家庙之举。据说榉溪孔氏家庙规模排国内第三，如今又重修过了，但与别处的也差不多，然而，有意思的倒是它所在的榉溪古村。村中老房子依然，从前的生活方式宛若眼前。

这里的大盘山间盛产草药，有近千种，我对植物历来缺乏识别能力，一棵树与另一棵树，只要不是各自特征十分明显，就觉得都一样，倒合了佛家所说的"无分别心"；至于一株草与另一株草，更认不出彼此了。但在参观中草药展览时，我对它们集体散发出来的味道还是很喜欢的，乃至陶醉其中，那是一种淡淡的融合的香气，似乎可以一直渗进灵魂里去，所以说草能当药治病，我是信的，尽管我自己不大生病，也很少吃中草药。

我对动物更敏感些，也许因为祖先在北方，是靠打猎谋食的吧。

在十多年前第一次来磐安之前，我居然不知道浙江还有这么一个县，藏在深山人不识，而在认得它后已来过多次。我喜欢这儿远离尘嚣的安静，那种坚定甚至坚硬的磐石之安，如今早已成为稀缺资源了啊！

我见过太多现代化城市与建筑那种千篇一律的样子，觉得磐安躲在山里实在是一种幸运。磐安避开了现代化的千篇一律，可能不出几十年，人们就会羡慕乃至追慕这里保存的原样自然。

磐安山水说不上有多么出众，但耐看。

我甚至喜欢它建造在山与山之间的居民小区，因为衬着峰岭，你会觉得那就是自然的一部分，楼纵然高，却不那么突兀了，人谦虚一些多好。

磐安好人

孙昌建

　　一个极为安静的下午，在磐安榉溪，在古村落里，几个小孩不怕热地奔跑着。跑去干什么? 去小店买棒冰吃。小店里有几个妇人在做着手工活，说着闲话。在大片大片的阳光下，晒着的玉米发出金色的光芒，而在树荫下，坐着的几个农人，也不挡我们的镜头。这时，谢鲁渤老师对我说，他们比我们活得自在; 我不假思索地说:"因为他们没有我们这么多的欲望。"

　　这话一说出口，我有点后悔，我怎么知道他们的欲望有多少呢?

　　在榉溪，本来我们是去看孔氏家庙，去看那著名的红豆杉的，但在村子里一转之后，好像那些老房子、老农具以及那些不多的闲谈的人，才是一种意外的收获，甚至一堆老南瓜，或是一堆做柴烧的玉米棒芯也被摄入镜头。事实上村里小孩子不多见，你可以用镜头逗逗学龄前的他们，而那些老妇人，当你举起相机或手机时，有时她们会对你说："不要拍了……"原因是她们已经被拍过很多次很多年了。还有一个意思，即使是再老的妇人，她们也希望自己被拍出美的一面。因为她们可能在想：年轻的时候你们不来拍，我们老了没有牙齿了，你们倒拍个起劲，也不给我们看一张、留一张……

这当然是我的臆想，但这种臆想是有现实依据的，正如我们人到中年后，拍照越来越喜欢戴墨镜了，这是为什么？还不是为了要好看上相嘛，因为人老先是从眼睛开始的，而一个村庄的老，我们以前先是要看有没有祠堂，有没有戏台，有没有牛腿，抑或有没有老人，有没有敢在夏天大太阳下奔跑的小孩。因为有老人和小孩，我们就觉得有了生气，而生气就是人气，抑或叫作地气。

不仅在磐安是这样，可能在中国广大的乡村里都是这样。我们觉得古村很好，包括乌石村，包括我去过的大皿村、岭干村。我们想那些村里最好还能住人，而当地人，特别是年轻人，却愿意住到新房子里去，到城里去，这可能是一种悖论。也正如我们有些城里人，他的父辈还在乡村里，还有几分地，他们拿去的是超市里买来的商品，而拿回的是地里的瓜果蔬菜和粮食……我是有点羡慕这种还有"根"的家庭的，因为他们至少还有一条退路，也有一种归宿。陶渊明之所以敢不为五斗米折腰，就是他还有一个可以采菊东篱下的地方，而我们如果现在不折腰，很可能只能在路边吃灰尘、数汽车了。

然而羡慕归羡慕，你要我长年住在那里，我能不能守得住寂寞也是个问题，但我们渴望有一片山水，有一方田园。这实在不是一件没有来由的事情，中国古典诗歌中的山山水水，实在是我们的血脉之一，然而以前是因为战争或贫穷，所以山河破碎，田园将芜。但山水和田园自身是有修复功能的，然而城市化和现代化，抑或是要加引号的这个化那个化，很可能会把山水和田园拖进垃圾箱，这实在是一件十分可怕的事情，所以以前看不见摸不着的负氧离子才成了好东西，在杭州经过了数日的四十摄氏度以上的高温之后，我们到了磐安，至少在心理上已经有一丝清凉了。

从经济发展的角度看，因为历史和地理的原因，磐安已经"输"在起跑线上了，钱没有邻县的多，大楼没有邻县的高，我想无论是官员还是百姓一定是十分着急的。但是起跑慢不等于在途中就不会跑了，相反，磐安这个马拉松选手更知道要往什么方向跑，因为要先知先觉很难，后知后觉就容易些了。我记得第一次到磐安时，在大街上和商场门口还能看到挑着野鸡在吆喝的人，这就是我对磐安的第一印象，这也就是我想要的县城生活。不是因为它小，也不是因为它不够富裕，而是因为它有特点，它有辨识度，因为当全中国（我很怕全世界）都是农家乐时，你还是不是真的可以"开轩面场圃，把酒话桑麻"？

一年中有几回，我们会去一些县城和乡村转转看看，连同这一次，我去磐安已经是第四次了，你说山水风光吧，磐安当然是有特色的，像花溪这样的，全国都是独一无二的，还上了"央视"的专题节目，包括它的中药材博物馆，对我们这种患"城市病"的人来说，实在是个宝啊。有一年我到磐安，正好赶上药品交易会，连宾馆饭店也住不到。我们知道每个地方都有特色，然而磐安在江南一带的风光中总体还是寻常可见的，但为什么我还愿意常去看看呢？我想主要的原因并不是出于"知者乐水，仁者乐山"一类的话，而是想去看看朋友，接接地气，包括接文学的地气。这一次磐安县作协安排了我们跟当地作者交流，这大概是我有生以来听得最认真的一次。你说文学有什么用呢？它不是"磐五味"也不是"浙八味"，不是玉米，也不是瀑布，更不是老南瓜，但是夜深人静时，一帮文学爱好者愿意坐在一起谈天说地，说开头和结尾，说标题和思想，这就是一件蛮有意思的事情。同时，我也注意到了《磐安文艺》这本杂志，它在表现磐安的风物人情方面显然是做得极好的，这也可以说是山水之外的最好的一道文化风景。

这些年，人们在谈文化下乡，实际上我觉得文化本来就在乡俚之间，就在庄稼和村夫之间，而这才是我们这些凡夫俗子真正的营养。山重水复是好景致,柳暗花明是好景致,但是更好、更生动的依然是我们的磐安人。说白了,我去磐安四次,除了山水和空气对我有一种吸引力之外,更多的还是那里浓浓的人情。我记得有一天夜晚在岭干村的一户人家,乡贤们谈着村里的发展前景,一个个地过来敬白酒,我觉得我这种电脑码字工人何德何能接受这样的大礼呢?第二天我们回城时,还专门有乡亲送来刚从地里拔起的大萝卜和大白菜,这样的情意常常催促我多写一些诗文。虽然我写得不如陆游,或者说我们的名气没有陆游来得大,但陆诗不可能再穿越回来了,那么我等吃了萝卜和白菜,吃了素面和香菇之后,怎么来还这个浓浓的人情呢?包括十年前我去玉山古茶场遇见我夫人的同学,十年来我们没有再见过面,只是偶有短信往来,我写了古茶场,写了榉溪的那棵红豆杉,有时会寄给他看看,他则会托人送些自酿的土烧酒给我尝尝。这样一种暖暖的情意,我想这就是山水和阳光,就是一种最为新鲜的空气,更是一种酒不醉人人自醉。

现在每个地方都说自己这个好那个好,但可能都不敢理直气壮地说:"我们这里人好!"

所以我将这篇短文命名为《磐安好人》。

磐安闲话

周维强

磐安，安安静静地藏在深山里的一座小城。

前些年南来北去，我也曾路过磐安，但都只是在县城里打个尖就走，未曾深入这座山城的里面多看看、多听听、多走走。

这回来磐安，足足住了三天，不但领略了这座山城的风景，亦见识了这座山城里的人物——古代的和今世的，慨意油然而生。

磐安的榉溪村是有年头的古村落，山村临榉溪，溪水长流，而孔子四十八代裔孙孔端躬一族于宋建炎三年（1129），一路南下，最终定居于榉溪村的青山绿水间，安居乐业。孔端躬承续远祖教书育人的遗风，学在民间，在榉溪办了书院，山乡由此回响起琅琅书声。多年后，理宗赠金匾"万世师表"，表彰孔家的兴教崇文。我今来榉溪，那株临川而生的孔端躬八百多年前种下的红豆杉，依然雄健苍翠，生机蓬勃，令人不由得想到此地文脉厚远，造化钟神秀。

这个绵远悠长的文化世家的背景，或许可以解释磐安人士的一份文化关怀。

记得到磐安的第一个晚上，主人举办了关于散文创作的座谈会。我在座谈会上稍稍谈了自己对散文的一点儿认识：散文是一种边缘的文体，因为"边缘"，所以也可能是一种最自由、最少负担的文体，是一种最有可能做"跨界实验"的文体。不料遭到一位来自磐安电力系统的先生的率直批评。也许他的发言未能逮本义，但他的率性和真性情，勇于表达自己真实的意见，着实令我感佩。我想起《论语》里记录的孔子对"君子儒"和"小人儒"的区别，我想这位先生应该可以归入"君子儒"的吧。

在磐安盘桓的这几天，优游山水之余，还闲闲地品读了吴警兵先生主编的散文随笔集《隔山一片好人家》和杂志《磐安文艺》。这些书册，文字清新，开本、装帧儒雅、沉静而不失新颖。书中收录的既是好的散文，也是对磐安山水风物的文学表现。小山城有这样的好文字，或许也是其来有自。吴警兵先生和和气气，不显山露水，却有极好的文艺素养。数日和我们同行的海燕，也写得一手好散文，她写的《榉溪之恋》温婉雅致，我尝笑说，看到这样的文字，我们是不能再好意思动笔了。

大盘山国家级自然保护区，是国内唯一的药用植物保护区。磐安中药材博物馆，有一千多种药材标本，以及古代药局、历代名医、历代草本植物等实物、模型、图片等资料，林林总总，做得极为精细，趣味盎然。陪同我们参观博物馆的浙江省大盘山国家级自然保护区管理局的杨局长，谈起药材和磐安的自然风物，如数家珍，有问必答。杨先生长相朴实，而腹笥渊博，谈吐见地不俗。这再一次让我领略了磐安人士的另一种风貌。

磐安的名字，据说典出《荀子·富国》"则国安于磐石"，表达了取名者当时的一种良好意愿。这回磐安之行，和磐安人士的交往，让我体会到一种文化关怀、识见、真率和务实，我想，我们仍然有理由继续怀有"磐安"的美好意愿。

我听到了永恒

陈华胜

  陆游在写"小楼一夜听春雨，深巷明朝卖杏花"的时候，杭州其实已经不是那么诗意的城市了。作为南宋的首都，这里充斥着名利和世俗，充斥着奔竞和熙攘。这一切都让年迈的诗人感到厌倦，从而更加怀念浙中那一带的山村。

  环磬皆山，群峰连乳，林壑云起，清溪间流，没有车马的喧闹，有的只是浓浓的、质朴的乡情。对于这一片土地，诗人是再熟悉不过了。五岁那年，为躲避南侵的金兵，陆游的父亲带着一家人来这里栖居，一住就是三年。这里是他开启童蒙智慧的地方，也是他诗歌创作的处女地。这个梦里的家园，在向他发出"归去来"的邀约："莫笑农家腊酒浑，丰年留客足鸡豚。山重水复疑无路，柳暗花明又一村。"当诗人再度回到这片土地，写下这首著名的

《游山西村》时，当年的稚童已到了不惑之年。

我是因为陆游的缘故而知道磐安的。陆游之后八百多年，一个炎热的夏天，或许是为了躲避接连超出四十摄氏度的酷暑，或许只是为了短暂地换一下呼吸，我第一次踏上了磐安这片土地。当年的山西村已经不可寻，当地的朋友带我们去的是一个叫榉溪的村落。

一条狭长的小溪静静地穿过村落，村口一棵枝繁叶茂的老桧树向着天空伸展着苍劲挺拔的身姿，一条青石板的村道在屋瓦间蜿蜒伸展，这一切都跟我想象中的村庄并无二致。只是在抬头间，我猛然看到那飞檐翘角的一角白墙黛瓦，蓦然有了敬畏之心。抬脚跨进去，一面硕大的烫金牌匾题写着"万世师表"四个大字，凛凛地俯视着客人，让人不由得肃然。中国人看到这样的四个字，就应该知道这里是什么地方了。当地的朋友告诉我们，这里是继曲阜和衢州南北孔庙之外的第三处孔氏家庙。没找到陆游的山西村，却发现又一处孔庙，倒也算是个意外的收获。

据说，就在陆游的父亲陆宰携眷来磐安避难的时候，刚刚继位不久的皇帝赵构也在金兵的穷追下一路南逃，随驾的满朝文武中就包括衍圣公孔端友和他的堂弟孔端躬。根据朝廷的安置，孔端友很快在衢州算不得繁华的街衢中安顿下了祖先的牌位和衍圣公的衣钵，从此，便有了今天的"东南阙里"。可不知道为什么，孔端躬没有去衢州归附在衍圣公的名下，却让他自己的这一支支脉在这一片山坳里扎下了根。日出而作，日落而息，圣人的后代混杂在当地面朝黄土背朝天的山野农夫之间，过着寻常百姓一样的生活，一代又一代。今天，当我举着相机狂拍家庙里雕工精美的漏窗、牛腿之余，把镜头对准长条凳上伸个懒腰躺着、露出一截肚皮、拖着两行鼻涕的小孩时，我已经再也想象不到他是圣人的后裔了。也许圣人本就是寻常的人，就像年少的陆游在这里写下他生命中的第一首诗歌时，谁能想到一个时代的扛鼎诗人就这样诞生了。

如果没有那块巨大的金匾，这座孔氏家庙其实跟江南一般的宗氏祠堂并无差别。金匾是宝祐二年（1254）由宋朝的理宗皇帝所赐。我去过曲阜的孔庙，也到过衢州的孔庙，论规模和建制，这座家庙当然是无法与两者相比的。然而，八十四根旧柱子撑起来的这片屋瓦却在朴实中透着一份让人可以亲近的和善。据说，孔端躬曾在这里创办书院，教化乡民。那些戴笠荷锄的山里人踩着一双泥足就跨进了圣人的门槛——我似乎有些明白孔端躬为什么没有去衢州与堂兄会合而选择在这一片山坳里落脚了。圣人本来就只在群众中产生，我相信这是他在逃离曲阜的时候就已经打定的主意，就像四十多岁的陆游最终还要回到这里。他们在历经了红尘之后，都选择了回归，选择了一份恬淡和亲善。

从家庙里出来，我们沿着青石板铺成的村道在参差错落的村舍间穿行。这里住的大都是孔家的后人。因为正是白天劳作的时候，村里不太有人，但家家户户房门洞开，昭示着一种路不拾遗、夜不闭户的古风。探头看进去，无一例外都有一只金漆装潢、做工考究的大立柜立在玄关的位置，据说这些都是嫁妆。能够嫁入圣人家里，对于这一带十里八乡的女孩子来说当然是无上的荣光，而这一只金漆的立柜也就成了表明宗谊永存的信物。我正仔细地端详着立柜上的浮雕人物，主人被惊动探出头来。我很有些为自己的不请而入感到歉疚，换来的却总是和善的笑容。我试图通过他们的面孔去捕捉我想象中的圣人基因。我在家庙里的孔端躬画像上看到过同样和善的笑容。其实，只要我们和善的时候，我们的面孔都是圣人的面孔，我们原本都是圣人的后裔。

恬淡和善，那是圣人的教诲。也唯有如此，才能安如磐石。当"山重水复疑无路，柳暗花明又一村"的诗句再次在我耳际响起时，我仿佛听到了永恒。

青翠欲滴的名字叫磐安

王　珍

与草木共享阳光雨露，与宇宙万物同生共息，人类和所有的生物相安无事，和平共处。这不是在练瑜伽，也不仅仅是一种理想，而是磐安人真实的生活方式。他们爱绿护绿，心如磐石。他们心平气和地在山青水绿的空间里安居乐业。这就是于2013年8月16日—17日在参加浙江作家"相聚磐安"采风活动后，我对磐安这个名字的理解。

野猪的故事

曾经，有一个村民猎杀了一头正在田野里糟蹋庄稼的野猪。神奇的是，这头垂死的野猪挣扎着跑回它自己的美丽家园——国家级自然保护区内才倒下。保护区和村庄这一线之隔完全颠覆了事件的性质，本来因为民除害而应该受到嘉奖的村民却因违反了相关的法规受了罚。

一路上，听着陪同我们一行的浙江省大盘山国家级自然保护区管理局局长杨碧烟讲述这有点传奇的故事，我们唏嘘不已。这种听着有点郁闷的事件，涉及生态保护，法大于情，没得商量。磐安人早已经习惯于这样的裁决方式：宁愿让人吃亏受委屈，也要让保护区内动植物的权益得到保障。

中国古代生态伦理文明中具有的万物平等的价值观似乎在磐安人的思想中根深蒂固。所以，磐安人并没有疯狂地占山占地，而是把山清水秀的一部分让给别的生灵。他们专门辟出约四十五平方千米的地盘，让野生药用植物和珍稀动物们安家繁衍。海拔约一千二百七十四米的大盘山，有特殊的气候和环境条件，尤其是善良无私的磐安人，为珍稀药用动植物打造了一个宜居之所，这是磐安奉献给我国的迄今唯一的以野生药用植物资源为保护对象的国家级自然保护区。

在药香氤氲的磐安"浙八味"市场里，有一座中药材博物馆。在图文、实物标本的展示以及讲解员的解说中，我认识了白术、白芍、贝母、杭白菊、元胡、玄参、笕麦冬、温郁金这八味产自浙江省的中药材，而其中有五味就出自磐安。约二百五十八种地道中药材收录于《中华人民共和国药典》，也是磐安大盘山的"子民"。一些珍稀濒危药用植物和国家保护野生药材，许多植物学家寻遍大江南北都没有发现，而在大盘山的向阳山坡上却有它们美丽的身影。毋庸置疑，磐安就是中国药材之乡、天然的中药材资源宝库。

在大盘山国家级自然保护区内，每一株草、每一棵树、每一种生灵都受到人们的悉心款待，甚至是树上落下来的一片叶子，磐安人也不会随意捡拾回家，这是真正意义上的叶落归根。

谁说草木无情，谁说野兽没有人性？磐安分明是得到了大地丰厚的回报，石斛、灵芝等珍稀的濒危药用植物以及其他野生药用植物约一千二百多种，不是人们刻意种出来的，是它们自己从土地里长出来的，这就是磐安这块神奇的土地书写的美丽神话；灵芝、玉竹、杜仲、厚朴、斑叶兰、七叶一枝花、八角莲、三叶青……一个个美丽如花的名字，就是大山写的诗，是上苍作的画；国家一级保护动物金钱豹、云豹、黑麂、白颈长尾雉和国家二级保护动物猕猴、穿山甲等，以及一大批省级重点保护动物都把磐安的青山绿水当作它们自己美丽的家园，甚至于那头野猪，死都要回归它美丽安全的家园。

传说中的寡妇林

听说磐安有多条古道，这让我们一行中的登山族脚痒痒，但又怕被夏日的骄阳晒成人肉干。陪同我们采风的当地作协主席吴警兵告诉我们，古道上种有许多树，叫"寡妇林"。因为从前人们的油盐与日用商品都通过古道肩挑手提而来，本地产的茶叶与中药材也是通过古道靠人工挑出去的。传说有一年大旱，一个靠贩盐为生的男人在担盐回来途中，又饿又累，又赶上赤日炎炎，无处躲荫凉，就中暑死了。妻子在悲痛之余，就在古道旁植树。若干年后，树木成林，枝繁叶茂，郁郁葱葱。

我无法考证这个传说是不是确有其事，也没能够亲眼看到那片林子，但我真的很为这个传说感动：那位妻子居然没有迁怒诅咒这该死的贫瘠之地，也没有想方设法逃离，而是没有怨、没有恨地加倍呵护这方水土，给大地披上了美丽的绿衣。我坚信"寡妇林"是一个善良、温馨，充满了无私爱情的名字。

事实上，并非只有保护区内才是动植物们的天堂，磐安的安文花溪村、新渥宅口村、冷水虬里村、盘峰榉溪村、玉山马塘村等十一个绿化示范村都在"浙江省森林村庄"的名单中。可以说，绿色是磐安的底色。

在磐安的日子里，不管是在山上、溪边、田野里、路旁，还是在村庄里，我们常常会邂逅一棵又一棵的参天古树，包括红豆杉、古松、香榧、枫香等，它们用千百年的年轮证明着山里人自古以来的生态保护意识，每一棵古树前都立着写有树名、树龄的保护牌子，人们修路造屋都会小心翼翼地绕道而行，给古树让出生长空间，就像我们平时坐公交车给年长的人让座一样。

磐安有个乌石村，坐落在海拔五百多米的高山台地之上。顾名思义，村名一定和建筑有关。然而，首先让我记住的还是一进村就遇见的那一大片古树林，苍苍翠翠，铁杆虬枝，虽有饱经风霜、古拙沧桑之感，但遒劲挺拔、枝繁叶茂，如一首首强劲的生命之歌。脚下有大块绿色的草坪，还有通幽的条条竹林小路。一个小山村，却有很专业的园林绿化带、带着都市风情的公园和别具一格的休闲广场，这让人多少有点意外。在古树、草坪、园林中沿着石头台阶走下去才是村庄，原来，树木在村庄之上。

村里有近百间完好无损的乌石古屋，垒墙的乌石是取自村子附近山上的火山岩。这种乌黑色的玄武岩在其他地方并不多见，成为这个古老的村落里最吸引人的景观。乌石老屋看上去古色古香，住着冬暖夏凉。和那些黛瓦粉墙的江南民居相比，乌石老屋更具天然去雕饰之自然美，也更具独特的魅力，令人耳目一新。

也许因为乌石村是首批国家级生态示范区，磐安的第一个生态示范村，所以，除了古朴典雅的原汁原味之外，乌石村还糅合了许多现代文明的气息——村里的指路牌、旅游线路图、风景点标识等设置得相当完善。怡情石屋、双桂秀庭、金杰燕屋、东南雅居、财瑶紫院等农家院落的名字也取得很有诗情画意。室内装修也向星级宾馆靠拢：电视机、沙发、席梦思床、白棉布被褥，卫生间里有抽水马桶和热水器。一些农家主妇还去镇人民政府参加烹饪培训，把蕨菜、马兰头、苦麻皮、鱼腥草、六角刺、石竹笋、野荒菜、野水芹等多种多样的山野土菜烹饪得色香味俱全。也许，这样的农家乐更符合大多城市游客的心愿。

但不管你喜欢什么样的风格，有一点肯定是大家都喜欢的，那就是干净。乌石村的住家是窗明几净的，水泥路也是干净整洁的，村子里每一个角落都非常干净，河里的水也是清清的。

村中来来往往的人中，并没有什么执法人员，也没戴着袖章的卫生监督员，那种讲卫生、爱环境、护生态的举止完全是一种自觉自愿的行为。村里妇孺皆知：这是我们祖祖辈辈都生活着的家，谁要是破坏环境，一定会受到全村人的制止和谴责！其实，村子里文明、淳朴的民俗民风才是最大、最美的生态。

和磐安的任何一个村子一样，绿色也是乌石村的主色调之一，所以，如果一定要用一种颜色来形容乌石村，我觉得应该是黛绿。

二十年后的王珍

在一间光线有点暗的土屋里，一位清瘦、和善的老太太冲着镜头微微地笑着，身上靛蓝的布褂非常干净。这是杭州市作协主席嵇亦工在榉溪村拍下的照片。他很兴奋地通过手机把照片发到微信上，取名为：二十年后的王珍。

我是真心喜欢。尽管同去的女性朋友替我抱不平：就算是二十年后，也不至于老成这样。但我倒并不计较自己是不是会变得这么苍老，更在乎的是能不能够归于如此平静、健康的生活状态。

在磐安，无论是我们走过的十八涡、花溪、百杖潭等自然风光景区，还是廷潭岗村、乌石村、横路村、榉溪村等新农村建设示范村和古民居保护村，无不是四周群山环绕、山川秀丽、环境幽雅的。若是能在这样远离红尘的净土里平静地生活、老去，绝对是对我的一种祝福！

是啊，这里的水是如此的澄清明澈，甚至有一条溪直接被叫作澄溪。溪中鱼虾悠悠，水声潺潺。几乎每一条河道的水质都常年达到地表水国家I类标准，随处掬一捧水喝，甜美胜过任何矿泉水。自古以来，在当地就一直流传着"大盘山脉连九州（指杭州、苏州、湖州、婺州等），水系通天台、仙居、缙云、永康、东阳等五县（市）"之说，大盘山是钱塘江、瓯江、灵江、曹娥江四大水系的主要发源地。

因为地广人稀，森林茂密，所以磐安的空气也是那样的清新，没有浑浊的人气，也很少有汽车的尾气。虽然是骄阳似火的季节，但和走在城市马路上的感受完全不同。不管是在溪边、山上还是在村舍里、田头，总能感觉到迎面吹来凉爽的风，风中有草木清新的气息，有山泉水的温润甜美，有抽穗的稻花淡淡香。

生活在这方好山好水中的人也是心灵善良纯净的。人心的不设防，就像家家户户敞开的家和院子的门。随便走进一家农户，坐下来歇歇腿脚、讨口水喝，都不会被拒绝。甚至那些家养的土狗也不是"保安"，见了生人就狂叫报警，更像是"迎宾"，亲和地对着你摇尾示好。

我常常像走进自己家一样走进一个个院子，曾经顺手抓一把晒在院子里又香又鲜的干菜、花生扔在嘴里嚼着，还很自然地和主人一起逗一只不知名的鸟儿；也曾经和坐在树荫下用花花绿绿的布条打着草鞋的老太太聊家常，好奇地问她打一双鞋子要多长时间，能卖多少钱。虽然我并没有买她的任何东西，但她一样耐心地一一回答我的问题。

走在花溪的游步道上，看着小道两旁种着的石竹、扶郎、牡丹、芍药，看着农家屋前房后的豆棚瓜田，看着天井里正在晒玉米的农妇，还有天真无邪的嬉水的孩子们，不知道为什么，我忽然想起最近网络上常常流传的一些早就被澄清过的谣言——紧急通知：刚刚中央二套电视新闻已播出，暂时别吃猪肉、鸡肉、鸭肉以及肉制品，因辽宁到杭州五千五百七十头家禽感染了炭疽杆菌。杭州刚开完紧急会议。请尽量多通知亲朋好友！收到请转！越快转越好！……许多的惊叹号代表着传送者对谣言的相信和对亲友关切的似焚忧心。

我想，这样的谣言是不会传进这里的村子的，谁会信呢？

因为他们吃的是自己磨的豆腐，是刚刚从自家田里挖来的番薯和花生，喝的是用自家种植、采制的茶叶泡的茶水，甚至呼吸的也是刚刚从树上吐出来的氧气……

磐安在证明一个道理：只有拥有了美丽、绿色的家园，才能有幸福、安宁的生活！

磐安断章

李利忠

中　年

话说某日，我追随几位师友施施然来到磐安，全没想到晚饭后还有个文学创作座谈会。作为一位文字工作者，我自觉离文学还有颇远距离，只得语无伦次、词不达意地胡乱说了几句。汗颜之余，曹聚仁当年所说的几句话不期而至：

中年人有一种好处，就是会有人来请教什么什么之类的经验之谈。一个老庶务善于揩油，一个老裁缝善于偷布，一个老官僚善于刮刷，一个老政客善于弄鬼作怪，这些都是新手所钦佩所不得不请教的。

除聊以自嘲外，人到中年，事实上这也是我平日里不时翻出来看看借以自省自诫的。

素心人

钱穆于20世纪40年代曾说：

> 从鸦片战争五口通商直到今天，全国农村逐步破产，闲散生活再也维持不下来了，再不能不向功利上认真，中国人正在开始正式学忙迫，学紧张，学崇拜功利，然而忙迫紧张又哪里是生活的正轨呢。功利也并非人生之终极理想，到底值不得崇拜，而且中国人在以往长时期的闲散生活中，实在亦有许多宝贵而可爱的经验，还常使我们回忆与流连。这正是中国人，尤其是懂得生活趣味的中国人今天的大苦处。

不想八十多年过去，如今满目都是急吼吼的功利心。因此当我看到磐安那么多的文友冒着高温，以文学的名义济济一堂，觉得千余年前陶渊明的"闻多素心人，乐与数晨夕"，真是历历如绘地表述了我的心声。

"不明觉厉"

"十动然拒"（内心十分感动，但仍然拒绝了）、"不明觉厉"（虽然不明白，但觉得应该很厉害）、"男默女泪"（男生看了会沉默，女生看了会流泪）、"细思恐极"（仔细想想觉得恐怖至极）、"语死早"（借指文章语病多、表达不明确等，也用以讽刺某人对一段话的错误理解）……在磐安的日子，对诗人朱晓东绘声绘色阐述的这些网络新语词，我们一干人等先是不知所云，莫名其妙，紧接着是兴味盎然，载欣载奔。我在哈哈大笑之余，对自己内心深处那种根深蒂固的不以为然深感不安。其实对于真正的艺术而言，所谓创造性就是有着更大的随意性，具体到语言文字，也不应墨守成规，为固有的规矩所牢笼。记得苏轼曾经说过："求物之妙，如系风捕影，能使是物了然于心者，盖千万人而不一遇也；而况能使了然于口与手者乎！"（《答谢民师论文书》）意思是说，世人探求事物之微妙，就像把风拴起来，把影子捉住，能够将其看得清楚透彻，了然于胸的，千万人中也不一定有一个，更何况是用语言或文字将心里的感受表达出来。如果大家都像我这样讲究用词严谨规范，难免不会本末倒置，从而扼杀了文章的灵性。这也是我充其量只能是一位合格的文字工作者，而不可能成为文笔汪洋恣肆的作家的原因所在。

工　具

他们说，秦始皇统一了文字、货币和度量衡。这些伟大的工具，对于渺小的我们来说，最幸福的或者莫过于全然不需要。就像此刻，我行走在磐安十八涡景区蓊郁的林木间，仿佛一只被树叶遮蔽的昆虫。有如片刻恍惚，我忽然想到，能让一块岩石、一条溪涧梨涡微绽笑靥如花的工具，又会是什么呢？我想象着这些想必已与我的人生交臂而过的工具，不觉已从这条充满忍俊不禁的岩石的溪涧中无限欢喜地走出来。

瀑　布

报纸上说，受连续干旱天气等影响，雁荡山大龙湫连日来已近乎断流。好在磐安的百杖潭瀑布倒安之若素，依然故我，也不知哪来这许多生动活泼的好水。"当流赤足踏涧石，水声激激风吹衣。"正午烈日下的我们，一致认为这才是瀑布应有的风范。而如果再作深一步想，这瀑布多么像人们深藏内心的爱，在日常焦虑与厌倦的面容下，从来都是山高水长源源不竭。"这么好的水，这么幽的溪，如能添得几个妹妹，在这里洗洗手洗洗衣，就更美了。"空灵纯净的百杖潭瀑布啊，请允许我为自己的矫情及庸俗感到惭愧。

牡　丹

在陈华坑村，路边几户人家门前开放着的花朵，不知怎的，让我想起当年张爱玲曾说一位老太太："从前她是个美女，但是她的美没有给她闯祸，也没给她造福，空自美了许多年。"当然我不这样认为，能平平安安美许多年，这是多大的造化与侥幸啊，哪能说是空自。于是执礼相问，方知原来竟是牡丹。我也没像"见田稻不识，问是何草"的晋简文帝那样，羞愧得把自己关了三天禁闭，而是觉得相比于牡丹，有一些花草注定不会引人探询，就像有一些溪流注定没有名字，有一些人注定只能跋涉却留不下痕迹。

绝　句

最后，是一首七言绝句，拟题为《花溪纪游》：

连日高温暗自嗟，花溪水涸薄于纱。

蝉声听罢浑无事，认认山蔬认认瓜。

磐安中药材博物馆里的草本诗经

朱晓东

磐安三日，最带感的不是两个国家级文物保护单位玉山古茶场和榉溪孔庙，而是从第四纪冰川遗迹浙中大峡谷中爬出，一眼看见的高山台地火山遗迹里的老村。蓝白天色，青苍山冈，玄黑火山岩砌筑的老宅一座挨一座，土得非常洋气。但更激动的，还属在磐安中药材博物馆里亲睹《诗经》中讲到的植物，因为激动也因为匆匆，只模模糊糊用手机"咔嚓"了小几张。

卷　耳

第一个，苍耳，就是古代的卷耳。

《卷耳》在《诗经》三百零五篇中排第三，绝对高级的绝望之歌，特别是"陟彼高冈，我马玄黄。我姑酌彼兕觥，维以不永伤"这两句。我曾看到好几个人用最后五个字作QQ或MSN签名。兕觥（sì gōng），一种酒杯，我在安阳殷墟博物馆里见过。

原文摘录如下。

卷　耳

采采卷耳，不盈顷筐。嗟我怀人，置彼周行。

陟彼崔嵬，我马虺隤。我姑酌彼金罍，维以不永怀。

陟彼高冈，我马玄黄。我姑酌彼兕觥，维以不永伤。

陟彼砠矣，我马瘏矣。我仆痡矣，云何吁矣。（《诗经·国风·周南》）

我转成现在的话——

整日采摘卷耳/怎么采也装不满筐/可叹早该回家的人/被搁置在
大路旁

爬上高高山冈/马蹄声困倦踉跄/且让我举杯痛饮/为了不再感伤

站在那山丘顶上/马背的鬃毛苍黄/且让我举杯畅饮/为了别再心伤

打马走上高山/马儿嘶鸣喑哑/随从们都已累垮/每个人都感到绝望

卷耳是药材，具体什么药效我不懂，不管。只说不仅《卷耳》，诗经还有两篇也是用卷耳起兴。

第一首是《唐风》中的《采苓》：“采苓采苓，首阳之巅。人之为言，苟亦无信。”这苓就是苓耳，卷耳（编者注：余冠英《诗经选》释作卷耳）。转一下白话——

采卷耳，采卷耳，首阳山头到处采。

骗子话，信不来，千万别听他瞎掰。

第二首是《邶风》中的《简兮》："山有榛，隰有苓。云谁之思？西方美人。彼美人兮，西方之人兮。"再转换一下白话——

> 山中有榛树，湿地有卷耳。
> 我暗恋谁呀，官家白富美。
> 长得真俊呀，贵族"妹纸"呀。

我在微信里翻译《简兮》时，一个大学中文系出身的女生说："你的翻译有点特别。"其实不特别，只是跟她课本中不一样。西方美人，就是《诗经·小雅·大东》中的"西人"，相对"东人""私人"的"西人"即"舟人"，也即西周皇家姬姓有封邑的亲戚。《简兮》写了一个"癞蛤蟆"对"白富美"的性幻想。

菟丝子

菟丝子，《诗经》作"唐"，《毛传》训为"蒙"，古代第一部解释词义的专著《尔雅》说，"唐/蒙"就是菟丝子。

《诗经·国风·鄘风》第四篇《桑中》写到了菟丝子。

桑　中

爰采唐矣？沬之乡矣。云谁之思？美孟姜矣。期我乎桑中，要我乎上宫，送我乎淇之上矣。

爰采麦矣？沬之北矣。云谁之思？美孟弋矣。期我乎桑中，要我乎上宫，送我乎淇之上矣。

爰采葑矣？沬之东矣。云谁之思？美孟庸矣。期我乎桑中，要我乎上宫，送我乎淇之上矣。（《诗经·国风·鄘风》）

帮你通下关键字。

乡：向背的向，指南边。

孟：伯，排行老大。

姜/弋（姒）/庸（嬩）：三个姓氏。

要：会，邀，遇。

最关键的，唐是菟丝子，麦是一种野菜，葑是蔓菁，即大头菜。

《诗经》中收录的是可以拿来唱的歌谣，特性之一就是连类对举，对应词同义或近义。麦和葑都是食物，唐(菟丝子)在先秦还不是药材只是食物，多种古籍提到把菟丝子晒干可以佐酒。

回到《桑中》。还是我的白话版——

在哪儿摘菟丝子哟/沬城南边啊喂/打谁的主意哟/姜家大妹子啊喂/桑林里跟我幽会/上宫台里跟我亲热/送我到淇水边上船啊喂

在哪儿摘野菜花哟/沬城北边啊喂/打谁的主意哟/姒家大妹子啊喂/桑林里跟我幽会/上宫台里跟我亲热/送我到淇水边上船啊喂

在哪儿摘蔓菁菜哟/沬城东边啊喂/打谁的主意哟/嬩家大妹子啊喂/桑林里跟我幽会/上宫台里跟我亲热/送我到淇水边上船啊喂

因为草木诗经里性感奔放的一篇《桑中》，菟丝子从此在中国文学领域成了死缠烂打的感情的象征。

中医学里，它又是男女通吃的媚药。男，女，通，吃。

但在真实的植物世界里，它是勾搭上谁谁死的冷酷杀手。

媚药这个我不懂，不敢置喙。文学这个可以有，中国两位顶级诗人都写过菟丝子。李白在《古意》中说："君为女萝草，妾作菟丝花……百丈托远松，缠绵成一家。"杜甫说："兔丝附蓬麻，引蔓故不长。嫁女与征夫，不如弃路旁……"诗的题目叫《新婚别》，啧啧。

其实活的菟丝子非常恐怖：它没有叶绿素，不会光合作用，只有寄生在别的植物上，靠别的植物的养分才能活着。

寄生不是罪，地球上有很多寄生生物与宿主相互依赖，共存。

但菟丝子不。

诗人只看到菟丝子的热烈纠缠，不晓得被它缠上的宿主，非死即蔫，个个没有好下场。

现在离开《诗经》太远了，《诗经》是歌谣，所以我还特意听了两个著名男歌手唱过的菟丝子。先有罗文老师的《菟丝》，上来就很长一个"啊！"。"啊"了很多，还是"情根永付""身不再孤"的陈腐腔调。相比而言，陈升老师就明显有后现代主义爱情和农学的双重节奏，"我只是忧郁的蔷薇 / 不是牵绊你的菟丝花"，唱得好。

卷 六

我从山中来

高亚鸣

从磐安回来已月余，吃过立夏乌米饭，小满已至，天气渐热了。翻吴藕汀先生的《廿四节候图》，有诗曰：

> 浮云富贵客心寒，故里空怀紫牡丹。
> 谷雨毋须添国色，江南上巳杜鹃看。

诗中说的是谷雨时节的诸多景物，画的是杜鹃，这芳菲的春意，让我心有所念。

我是谷雨前一天到的磐安。磐安因山闻名，底蕴如山。县城古称安文镇，寓"平安昌文"之意。宋代诗人陆游少时曾随父母寓居磐安，成年后亦

那么美吗？去山里看看

留下足迹，有诗句"山重水复疑无路，柳暗花明又一村"为证。又一村指的便是安文镇。这里属山区县，境内"九山半水半分田"，即便是在相对平阔的低丘缓坡的县城，也能领略其巍峨气魄。拉开住地的窗帘，一弘绿屏拔地而起，颇有交响乐的气势。推开窗户仰望，这绿屏是真正的大山哟，雄浑绵延的绿上接云端，左右延绵无际，令我瞬间觉得自己渺小如蚁，思绪出尘。

虽说是春季最后一个节气，毕竟身处深山，早晚凉意袭人。山峦重重，水道弯弯，满目真山真水，仿佛依稀，忘记来时路。返程日去往高姥山杜鹃谷，这是此行最后一个景观。这是约定，是告别，也是探望，且探的是杜鹃。《廿四节候图》写于1996年，当时八十三岁的药窗老人客居古镇南浔，诗中多有对故乡嘉兴的怀念。他笔下的杜鹃，壮硕阔大，有点夸张，倒是成全了它原本的乡野之气，带有山川灵逸之韵。

杜鹃花又称映山红，年少时每到春天，我常常跟小伙伴们去爬山，看到映山红便采，马尾巴上一朵，衣扣旁一朵，手中一捧，煞是热闹。映山红的红是大红色，很正的红，不浓艳。花朵不大，未绽放的花苞若即若离，一副怕羞的样子。等到暖风熏开了，花瓣儿还有点儿羞涩，隐约皱巴着，与远远近近的绿意应和着，成为熟稔的春天色彩。往往担心下山时错过了，上山的路上早留意着会摘一些，最好挑几枝含苞待放的，回家插在玻璃瓶里，隔些天花苞舒展开来，有一种喜悦随之绽放。及至城市发展，点缀其间的杜鹃花，不论盆栽还是种植，都是玫红色的，大瓣艳丽的模样，像极了塑料花，有味同嚼蜡之感，竟然不大习惯。

一路上，我心下怀疑杜鹃谷的颜色和味道，虽然知道那是有着万亩成片花田的天然杜鹃谷。这年月，纯天然泛滥，真天然来临倒有点担心了。还有，这真天然是否有当年滋味呢？车行盘山路，越来越高远了，这是海拔近千米的大山哟。远远地，当地友人自豪地指点着车窗外说："看，对面就是杜鹃谷！"放眼望去，杜鹃一丛一丛地，鲜艳、纯粹、色彩饱和，密集的灌木花丛，连绵成十多千米的花海，远望就像晚霞一样映红了整个山谷，壮观极了。这分明是熟悉的、坦然的红，霎时照亮了路途，像是回到了故地。杜鹃花品种繁多，高姥山的映山红是最普遍的一种，也是我小时候亲近的那种。天气晴好，正逢杜鹃花节，观赏的行人熙攘无比。从山上的娘娘庙到杜鹃山庄，是一条长长的游步道，用花岗石铺就，两边都是火红的杜鹃花。在花丛里走走停停，这些记忆中的山花，似锦繁盛，一路相伴，邀我同游。

记得那时家里插映山红的玻璃瓶，是摆在饭桌上的。说是饭桌，其实是一张写字桌，老旧的深褐色，桌面上沟沟坎坎，还有点油腻锃亮着。吃饭时米粒掉下来，醒目的白，总要犹豫不决，到底要不要拣。但是白砂糖撒在桌上了，当即用食指快速按住，甚至动用舌头去舔。映山红在水瓶里的时间，不会超过半个月，要让它保鲜，肯定是要加勺糖的。江浙一带烧菜常常会放勺糖，尤其是烧红烧肉，这样做出来的肉肥而不腻、入口即酥。我母亲做过语文老师，她说要让映山红养得好，是要放一勺糖的，糖分会把营养输送到枝头。傻傻地比较过两种花瓣，不知是否是心理作用，不放糖的确有点酸涩，放了糖竟然真的有股甜味了。

我沿游步道石阶往下走，像蜂蝶一样停停嗅嗅，把自己从时间链里暂且解脱出来，忘了自己是谁，又身处何方。走到平坦处，回望来时路，它隐在花丛中，好长的一段呢，我曾穿行其间，山花怒放，热烈相随，怎样的感怀。低头却见前襟斜有一抹红，点染我玄色的衣裳。我想它还是有味道的吧，甜甜的，带着山野的气息，滋养人心。

亲近大山，原本想唤醒一道记忆，重新捡拾起来，根深叶茂在岁月蹉跎中。从磐安归来，可以无憾，只因我看到了那丛丛映山红，春意阑珊时，匆匆无念。而夏天，已经来了。

深山里的圣地

——访榉溪孔氏家庙

刘文起

　　我在几年前来过一次磐安，只寻找过陆游的踪迹，游过花溪，其他地方一概不知。这次随浙江省作协"磐安乡村文化记忆"采风团又到磐安，知道有个美丽乡村叫榉溪，榉溪有个孔氏家庙，与山东曲阜、浙江衢州的家庙一起列为全国三个孔氏家庙，三个皆为国家级文物保护单位。这让我非常惊讶。原来这深山里的圣地，居然"藏在闺中人未识"啊！

　　从磐安县城坐车行约三十千米到榉溪村。村不大，仅三百多户一千多人，却有一条又长又大的溪，弯弯地穿村而过。溪上有好几座石桥，连通着两岸清代民国时期风格的民居。石桥中的廊桥，在村口，很戳眼、很具古风地揭示了村子的古老。四周环绕着群山，拱围着这孔子第三圣地的山川，无比秀丽。

孔氏家庙在樟溪的南岸，位于整个村子的中心。它坐南朝北，遥对金钟山。大门上有古旧木匾，写着"孔氏家庙"。进门，见大厅上有金字大匾，写着"万世师表"。再进数步到院子最深处，是孔子塑像，像上有匾，写着"如在"。意为孔子精神永在。匾下柱上有对联，曰："脉有真传尼山发祥燕山毓秀；支无异派泗水源深桂水长流。"尼山、泗水在曲阜，燕山、桂水在樟溪村，两下相对，意谓两地渊源，一脉相承。前厅横梁上有双龙戏水雕刻。在古建筑中，龙是普通房宅中忌用的。这里却用了，可见孔氏家庙享有皇家建筑标准。家庙整座建筑以中轴线贯穿，由门楼、戏台、前厅、穿堂以及两小天井、后堂组成。门楼采用三柱穿斗结构，戏台为轩阁式结构，前厅后堂是五开间抬梁式和穿斗式相结合，小天井均由鹅卵石铺就。还有旗杆石，柱石有宋、元、明、清四朝式样，记录了世事的沧桑。家庙里还展有《孔氏家谱》，至圣先师牌位和吴道子画的孔子刻像的拓本。

家庙里有介绍村子的来历，曰：

> 宋建炎年间，孔端躬与其父孔若钧偕兄孔若古与其子孔端友遭金乱奉驾南渡后，端友居衢州（后成衢州南孔），端躬继续护驾至台州。再回磐安樟溪时，其父若钧病故。端躬葬父于金钟山，并在墓前种一棵从曲阜祖庙里带来的桧树。带树时有言："何地植土生根者，即吾孔氏新址也！"不想此桧树在樟溪葱茏长成，于是定居樟溪。南宋宝祐二年（1254），理宗追端躬功德，按衢州孔氏家庙恩例孔氏在樟溪南岸杏坛前修建家庙，成为全国除曲阜、衢州外的第三座孔氏家庙。由此，樟溪为"婺州南孔"，与曲阜北孔、衢州南孔列为"孔氏三宗"。

孔氏家庙建成后，整个村庄的民居以此为轴心，错落在樟溪两岸。现在看到的民居，大多建于清朝和民国年间。砖木结构、石墙、黑瓦、木门、鹅卵石小路，少有装饰，人称门堂。现在，樟溪村有门堂十八座，加上历史悠久的大屋九思堂、松竹梅堂和宋代古井等，把整个村子装点得儒雅且很有文化底蕴。另外，榉溪村的房子与其他地方的房子不同，全部坐南朝北。这与孔氏家庙一样，表示对北方故土的乡思。

从孔氏家庙里出来，过廊桥到金钟山后坞，看孔氏支脉老祖宗孔若钧的墓。孔若钧的墓像金交椅一样，坐落在后坞山背的"肚脐眼"上。居高临下，俯视全村。墓周围有石碑、石亭、石栏杆，刻有各种纪念文字。墓前的那棵桧树，树龄已有八百多年。树高三十米多，树身粗五米多，树叶亭亭如盖，乡人俗称"太公树"。

回想八百多年前，孔若钧、孔端躬父子从台州别宋高宗北行时，前途渺茫，后有金兵追赶，合家赴难，个个都如丧家之犬。他们原本是要到衢州投奔孔端友的，不想一到榉溪，孔若钧已精疲力竭，生命走到了尽头。其时的悲伤忧愁、落魄狼狈之状，可以想见。孔若钧有《感怀》诗为证，诗曰：

> 国否时危计致身，岂知今托栗山滨。
> 庙林惆怅三千里，骨肉飘零八九人。
> 顾影空高鸿鹄志，违时惊见梅柳春。
> 皇天邻我斯文裔，净洗中原丑虏尘。

后来时过境迁，他们在榉溪定居后，发奋图强。孔端躬坚持诗书传家，耕读立世，休养生息，力图重振家风。特别是理宗钦赐修建孔氏家庙后，他们在此地开发农耕，办学堂教育孙邻，家族很快就兴旺起来。其后人中不乏当官的、办学的名人，如裔孙孔挺曾为松阳县丞，孔思靖曾为东阳永宁、永寿两地巡检。当年的孔若钧是孔子第四十七代孙，如今已是第七十五代孙了，孔氏后人已达两万人之多，遍布东南各地，这里是孔子后裔南方最大的聚居地之一。近年来，榉溪孔氏名气愈大，不光游客如云，中央电视台"远方的家"栏目还有过专题报道。

由此，我想到历史上北方许多豪族因战乱南迁的事。散居在湖南、福建、广东等南方省份的山区木屋或碉楼的族群，因找不到祖宗的名姓或祖宗有名姓但并不很有名气的，就称客家人。东晋时从中原南迁到绍兴或上虞东山的王、谢两大家族，名家辈出，家族兴旺，成为一个个崛起的新族群，出现了赫赫有名的如王导、王羲之、谢安、谢灵运等影响历史的人物。榉溪孔氏也一样，家族非但没被历史灰尘淹灭，反而声名鹊起，闻名遐迩。这是为什么呢？道理只有一个，那就是：只要文化不死，这个家族不管历经如何的艰难困苦，其最终的兴旺乃至辉煌都是必定无疑的。

这就是榉溪孔氏存在的意义，也是这次拜访榉溪孔氏家庙给我的感悟和启迪。

听孔子后裔谈儒学

冯颖平

乙未春末，披着雨纱薄雾，我们走近婺州南孔的榉溪孔氏家庙。

出磐安县城一路向南，青山夹道，溪流叮咚。不久就到了群山环抱、临水而居的榉溪村。

车停处，孔子后裔七十四世孙孔火春笑容满面地迎上来。1995年他出任村党支部书记，至今已经有二十多个年头。期间，保护老祖宗留下来的文化瑰宝是他的一项很重要的工作。

细雨蒙蒙。灰云叠叠。

天地间的凝重色调，为年事已高的老建筑平添一份沧桑和厚重。

中国人所知道的孔氏家庙，山东曲阜谓之北宗，浙江衢州谓之南宗。其实南宗另有一处在磐安，古谓"孔氏婺州南宗"，也就是我们眼前这座家庙。

据《磐安县志》记载：

> 宋建炎三年（1129），孔子四十八世孙大理寺评事孔端躬，偕兄衍圣公端友，扈从宋高宗南渡至杭。端友徙居西安（今浙江衢州），为孔氏衢州南宗。端躬仍从驾至台州而寓居婺州永康之榉川（今磐安榉溪村），为孔氏婺州南宗。

榉溪村现在有近四百户人家，几乎都是孔子后裔。孔姓人在家庙附近繁衍生息，如今已成为江南孔子后裔最大的聚居地之一。在儒家文化的浸润和熏陶下，榉溪村获得了省级历史文化名村、省级民俗文化旅游村、省级廉政文化教育基地、省级生态森林村庄等荣誉。

榉溪孔氏家庙自南宋赐建以来，元明时期多次由官方拨款修建，也一度宏伟气派，后由于各种原因年久失修。我们现在参观的孔氏家庙建筑，为清代中期由榉溪孔氏后人自发重建。

有人告诉我，孔氏家庙和常说的孔庙是两个概念——孔庙是大众祭拜孔子的地方，又称"文庙"。据了解，在中国、朝鲜、日本、越南、印度尼西亚、新加坡、美国等国家共建有两千多座孔庙，中国国内有一千六百多座（也有数据说中国国内就超过两千座）。

上网"百度"一下，我看到有一个由中国孔子基金会和中国孔庙保护协会共同主办的"中国孔庙"网，据说是国内唯一汇集全国乃至全世界孔庙信息的大型网络平台。看来再古老的文化遗产也需要"互联网+"啊。

而家庙是孔子后代祭祖的地方，全国只有山东的曲阜、浙江的衢州和磐安榉溪有孔氏家庙。2006年5月，榉溪孔氏家庙从县级文物保护单位上升为国家级文物保护单位，与北京故宫以及曲阜"北孔"、衢州"南孔"一样的"文保"级别。

走过榉溪上的那座桥，远远就看到了依稀可辨的"孔氏家庙"四字匾额。大门一侧有石碑"表明身份"，上面镌刻着一行红色字"全国文物重点保护单位"，"榉溪孔氏家庙"六个金色大字居石碑中。

其实南宋理宗时建造的婺州南宗孔氏家庙并不在现在这个孔氏家庙的位置。榉溪《孔氏家谱》的《榉溪宅里图》中标有"圣庙基址"，即为其时的家庙位置。后来家庙多次倒塌，清代中期在现址建起孔氏家庙。清代晚期，家庙中又搭起戏台，变成家庙与祠堂合一的建筑。

跨过有些高的门槛，就走进了孔氏家庙。整个建筑有门楼、戏台、前厅、穿堂、后堂等部分。前厅里还竖着宋、元、明、清四个朝代的柱础。

榉溪这座建筑到底是家庙还是祠堂？当年引起了不少争议，甚至惊动了中国建筑界的最高权威——罗哲文、谢辰生和吕济民。2004年12月初，三位老先生专程来榉溪考察，最后一致认定为家庙。

三位老先生都留下了墨宝。罗哲文写的是：保护婺州南宗榉溪家庙，弘扬孔子道德思想。吕济民写下了：磐安存古迹，人文谱新篇。谢辰生写了四个大字：脉自尼山。

最高权威的考证依据就是这座建筑正厅梁上的雕龙，活灵活现的"双龙戏珠"就是孔氏家庙与其他家庙最大的不同：龙在古代是帝王的象征，非天子不能用，因而中国古代建筑除了帝王家，只有被尊为万世师表的孔圣人家才可以雕龙。所以这是一座孔子后人建的祭祖的家庙。不过这里后来又兼具了祠堂功能，搭起了戏台。

我眼前的戏台已经修葺一新。虽然原本深色的木质围栏和板壁上都积着灰白的尘土。戏台的中间放着一架做工考究的改良屏风，上面有用玻璃镶嵌又有细木镶边的四个字："国学讲堂"。

把这个叫作改良屏风也许是我的杜撰。因为我问了几个人都不知道有"国学讲堂"几个字的物件应该叫啥。而我观其形制和屏风隔断极其相似，也就借用一下。

有当地人说，我看作屏风的其实是仿古讲台。因为这里还是以"国学讲堂"命名的道德讲堂。教育内容就是《论语》等儒学经典。

孔火春介绍，他们已经从各地请来儒学大师在"国学讲堂"讲过几次课。2012年，他们就请了浙江省儒学学会常务副会长吴光、韩凯来讲过课。

而以我之见，儒学不仅仅只是在讲台讲堂上，更应该在中国人的日常生活中——

我拨打孔火春的手机，铃声响起来，有一个声音在吟诵："有朋自远方来，不亦乐乎……"这可是《论语》起首第一篇里面的名言啊。

而他的微信头像，就是一张孔子与三位弟子在一起的《在川观水图》。画面上有竖排文字"孔子在川观水子贡问曰君子见水必观何也孔子曰以其不息者似乎道之流行而无尽矣水之德若此故君子必观焉"。全部文字为繁体字，且无标点。

由孔子创立的儒学是中国传统文化的核心。孔子打破了以往统治阶级垄断教育的局面，一变"学在官府"而为"私人讲学"，使传统文化教育普及整个民族，这样儒学就有了坚实的基础。

孔火春的手机铃声、微信头像应该都属于儒学文化吧。

诚然，在樟溪，热心传承孔子儒学文化的并不止有孔火春一人。

那天，陪同我们参观孔氏家庙的讲解员是孔子第七十五代孙孔国军。他大学毕业后正逢孔氏家庙的"又一春"，就当起了村里唯一专职的"文化导游"。"90后"的他质朴少语，但说起樟溪孔氏家庙，立刻变得出口成章。

他告诉我们，孔氏家庙的参观者不仅来自全国各地，还有海外的儒家文化爱好者。游客最喜欢这里的原生态，还有宁静、安详的气韵。

"一般房子都是坐北朝南，我们这里的老房子却是坐南朝北。你们知道这是为什么吗？"孔国军冷不丁地抛出一个问题。原来，这是因为孔端躬的老家山东在樟溪的北边，房子坐南朝北的朝向，就是希望孔氏后人能够向北念祖，永远"望乡"记着故乡。

孔国军说自己作为孔子的后代，应该为樟溪的发展做些事。

当他指着一块木牌为我们介绍"九思堂"时，说"九思"之名取自《论语》"君子有九思"，即"视思明，听思聪，色思温，貌思恭，言思忠，事思敬，疑思问，忿思难，见得思义"。

这些当代年轻人照本宣科都觉得晦涩、拗口的文言文，在他口中却流利顺畅，听他的解释也很走心、很入脑。

我不知道是否因为孔火春、孔国军的血液里流淌着先人孔子的DNA，所以对儒学文化的理解要比一般人来得容易，来得透彻。即使历经八百多年的岁月，即使他们是偏远山村的农民，但老祖宗的文化依然存在于他们生活的点点滴滴中。

在《孔氏宗谱》里，孔火春是繁字辈，他的名字叫孔繁源。而孔国军在宗谱里的名字是孔祥军，是和孔火春的儿子孔祥根（孔晓华）同一辈的。

初进家庙，我抬头就见上方挂着金边黑底金字的"万世师表"匾，孔国军说宋理宗御赐原匾"文革"时被毁。现在又重新做了一块挂上。

家庙里存有南宋衍圣公孔端友赠孔端躬的《至圣先师像》。现在珍藏的文物中有五本蓝封面被磨得发白的《孔氏宗谱》，边上有张手写的白纸黑字"祥令德维垂"，想来就是辈分的名号吧。

后堂祭台正中有孔子塑像，两旁柱子上有对联："脉有真传尼山发祥燕山毓秀；支无异派泗水源深桂水长流"。尼山、泗水均为曲阜景物，当是指代北宗曲阜，而桂水、燕山就是桦溪山水，在此指代南宗婺州。

这副对联让我们看到了一直以来在山东曲阜被尊为"人上人"的手握毫锥、吟诗诵经的文人雅士，与桦溪这里因时局而成为扛锄头、穿蓑衣的"面朝黄土背朝天"的农民，有着同宗兄弟间千丝万缕的联系。

孔火春向我介绍，这副对联的内容是孔子的第七十三世孙、世袭翰林院五经博士、首任南宗奉祀官孔庆仪所撰，笔墨是桦溪这一支长房的孔庆咸所写，孔庆咸时任永康县教谕（类似于现在的教育局局长）。

后堂中间悬挂着"如在"两字匾额。"如在"一语出自《论语·八佾》：

"祭如在，祭神如神在。"意为祭祀神灵、祖先时，好像受祭者就在面前。

孔火春送了我一本2006年洪铁城编著的《沉浮样溪》，书中有这匾额的照片，并写有文字："挂在家庙后堂上空的匾额（如在）。可惜至今未知出自何人笔墨，也不知出自何时。"

而孔火春最近告诉我，"如在"两个字是孔庆仪所写。

孔火春对此的解释是，洪铁城写书时不知道"如在"匾额的来历。书出版后，村子里有一位九十八岁的老者说匾额是孔庆仪所写。

有人质疑既然是孔庆仪写的字，为什么没有落款？老者回忆说，当时孔庆仪喝酒喝得半醉而写，忘记落款。

其实，这匾额是谁的笔墨，对我而言并不是很重要。

重要的是，我从孔火春、孔国军身上，看到了"如在"当下的释义。其意就在"儒学精神的持续传承"。孔火春们的所作所为，让更多中国人再度记住了孔子。

孔火春属马，已经年过花甲。在他生活的特定时代，年轻时也就读了个初中。但初中仅仅是他在校连续学习的一个阶段，如今的孔火春，在儒学方面也是有些研究的。说起祭孔大典的种种，他如数家珍。

公元前479年，鲁哀公参加孔子葬礼并亲致祭文，是为祭孔之始；汉高祖刘邦过鲁时，以"太牢"祭之，祭典隆重恢宏，谓之"国之大典"。自此祭孔即成国定礼仪。由此可见祭孔是儒家文化传承的一件大事。南方的祭孔礼仪，自南宋绍兴年间开始兴起，并颁布了祭孔的礼仪条例。

孔火春向我们介绍，婺州南宗祭孔自明清以来分为"各家墓祭""合族庙祭"两部分。严格意义上的婺州南宗祭孔典礼就是"合族庙祭"，即全族人集中举行的隆重庄严的祭祖仪式，一般在清明节举行，其他如重修族谱或分谱也要选定吉日良辰举行祭典。祭典日，样溪村出门在外的孔氏子孙都要赶回来，已迁移到外村的派代表参加。

孔火春作为孔子后裔七十四世嫡系长孙，已经当过多次主祭人。

经过孔火春和孔国军比较详细的介绍，以及浏览家庙内外的展板图片，我们大致了解了2012年的祭典。

2012年9月28日是孔子诞辰两千五百六十三周年，榉溪孔氏家庙正式对外开放。婺州祭典在全面发掘与继承传统的基础上，融入一些新元素，使得婺州南宗祭孔典礼既显古典，又具魅力。

据介绍，为体现规范，祭孔流程如"呈三牲""鸣鼓乐""九记锣""迎圣人"等都恪守传统的十二时辰计时；为展现古雅，祭典排练了优美的"六佾舞"，舞者着统一古典服装，左手握笛右手持羽，翩然起舞；为突出隆重，祭品为"三牲"，并配"五谷四果"；气氛渲染上，拱桥外有松柏牌坊一座，两侧楹联一对，横额"婺州南宗祭孔大典"鲜艳夺目，庙前广场两侧八十面"孔"字龙牙长旗呈八字形从高到低排列，溪两旁插遍"孔"字小旗；为显示虔诚，数百参祭人员，祭祀之前，皆净身沐浴，古典盛装入礼，祭祀中，并作"三献礼"，初献、亚献、终献步步到位。身为孔子后裔的小学生们齐声朗诵《论语》，在先祖面前表示不忘祖训，立志成才。

祭孔仪式一直由老辈人口口相传。孔火春小时候曾听老辈说过祭孔故事，关于祭祀时具体的礼仪动作，孔火春是从父亲那里学来的。"祭孔大典的核心内容，如敬酒、上香、行跪拜礼等一些具体动作都是只传给嫡系长孙的，而我作为七十四世嫡系长孙，从小在家拜祭太公时，父亲就会教我这些礼仪。"

结合老辈的口述、家谱上的记载以及外出考察所学，孔火春和其他孔氏后裔、有关专家数十人一起，花了约四年时间，整理出了一套比较完整的祭孔大典仪式，并于2002年开始修《孔氏婺州南宗家谱》时进行了第一次族祭。此后，榉溪村每年都会定期举行族祭。2004年尤为隆重，参祭者过千人。

孔火春说儿子现在是自己的徒弟，村里还有一些年轻人对传承也非常有心。他让年轻人都要背熟孔家字辈排行。"这是传承，人不能不知道辈分。因为我们都知道，身为孔子后裔，弘扬祖先文化，责无旁贷。"

其实，祭祀除了表达对圣贤的缅怀和尊重之外，更是对孔子后裔的心灵洗礼，他们会更加铭记孔子的"仁爱""诚信"思想，遵照儒学家训约束自己，并为社会做出贡献。这正是祭孔典礼的人文价值所在。而这很有利于营造全社会崇德向善的浓厚氛围，有利于大力弘扬中华民族优秀传统文化，更有利于让中华民族文化基因在广大青少年心中生根发芽。

2011年，"婺州南宗祭孔典礼"被列入浙江省非物质文化遗产名录，并由浙江省人民政府申报国家级非物质文化遗产。虽然以一票之差没成功，但是孔火春说2016年会再次申报。2012年，孔火春凭祭孔大典入选金华市首批市级非物质文化遗产目录代表性传承人。

有人说，现在都已经是"互联网+"时代了，难道今天的中国人还需要古老的儒学？

我认为，正是因为古老，儒学才能直指人心，才能说出天地间事物的本原，才能让我们认识自己，认识他人。一如接触孔火春、孔国军时的那种点点滴滴的体悟。

孔火春告诉我，2015年要做的事很多，除了年年搞的祭典活动等，其中最重要的一件事是保护好年初发现的老祖宗墓。省内文物保护专家实地考察后说，这座宋墓极可能是孔子四十七世孙孔若钧的墓。

而我们参观所见到的是与家庙隔水相望的孔子四十八世孙孔端躬墓，旁有记载南迁缘由及其生平事迹。

墓碑很新，再仔细些看，青灰色石碑上的黑字是："宋大理寺评事孔端躬之墓 二〇〇二年重立"。

墓旁不远处有棵高三十多米、需数人合抱的大树，传说此树是孔端躬从曲阜迁栽过来的，历经八百多年雨雪风霜，依然苍劲繁茂，荫庇后人。村里人称之为"太公树"。树干上还有许多祈福的红条条。此树被国内林业专家鉴定为"全国百棵古木之一"。

紧挨着大树，有座石质六角"思祖亭"，柱子上都写着字。有一副对联写着："苍山万座环榉水；翠桧千秋冠神州。"

在这棵树龄已经超过八百年的古树下，我听着，看着，想着。

这条溪，从远古到今天，一直兀自流淌，虽然溪的名字曾经被叫成桂川、榉川、榉溪。子在川上曰："逝者如斯夫，不舍昼夜。"虽然此川非彼川，哲理却一样。

这座山，从远古到今天，一直兀自挺立，虽然山的归属曾经被放在婺州、永康、磐安。翻《尚书·尧典》看"诗言志，歌永言"，读《小雅·鹤鸣》吟"它山之石，可以攻玉"，都属意修身养性。

行走在山，临近于水。眺望目力所及处的孔氏家庙。

山山水水很有些走心。

这山这水让我读懂了，八百多年前的某一天，当孔端躬把这株纤细的、幼小的桧树插入这片土地，当桧树的根系往这片土地的深处钻下去，就在中华大地上定格了一个点，在山东曲阜、浙江衢州之外又定点了一处孔氏家庙。

这个点是地理坐标，更是文化坐标。

孔火春还在说着心愿，要为传承老祖宗的儒学文化多做些事，要办个"孔子学会"。

虽然这件事在许多人听起来都觉得是个有些遥远的梦想。毕竟，榉溪只是一个小山村，孔火春只是一个村干部。

而我认为，孔火春会一步一步实现自己的心愿。

有歌声远远飘过来："我的心曾乘着风啊，自由穿行梦想里啊……此刻这一番的宁静，是因为你在心里……如此向往的你，却一直在这里……"

忽然觉得，这首《敦煌》的片头曲是在为孔火春直抒胸臆呢。

确实，从传播传承儒家文化这个角度看，孔火春和《敦煌》中的唐三藏、常书鸿等人，都有着一样的心意和行动。

磐安匆匆

魏丽敏

　　暮春时节，匆匆奔赴磐安，因着对山的渴望，抵御了心中那丝对盘山公路的恐惧。傍晚，随着司机师傅一记稳稳的刹车，身子惯性地往前轻移，车子停在了酒店大门前。打开车门，我看到一座被山三面环绕的房子，不高但是清雅。因为没有多余的建筑，只有一条道路通向我未知的城区。跨门而出，踏上了这片山水之地，真切感受其存在。

　　4月是春的季节，暮春的绿显得极为耀眼，野花在山间盛开，错过这个时间，等待它们的就是未知的来年。春意盎然，植物成长的声音在黏稠而潮湿的江南风雨中呼啸，行走于山水间，一切显得如此生机勃勃。在依山傍水间我看到了这个有着"浙江之心"名号的小镇——如果你有浙江地图，请将它对折再对折，然后你会发现，最中间的那个点就是磐安。

那么美吗？去山里看看

"暮春三月，江南草长，杂花生树，群莺乱飞。"（《与陈伯之书》）酒店的房间正面、背面和右边都是山，我兴奋地与妈妈打电话，告诉她，我在山里。我的视线所能看见的仅有植被覆盖的青山以及抬头仰望被山分割了的蓝天白云。沉沉睡去的夜晚没有了各种马达轰鸣的陪伴而安然，蒙眬醒来的清晨有了各种虫鸣鸟叫的灌入而惬意。这样的记忆只存在于二十多年前，而我不过近三十岁的年纪，那是童年的味道，纯粹的生活体味。

踏春之旅在暮春的细雨中开启，山川萦绕的栖息之地延绵不绝，人类在这里繁衍生息。和煦的暖风吹开了这座名字取自《荀子·富国》"国安于磐石"之说，意为"安如磐石"的小镇的面纱。青山总与绿水相伴。在这里，你只消稍稍行走，就能体味陆游在此写下的"山重水复疑无路，柳暗花明又一村"的意境。这里素有"群山之祖，诸水之源"的美誉，是钱塘江、瓯江、灵江、曹娥江的主要发源地，更是大盘山脉的中心地段，是天台山、括苍山、仙霞岭、四明山等山脉的发脉处。但它是如此怡然安静地存在着，似乎只有空气在诉说着属于它的美，更让我们感知到它沉淀千年的文化。

四日的游程紧张而有序地行进着，我们第一站便来到了位于榉溪村中部的榉溪孔氏家庙，这里是孔子四十八代孙孔端躬的后裔所居住的村落，也是江南孔子后裔最大的聚居地之一。这里历经了元、明时期的维修，清代的重修，因此现有建筑保留了宋、元、明等不同时期的建筑风格。整个孔氏家庙与榉溪村落及周围的山川环境自然地融为一体，体现出古代天人合一的哲学思想。家庙的四周错落着清代、民国山区居民建筑风格的房屋、小弄。漫步雨中的石板，感受着这里的古朴韵味。登高远眺，微微抬起手中的相机，过滤了红砖白墙的现代建筑，镜头里是时光留下的岁月痕迹，是历史的韵味。

幽幽古道，青青瓦房。千年的岁月流逝似乎在这里暂停了。临水而居，靠上而建，在重峦叠嶂的岙口之中，大皿村的村民便在这片坡地上繁衍生息。保留完好的古建筑群，游历其间，似有"山中方一日，世上已千年"的错觉，让人不由得放慢了脚步，感受这片古老文化的洗礼。没有行色匆匆的人流，只有皿溪畔浣洗的妇人，不知是否依旧过着日出而作、日入而息的简朴生活。在这里，我自然将脚步放轻放缓，生怕惊扰了这片难得的宁静祥和。想是年轻人多外出打工了，徒留老人与小孩，静静地守候着这片秀美的家园。资料说，这里至今仍保存着较为完整的传统村落格局，留存有清代至民国时期的各类建筑六十余处，包括民居、宗祠、庙宇、桥梁等。青山、绿水、古建筑完美地融合在一起，构成了一幅江南古村落的秀美水墨画卷，清新、淡雅。

来到磐安，满目的清脆是因着山的缘由。时光的流逝，对于山脉而言其实微不足道。拾级而上，眼前是远古造山运动强烈地形切割和流水长期冲刷造就的"浙中大峡谷"奇观——夹溪风景区。夹溪为曹娥江源头，河谷与玉山台地之间的落差达到两百米以上，溪流两岸植被茂密，溪涧蜿蜒狭长，水流湍急，形成了无数的跌瀑、险涡和深潭，十八涡便在其中。涡，意为水流旋转形成中间低洼的地方，十八涡也就顾名思义了。从名中可以想见水流的湍急，水流随河床走势陡然跌落潭中，所谓水滴石穿，这里却是激流钻谷穿崖，当初的水流咆哮声似乎在耳畔不断响起。

车子一路爬行，来到半山腰的景区入口。走过一座晃晃悠悠的吊桥，展现在眼前的便是十八涡的秀美风光。路口一块指示牌，上书：夹溪约五百米的河床及古河床上，分布有大小不一、形态各异的壶穴共四十三处。在流纹岩中发育如此独特、典型、规模之大且形态之多样的壶穴群，在浙江省乃至全国都罕有。景区内的栈道修得极为平整，行走其间，并不觉得吃力。从上而下的行走，俯瞰下面错落着大小不一、颜色碧绿的涡。半山腰悬崖上凿出羊肠小道，逶迤蛇行，煞是险峻。一路前行，起伏的山峰、嶙峋的怪石、精美的瀑潭——跃入视野，洗刷着我们脑中对美的定义。

十八涡的美挽留了我们太久，来到花溪已是傍晚时分。夕阳映照下的磐安山区有了另一种不可言喻的美，青色与红色完美融合。游客已然撤离，徒留几户正在打烊的商家。我羡慕小溪两岸的人家，可以生活在这片山峦水域间，怡然自得，蓝天白云下不必去感受雾霾的"熏陶"，风尘的侵扰。4月的溪水，依旧清凉，特别是日落时分，我没有勇气穿上农家自制的布草鞋踏入这平板长溪中，只能沿着小溪一点点行走，看两侧苍翠的树木、诡特的奇峰异石，以及在田间劳作的农人。随着夕阳的余晖渐渐消失，我们没能再进一步地去探寻它的美。告别显得那么匆忙，遗憾总待弥补。

春日的美总会让人想起花的功劳，因着花的点缀，春日才有了五颜六色的缤纷。春日赏花，想来杜鹃是不可或缺的主角。我见过了百亩的菊海、成片的郁金香，却没有见过漫山遍野的杜鹃花。磐安高姥山的杜鹃谷，让我领略了一次连绵不绝的花海。这里的春天，鲜艳、纯粹，色彩饱满的杜鹃花在怒放着。从附近的娘娘庙到杜鹃山庄，长约三千米的游步道两边，都是火红的杜鹃花，形成了这片海拔九百多米的花海奇观。这里的杜鹃花不是我们常见的低矮灌木丛，而是显得有些高大的万亩成片天然杜鹃，这里的杜鹃品种据说有三十多种，还有极为珍贵的紫色的华顶杜鹃。用壮观，用辽阔，用惊人，都不足以形容我看到这些时的感受。

一场美丽而匆匆的行走，不得不暂时打住。我挥手告别了花海，告别了蓝天白云、告别了青山绿水，但告别不了的是记忆。在这里，我仿佛和自然已经融为一体，忘却了尘世的一切烦恼，那种时间的静止感和空间的辽阔感，不止一次让我迷恋和陶醉。时光流逝间，我知道我该离开了，不过我也知道，美丽的磐安，我必定会再来。

谁的梦红了杜鹃

陆　原

　　刚过谷雨节气，已是暮春三月。高姥山的杜鹃花才刚刚盛开，远看山梁红遍，如赤笔挥洒，气韵无限。这里地处磐安县高二乡，是高姥山的主峰，群山之巅，海拔九百多米，是观赏杜鹃花最佳的地方，有"浙中杜鹃谷"之称。

　　下车后，我想直接去山冈上看杜鹃花，陪同的磐安县作家协会主席吴警兵说，先去娘娘庙，那里正举办"2015浙江森林休闲养生节暨第三届杜鹃花节"开幕式，应该去看看。再说从那里看杜鹃花，一路向山下走，不吃力。

　　这建议不错，熙攘的游客都往娘娘庙方向涌，我们也去凑个热闹。

　　天高云轻，太阳透出无比热情，风也被烘得暖洋洋的。这样的天气极宜赏花，因此，游人也多了。

那么美吗? 去山里看看

第三届杜鹃花节开幕式,在娘娘庙前的一片开阔地上举行,人们聚集一片。在临时搭起来的高台上,有省、市、县的领导作为嘉宾队列而上,有一位领导在热情地致辞。会场两边,数十名身穿橘黄色衣裤的农民各擎一面长旗,我被颇有特色的长旗所吸引。

这些长旗,有两层楼高,但宽仅半米。长旗分红、粉红、黄、绿、蓝五种颜色,旗边上都镶了龙脊状的彩条,颜色与旗面错开,如红色旗面镶白边,白色旗面镶红边,黄色旗面镶绿边等。不管什么颜色的长旗,旗顶都镶有一面红色的小三角形旗。每面长旗上分别贴着繁体字"五谷丰登""风调雨顺""国富民强"等词语。这些长旗民俗风味十足,是开幕式上最有亮点的环境营造。我觉得历史上传下来的民俗性的东西,真是好东西!

据吴警兵介绍,在磐安的历史上,迎长旗是一种比较盛行的民俗喜庆活动。在一年的节庆中,特别是在七月七日高姥山庙会活动期间,迎长旗活动盛况空前。长旗常规的阵容是一百二十面,分红色、粉红色、黄色、绿色、蓝色五种,旗上龙珠部分写着"稻、麦、黍、稷、菽"代表五谷的字样。旗手身穿黄色和红色两种服装,头上扎着英雄巾,脚穿黑色布鞋,虎虎生威。在场地表演时,一百二十名旗手表演祭神和走阵的主题内容,锣鼓急奏,号角齐鸣,长旗猎猎,气势非凡,展现的龙虎精神,让人看了心情激荡,热血沸腾。

我想,如果在杜鹃花节的开幕仪式上搞一下这样的表演,那真是热闹了,不过要花费不少人力物力。民间性的民俗活动,还是让民众按历史形成的节庆节点、活动方式,自发性开展自娱自乐为好,不然耗资耗力不说,还会弄巧成拙,吃力不讨好。

在长旗林立的后面,黄墙黛瓦的娘娘庙吸引着我。不大的山门上方,一块蓝匾上的篆书"娘娘庙"三字,有些古意。

这是一进的院落结构,左右两边一层高的厢房,砌着砖墙,刷着白涂料,我觉得有些刺眼不协调。穿过院内摆设的三只香炉,来到主殿,五开间的主殿正中塑着五尊神像，居中略大一点形象俊俏的或许就是传说中的高姥娘娘，左右两边容貌也同样俊俏的或许就是仙姑。

在娘娘庙的院内，靠墙竖立着一块"娘娘庙简记"的石碑，碑文简约记载了娘娘庙的兴建历史。

传说在七百多年前，有一位农夫在高坑深山里种靛青。有一年寒冬，大雪纷飞，黄昏时分，有一位姑娘来到茅屋前敲门借宿。农夫满口答应，并把床铺让给姑娘就寝，自己窝在灶后的柴堆上过夜。

天亮，农夫醒来，发现姑娘不见了，门外留下一串脚印。农夫想，这样的大雪天，一个姑娘家独自一人在深山里行走，万一迷了路或者踩空脚滑下山崖，那是性命关天的大事，他有点担心。于是，便顺着脚印一路追赶，当追到高姥山顶下的垭口处，雪地上的脚印消失了，空旷的四周没有人影。农夫心想，可能遇到高姥仙姑了！

在当地，传说高姥是神仙下凡，她看到这一方山水秀丽幽深，便住在山洞里清静修炼，为百姓祛灾造福，大家尊称她为"高姥娘娘"，也称她为"天仙娘娘"，因她常以蔓菜为食粮，又称她为"蔓菜娘娘"。

农夫就地摘下三根草芯，插在雪地上为香作拜，恳求仙姑保佑他明年有十八担靛青的好收成，并许愿，若是应验，在此为高姥仙姑建庙塑像。第二年，农夫果然获得十八担靛青的好收成。于是，他不食言，在这里建造了娘娘庙，塑了高姥娘娘的神像，每年七月七日，定为"圣日"，磐安及附近各县的数万善男信女来到娘娘庙朝拜。

民间信仰，其核心崇尚能为民造福、惩恶扬善的神仙、圣贤。这种根植于乡土社会文化土壤里的民间信仰之花，在岁月的风雨里常开不败，展现了民间对社会道德从善如流的强烈渴望和不懈追求。

高姥山的娘娘庙，又称聚贞宫，当地传说是与高姥娘娘和被其收留的六名逃难来的妇女有关。这六名妇女受尽人间苦难，有的是受尽欺凌的小妾，有的是等郎媳（先到婆家生活，等待丈夫出生），有的只因生女儿被公婆虐待，有的被恶棍财主逼死丈夫霸占……她们陆续逃到高姥山，与高姥娘娘一起苦行修炼，修贞如玉，因此这里也叫聚贞宫。

有一年，高姥娘娘外出云游学法，冬季大雪封山数月，饥寒交迫的六名妇女不幸冻饿而死。来年开春，高姥娘娘学法回来，得此噩耗，看到她们栽植的杜鹃花，见物思人，悲伤不已，不觉间口吐鲜血，喷洒在花枝上，使杜鹃花变得别样鲜红。

这无疑是有关杜鹃花的又一种地方性传说。《蜀王本记》中曾提到，有一位蜀王，名叫杜宇，他生前对百姓非常关爱，希望百姓勤劳致富。杜宇死后，变成一只杜鹃鸟，在春播季节，天天叫着"快快布谷"，提醒农人不要误了农时。他嘴巴啼得流血，鲜血染红了漫山的杜鹃花。这就是"杜鹃泣血"的成语出典。

鲜血染红杜鹃花的各种传说，不管故事情节如何不同，但最后都是"疑是口中血，滴成枝上花"，给杜鹃花赋予了一种凄美的文化色彩。

杜鹃花，一名红踯躅，一名山石榴，一名映山红，一名山踯躅。名称一样，但品种繁多。据说高姥山杜鹃花品种就有三十多种，有映山红、云锦杜鹃、天目杜鹃、马缨杜鹃、大树杜鹃等，品种分布广、密度高，是浙中一绝。

我们离开娘娘庙，爬上庙前的山梁，看到满山满坡都是盛开的杜鹃花。每株杜鹃树有一人多高，枝干苍劲，傲骨铮铮，凛然之气在山梁上涤荡，让人精神振奋。那一朵朵待放的硕大花蕾，红彤彤地耸立枝头，难以想象这柔弱美艳的杜鹃花，有这么巨大的力量，能从坚硬的枝条上破壁而出，令人敬佩。看有的满树盛开的杜鹃花，那鲜红、热烈，总给我一种强烈的喜庆感受，怎么也产生不出"杜鹃泣血""高姥娘娘悲伤喷血"的凄哀情感来。

我看山道上人们欢声笑语，男男女女喜色盈面，没有一人因观赏杜鹃花而显露出凄切的情绪。看起来那些民间传说赋予杜鹃花的悲情，在人们的观赏之间无法产生内涵上的共鸣。

其实，我想这也是对的，从审美需求角度来说，喜剧总比悲剧让人感到愉悦。人们从大老远不辞辛苦爬上高姥山看杜鹃，是来寻求欢乐、愉悦的，而不是来看高姥娘娘血染杜鹃花，让自己伤心落泪的。

虽然说，旅游休闲是花钱买罪受，但这只是指旅游休闲旅途的劳累而已，旅游休闲的本质是让自己身心放松，得到欢乐。

高姥山满山杜鹃花，鲜红映天。姑娘小伙子们笑声串串，响彻山野，他们纷纷在杜鹃丛中合影，杜鹃花与青春相映，美丽无比。

杜鹃花大家都喜欢，老小皆宜，就连唐代大诗人白居易也喜欢得不得了。他在《山石榴寄元九》一诗中赞道：

> 闲折二枝持在手，细看不似人间有。
> 花中此物是西施，芙蓉芍药皆嫫母。

他还把杜鹃花移栽到自家庭园里，以便日日观赏。在栽培成活后，写下《喜山石榴开花》一诗：

> 忠州州里今日花，庐山山头去年树。
> 已怜根损斩新栽，还喜花开依旧数。
> 赤玉何人小琴轸，红缬谁家合罗裤？
> 但知烂漫恣情开，莫怕南宾桃李妒。

在仙居桐江书院求过学，而后考取状元的王十朋，也对杜鹃花喜爱有加，他把杜鹃花移植于庭院后，写诗记之："造物私我小园林，此花大胜金腰带。"金腰带是芍药的一个品种，也称金带围。宋蔡绦《铁围山丛谈》卷六："维扬芍药甲天下，其间一花若紫袍而中有黄缘者，名金腰带。"王十朋认为杜鹃花胜过六大名花之一的芍药，可见他对杜鹃有多喜爱。

我们在山冈上一路走下来，在绝大多数的杜鹃花中，看到许多粉红色的云锦杜鹃。这云锦杜鹃树，虽然没有天台山云锦杜鹃树高大、茂密，但也别有婀娜的风姿。

来看杜鹃花的游客满山满坡，我真切感到"绿水青山就是金山银山"理念的正确。生态就是财富，万山丛中的磐安，据说每年的游客达五百多万人次，而且这一数字每年还在不断地递增。

我们同来的几位女作家，一路与杜鹃花合影，在杜鹃花丛中跳跃、嬉闹、留恋不舍地合影。我们在车上久等疾呼，还是拉不断她们的爱花之情。

我看山上火红的杜鹃花，心想，这应该是高姥娘娘和逃难来此的六位妇女的梦的化身。她们梦想在这里追求安宁、自由、清静的生活，追求从善助人、造福百姓的精神向往。鲜红的杜鹃花，无论是六位妇女栽植的，还是高姥娘娘泣血染红的，这种观赏性的花卉，都融进了地域传说的人文精神。

从另一角度来看，高姥山的杜鹃花这般"火红"，正是磐安百姓所做的生态致富梦的结果。过去说，靠山吃山，是以出售山林资源为途径；而现在靠山吃山，是以生态观光休闲为资源，游人观赏了风景，留下了钱，但带不走半缕云彩。

火红杜鹃花，火红旅游热，人们的好梦在高姥山上生长。

乙未暮春，过磐安县

邹汉明

如果要我谈一谈磐安的人文
八个世纪以降
曲阜孔氏已经垫下了一块很好的基石

文化的老框架依旧
孔氏家庙依旧
它坚硬的骨骼站在
仁义礼智信这五根柱子上

榉溪是倒映在孔氏基石的一个旧影
榉溪对过是燕山

那么美吗？去山里看看

燕山上的至圣亭
暮春三月就是一只唱响大自然的风铃

乌石、横路、大皿
春光将它们的老魂灵逼了出来
老石头黑得精精神神
老房子横竖都是老皱纹
老巷子里终究要走过一个鲜亮的老美神

如果要我谈一谈磐安的大自然
我愿意将白垩纪劈出的一条花溪指给你看
花溪上的玉梭桥
恒是春天的一粒小襻纽
这刷了一层绿漆的襻纽儿
油润润
将两岸的活力
缝进哗啦哗啦的水声

或许我还得提及
大盘山的十八个小酒窝
一个连着一个
一个比另一个醉人
一个一个全有银白的小嗓子
唱出的小曲儿塞壬般感人
有点儿害羞，有点儿痴迷
有点儿农家女的叨叨又絮絮……

磐安颂

王学海

玉山古茶场
窜渡黄河的南宋
在玉山种下了喘息养神的茶
清香的韵味
直惹得
群马嘶啃而香溢成塘

那时茶场无主
而道场有主
许逊的龙虎大旗

宛如一片青翠阳绿的茶地
以风清的姿态
降魔祛灾

春秋二社
茶叶与百姓同乐
香市中盛聚的庙会
成就磐安永远的遗产

至今捧杯
依旧有南宋
玉山茶香

南宗孔子庙
尼山之脉
搏动于榉溪
近千年的遥远
于今依然强劲

磐安榉溪的意外
开创了一个历史的新迹
从此与南宗孔庙相依
香火新烟旺盛了一座南迁的家庙

深厚的儒学奠基着你
深泽的环境浸润着你

你让磐安更古
你让世人更信

从你的形，我祛除了污秽
入你的神，我增长了见识
观你的物，我与历史同行

心灵的清澈
由百杖潭流出
我坐卧玉盘心不累
因为磐安
更有花溪戏水
溪鱼凑闹
悄悄偷窥
水下孔
然后壮一壮胆
到龙溪漂流
生出一个十八涡的美景

在昭明院诵读
会听到陆游书锦嘱莺的声息
在回味古茶场的交易
会看到许逊除暴安良的壮举
更喜欢"婺州东白"
四大美女也不稀罕

那么美吗？去山里看看

昂头就看到龙虎大旗
回首又撞见大纸马
心被牵
是那神奇的高姥山长旗
神又游
跟着那乌石村的台地

你若要养民养性
就定会来到这里

磐安五章

陈　芳

1

在山顶上我见到了一种药材

细雨还没有停　远道而来的水珠站在草药上　四处张望

躲到泥土里去的瞬间

她忽然回头朝我笑了笑　笑纹里　挣扎着凡高的画

鸢尾花的紫　无动于衷　像宠辱不惊的雕塑

2

在山顶上　方正如磐的孔氏家庙很远　像一口井

黑色沿口小如针孔　只有细碎的时光穿梭自如
八百多年的水位　每一道都悄悄刻上了喜怒哀乐
姓孔和不姓孔的后人　蜿蜒的子孙　拖着长长的尾巴
仔细寻找自己的地图

3

月亮叫醒玄武岩时　玄石全身发亮　黑如白昼
萤火虫一样飞翔的玄石　从此失去了睡眠
神力呼啸而来　夸父附体
对一条名叫槠溪的河流　穷追不舍
乌石村　释怀定居的玄武岩
软如丝绸　亮如珍珠

4

玉山古茶场的许逊一点都不好客
也没有假惺惺说请留步　喝一杯
我只好厚起脸皮　索要了一次性茶杯自饮自斟
明前龙井　身段柔软　像刚出生的青苔
玉山的龙井
还来不及搭讪明朝的茶商贾人
一半阳光一半阴影　修炼成仙

5

高二　不说学堂里的学生
杜鹃花出没的地方　春天盛开
有一种花的白　与颜料一样　还没有叶子

她是高姥山的将军
长旗站成一列列士兵
微醺已咬断了我的舌头
身后的杜鹃正发出铿锵口令

榉溪情怀

王小青

行走在幽深的小巷
鹅卵石铺就的弄堂
记不清陆离的匾额
身影投在斑驳的石墙
那青砖墨瓦的古宅
天井一方旧时光
安逸隐现精致的窗棂
富足定居厚重的月梁

缠绵的思绪飘入了残旧的木门

年轮里触摸到温馨的时光

宗祠 牌坊 街亭 石桥

檐角高翘清辉朗照

蕴含着吴越的古风

缱绻之情锦书难寄

宛如怀抱琵琶的江南女子

随风委婉一水清奇

临溪而筑的民居

傍水而建的街衢

在清晨显得如此静谧

仿佛走进了久远的榉溪

年轻是绝妙的风姿

苍老是岁月的慰藉

一切安如磐石

大盘山筑在我们心里

蓊郁不知季节

尽管春雨绵绵

在灯光式微的晨暮中

昏昏欲眠

谁在陌上呼唤

唤醒昨日的风花雪月

一管优雅的洞箫

吹出古镇的繁华天

那么美吗？去山里看看

多少烟雨易冷

多少旧梦难忘

那幽幽的古巷

灵动的轩窗

是否曾有一位穿着旗袍的女郎

袅娜地挪步

令多少儿郎

步步回望

卷 七

磐安道上一盏茶

冰　水

　　用一种常态的视角看磐安，那是不公平的。而试图从一盏茶进入，似乎又太过寻常。那日参加第四届磐安云峰茶文化节，警兵兄赠我们每人一盒生态龙井。我有多年的饮茶习惯，口味越来越重，一般的绿茶不能满足吃饮，即便喝，亦会喝些云南古树雪芽之类香高味醇的茶品。而磐安茶，在我的印象中，是淡极致简的清茶，它是山弯弯里长出的嫩芽。

　　待喝了磐安绿水丫丫出品的龙井，发现并不是这样的款味。几日前两姐妹串门，正好品尝绿水丫丫龙井。取五克置入青瓷盏，沸水晾至九十摄氏度快速滤洗一遍，高香便弥漫了开来。这香，有着从深山老林转出来的厚道，像陈年老酒。而后将烧至八十摄氏度的泉水注入，香气慢慢沉降，汤色透出一点点浅绿。出汤至玻璃小盏，清润幽香而有憨实的回甘。可有四五泡持久，依然有茶气，终是耐得住性子。待饮完第一道绿茶，第二道我们开饮冰岛古树，反而显得茶气淡了。这起初的开场，便有着极好的铺垫。至于茶品贵贱，并不在心里叨念着了。

要说磐安产茶，优势在于云山。茶是从土地里长出来的生命，泥土的讯息顺着枝干、叶脉爬进茶芯，而后，茶叶带着土地的性情走进我们的呼吸、味蕾。这是一个幸福的传递过程。没有良好的土地秉性，不可能有上好的茶饮。按照磐安山水地貌概况，在约一千二百平方千米的土地上，人口稀薄，只有约二十一万人，而有称谓的大小山峰却有五千二百多座，标高一千米以上的山峰六十三座，最高峰清明尖（青梅尖）海拔约一千三百一十四米，可以与泰山媲美。这是一个多山地区。当你驱车盘旋在山路间，几乎没有一刻是沿着直路在行走，溪涧山梁，茂林修竹，茵茵草地，所有的空间都被生命充盈着。即便磐安当地人，在前头带着路，走着走着亦会错了方向。那日从古茶场转道榉溪孔庙，前方带路的兄弟们不停地错道，等我们抵达，不知道盘旋了多少山沟。而榉溪，与我心里的意象，亦有些距离吧。比起衢州南宗孔庙的热闹，这山水低洼的乡野，婺州南孔，看起来只适合高人雅士隐居。至于在八百多年前的南宋，如此荒僻之地，行道难，抵达肯定不是易事。孔圣人后裔孔端躬为尽孝道而定居榉溪，除了行孝本身，大抵被此处的清幽吸引着，而不愿再苦苦前行。又是兵荒马乱的偏安之际，如此的守身自省不仅仅是避世，亦是宗族传承的需要。

山水没有分野。浙中原是丘陵地貌，而磐安似乎更加丰富些，山水的聚焦在这里更加显性。据资料统计，磐安为钱塘江、瓯江、灵江、曹娥江的主要发源地，基本涵盖了浙江的主要流动水域，旧志称"群山之祖，诸水之源"。我们不用阅读文本中的概述，就凭着亲临感受，亦可以体会到磐安水之古老、水之丰盛、水之多元。去年春末，我从天台寒山湖取道磐安回义乌，循着大磐山麓，从水流的支脉回溯到其源头，真有歌者行云流水的通畅。而义乌南江一脉，亦是磐安方山的水流汇聚，形成了数十千米的绵长水路。南江还有亿万年前的冰臼，是冰川期的遗作，它与流水共同生息着。你可以想象，那些充满灵性的荡漾着的水，是有着远古的历史的，它们从这一处发端，走向周边连接着的各个区域，最后走向出海口。它们像一张阔大的网，向着各个渠道发布神谕，传递着水的呼吸和恒久的脉动。

我们感叹山水带来的生命，百态神工。山水是所有生态的母体。

站在磐安地界，除了山水，更有山水孵化出来的丰茂妖娆的植被。如果用一个字来概括，那就是绿。满眼的绿，高的，矮的，深的，浅的……这不像云南、海南那种张扬欢快的绿，磐安的绿是沉静的，安稳的。透过大片的绿，最抢眼的是葱茏挺拔的竹林，形成了山梁上一丛丛高阔的绿毯，这些竹林饱吸着泉水，有着生动的表情——低眉信守或者仰目四望。而低处，被修葺平整的茶园填满了。茶园几乎是磐安所有山体的女神，在6月的天幕下，静静地偎依着。是的，在磐安，你还来不及泡开一盏茶，已经被茶叶的清香包围，你就在一个巨大的茶场中央。

所有的山水向着茶园去，我们就在茶场深处。

回归古茶场建筑群，我们当日参观的一个主要场所。这是一处宋代留下来的古迹，更早的说法，可以追溯到"婺州东白"成名时期。"婺州东白"在唐代即被列为贡品，磐安茶那会儿已负盛名。这是多么深切而被人热聊的话题。我更愿意当一个旁观者，看着茶文化的容器，那一座历史的古建筑群从书卷中拔地而起。这座配置完备的古建筑群有着茶叶交易区、茶神庙、管理司等机构和场所，连接着浙中茶马古道的历史云烟，连接着许逊的神话传奇。说是书卷，按照当地老人的说法，古茶场的老房子按照宋代规制在明代重新建设。茶场庙在最西端，亦是按照当时的建构一五一十进行还原的，大门上方为清代诗人周昌霁先生手书的"茶场庙"石匾，字迹很淡。该建筑为三进三开间，穿斗式和抬梁式混合结构，供奉着"茶神"，即"真君大帝"晋代道教真人许逊。我们只能轻手轻脚走进去，生怕一不小心惊动了他。庙宇上方，主脊檐饰有双龙图案，锁住斑驳的石灰雕与壁画。清寂而有些空旷。

我更关心这处所是不是就是当时真正的茶场所在地，得到肯定答复后，由衷升起敬畏。一千年，对于生命个体足够漫长，对于历史的前行也许只是几个片段。比如，泥土沉埋了，古建的气韵布局还在；生命离去了，人物的品格精神犹存。我们按照原来的古茶场在恢复，不是恢复建筑本身，而是恢复那一个片段，唐代贡茶制度、唐代制茶法、宋代磐安茶的官卖制度、宋代点茶法等。我们试图还原那些节点，还原独一无二的民俗，比如春社、秋社，比如迎茶旗。

现代经济活动已经很难装下古代商贸的任何一个细节，那些缓慢的、精微的、隆重的、循序渐进的动作，在如今，已经不合时宜。玉山古茶场留下来的价值就是曾经的片段，是历史文化的复述和承载。同行友人提起，古茶场最珍贵的是三块石碑，见证着当时茶文化历史。清咸丰二年（1852），朝廷委派东阳县衙管理茶场，立了三块碑，其中一块碑刻为"奉谕禁茶叶洋价称头碑"。国家文物局古建筑专家组组长罗哲文先生指出："这种古代市场功能性建筑在国内实属罕见，堪称茶业发展史上的'活化石'，与古茶场密不可分的一系列茶文化令人称奇，填补了我国'文保'史上的茶文化空白。"这个石碑作为"茶纲"，我们可以看出，玉山古茶为东阳县衙专卖，官方定价，不得私相交易，是严苛的贸易行为。磐安茶能够名噪古今，是带着"御茶"的标签，是有符号的。茶税制度亦有记载：中国从唐德宗建中元年（780）开始对茶叶收税，竹、木、茶、漆皆征收十分之一的税。贞元九年（793），税茶法固定下来。此后，茶税成为国家的财政的重要支柱。那么，官办的茶场，一定给磐安先民带去过殷实的经济回报。

希望是这样。

我们不会忘记更多的细节。据说早年的贡茶，对采茶女有着苛刻的要求，都是经过精挑细选的精妙女子。这温香暖玉的大家闺秀，是茶叶与茶客之间的一段姻缘。这样的细节，在如今的茶文化活动中，依然以表演的方式存在着，让我们赞叹，而真实的境况早已不复存在。

在云峰茶文化节上，我们看到了震撼的"迎茶旗"活动。宽大的停车坪，沙石地面，数十米高的红黄蓝错色龙虎旗，在旗手哨令统一指挥下，近百名穿着红色衣裳的举旗人，整齐划一沿着顺时针方向，喊着号子，把大旗用细高的竹竿从地上一点点往空中托举，像托举一个圣殿。

风呼啦啦地回响。这不是运动啊，这是中国式的祭祀。我们有着足够的历史，神话、传奇、典故，我们有梦可以依托，这些梦境托举着我们上千年的神灵图腾。有历史，才有根；有历史，才可以把一枚小小的茶叶上升到文化的舞台，供后人惦记。

我们相信："茶神"可能是存在的，她就行走在磐安的绿水青山间。

玉山茶咏

许中华

　　磐安自秦汉到魏晋，分属会稽、永康、东阳、临海等郡，许逊行到玉山，始创"婺州东白"的时节，其实磐安的风貌一如后人王象之《舆地纪胜》所说，是个神仙的居所。自宋以后，玉山的茶场庙，供奉的就是许逊，他的神通，如斩蛟，绝非百姓津津乐道的事情；他的亲善，如植茶，倒是福泽了一方水土，锁云霓以助产茶，让人也兴起林和靖一样的幽思。"世间绝品人难识，闲对《茶经》忆古人"，林先生忆的是陆羽，陆羽忆的是许逊，而许逊所忆或许是神农氏，中国人但凡一切美好的东西都要有一个祖先，祖述尧舜，既而女娲、黄帝，漫漫长夜方能有生气。

　　玉山的茶，即是如此，早年便是贡茶，当然文士、百姓所饮，也是玉山的茶，较诸宫中，略逊风骚而已。茶在唐、宋、明、清时，多为官家专卖，譬如宋时，榷茶之地设官监之，名为"茶纲"；清时，茶皆官收官卖，玉山曾经有过辉煌，据记载，"年产茶万担，销往杭、嵊、绍及东南亚等地，每担银圆十四元"，现今收藏在古茶场内的"奉谕禁茶叶洋价称头碑""奉谕禁白术洋价称头碑""奉谕禁粮食洋价称头碑"等碑文，可见官家当时的规矩。玉山每年的春社、秋社，即是赶茶场的日子，社戏是必须有的，龙虎大旗随着号子高高竖起，那股万象更新的村民的气息，在玉山始终没有断绝，文明便在于这股生生不息的气，形诸诗、书，谓之气韵生动，亦是古人的直觉处，这种没有什么需要论证的地方，因为生命决计不是论证出来的，于几希、几微之处见真觉，想来就是我们古人的长处，当然幽暗的时候大抵也经历过，不然光华如何令人心生向往。

要知道中国人的生活，曾经一日不可无茶，按全息的观点，从一枚茶叶里大概也能看出整个中国的历史。近代中国的种种变故，也可以从茶的战争说起，英国学者罗伊·莫克塞姆的《茶：嗜好、开拓与帝国》便是很好的读物，茶也好，糖也好，它们背后的农人都是辛苦的，为了城邦中人的风雅所付出的血泪与汗水，又决计不是风雅中人所能领略的。谷崎润一郎谓风雅即是寒，无动于衷到心寒，其美如南北极，超常之美，远不如日常之美来得亲切，如磐安的茶人带我去他的茶山，一边闲谈茶事，一边采新茶，家长里短都在寥寥数语中，泡茶的女人多是农家出身，不必讲究茶艺，热水、清茶即能见天地之心，人间的质朴，往往没有一点造作；茶树在阳光雨露中也是这般没有条理，尽情尽兴抽枝展叶，好比农家子女，举止间有股无名的大气。然则，茶传到日本，茶道可以如武士道一样猛烈，也可以如花道一样清淡，那样的姿态就显得传奇一般，千利休或者冈仓天心，都不如山野中人能够与物同化，既没有来历，也没有去向，几千年如一日，见到时，仿佛仍在魏晋的山中，许逊只不过刚刚出门，要是赶过去，大抵还能相见，云里雾里都是憧憧的历史的幽影，如梦如幻。

众所周知，磐安出云峰茶，斗茶会上总是被茶师奉为上等，想来也没有别的，此地山水佳处，宜种茶。《东阳县志》记载，"茶以大盘、东白二山为最，谷雨前采者，谓之芽茶，更早者谓之毛尖"，茶人通常视带叶炒制的茶叶为上品，其中的火候全在茶人们的一双"火眼金睛"上，最好的茶总是行到山穷水尽时，进到一家黄泥屋中，老人奉上的一搪瓷杯的茶水，山水的氤氲都在搪瓷杯中，而没有任何虚与委蛇的茶礼，你要让老人家说说茶叶的那点事儿，他只会答上一句"按时按节伺候着，也就成了"，你说茶叶在开水中舒展开来，它有什么不可思议的，处处都是平常的，和光同尘最好。

玉山的茶竟也从俗，有以龙井为名的，这是玉山的信心不够，它不知道自己的朴拙早已胜过龙井的华丽。玉山应当有这样的骨气，如白居易所说，"盘下中分两州界，灯前合作一家春"，这深山中的"一家春"，远比京城中的"一家春"来得有味。渔樵闲话中，便有一个天下，是城里人永不明白的，他们怎生明白山里人起句就是"盘古开天地时，有一株茶树自他身上长成"，一下子就翻到了太初去。所有的好时光都会变得久远，一杯茶就能够让我怀想盘古的时候，天地应当如何长成。

邂逅玉山古茶场

徐水法

  我一度执着于用惊艳来述说我和玉山古茶场的相遇，但相对于邂逅，惊艳是稍微俗了些，我总觉得邂逅有些浪漫和诗意，还有点出人意料的惊喜。事实证明，赶赴穿越千年而来的玉山古茶场盛会，我的选择是明智和恰如其分的。

  磐安玉山古茶场，早已名声斐然，在业界享有"活化石"的美誉，国内外仅此一家，殊为罕见。于我这样不可一日无茶的喝茶人，觉得此生不去瞻仰一下古茶场，肯定要引为人生一大憾事。

  2016年初夏，正是新茶香溢四野的季节，有幸得磐安县人民政府及文友吴警兵兄之邀，参加第四届磐安云峰茶文化节开幕盛会，终于凤愿得偿，一睹了玉山古茶场风采，深深为古茶场的丰富内涵和悠远历史所折服，如印烙身，再也无法忘怀。

古茶场穿过千百年的历史风雨，在初夏的阳光下，如花般静静绽放，敞开着胸怀，迎接每一个到访的人。从茶场庙的许逊真人到茶场管理用房外的古代勒石禁碑，再到历代交易茶叶的古茶场。从介绍两晋时许真人的挽民生于倒悬之急，一直到即将拉开帷幕建成集道茶文化展示、乡村民俗体验、运动康体养生、休闲旅游观光等功能于一体的古茶场文化小镇，真是短短几小时，穿越千百年。

走出古茶场，回首前些年修缮一新的建筑，新旧材料的交替间，依然可以看出茶场的沧桑和古朴。有人说它是一支悠远的歌，有人说它像一幅江南民居图，其实这样的说法，都只停留于表面，没有深入古茶场的内部，是有失公允的。

玉山古茶场原本就不是单纯展示磐安本土建筑的一处民居，它是一本关于磐安茶史的经典巨著，是海内外绝无仅有的孤本。千百年来，历经时间的冲刷和风雨的侵蚀，古茶场成了磐安茶史开首纪年的残卷。然而，即便是残卷，它的价值也是无可估量的，和陆羽的《茶经》一样，是可以载入史册而流芳百世的。

《神农本草经》中写道："神农尝百草，日遇七十二毒，得荼而解之。"荼即茶。神农氏就是炎黄两帝中的炎帝，相传一直生活在南方。炎帝究竟在南方哪里发现了茶，至今没有确切的文字记载。磐安除了被称为"浙江之心"外，还有着"群山之祖，诸水之源"的美誉，大自然赐予磐安丰富的山水资源，也因此让磐安成为浙江最大的药材原产地，白术、玄参、元胡等最享盛名的"浙八味"中药材，其中五味产在磐安境内。磐安境内高山绵延，群峰叠嶂，海拔千米以上山峰近百座，这在浙江的市县区中是很少的。这样猜测，炎帝上山采药尝遍百草，有可能就在磐安境内，或许他发现的解毒神茶就在磐安境内。因此上说，磐安的茶史可以一直追溯到上古时期。

或许有人会觉得我的说法毫无根据，其实不然，《华阳国志》已记载了武王伐纣时，巴国人不但辟有人工茶园，还把茶作为贡品进献，说明有史记载种茶、制茶已有数千年历史。我们再来分析一下东晋许逊来到玉山访道，这里面深究下去，你会发现许逊许真人不是无意经过玉山的，他是专程来玉山一带访仙问道的。

玉山距离磐安县城约四十千米，地理位置并不偏僻，地处婺、越、台三州交界，交通便捷。这些都不足以让许逊翻山越岭来到玉山，许逊不辞辛劳来到这里，是因为离此不远的缙云仙都、永康石城山，相传黄帝在此少住，稍远点还有临海天台山的刘郎入山得道、浦江仙华山的轩辕少女修真升天，这些风水宝地，几乎都留下仙道的遗迹和传说，这些恰恰都是许逊他们修道人的终极目标。

或许在许逊时代，玉山一带还有炎帝等其他仙道之类的传说，许逊就来到了玉山。机缘巧合，遇上玉山一带的传统作物茶叶滞销，对于弃儒转道的许逊来说，儒家的兼济天下还是在他的心里留下种子的。于是，他就暂时栖居玉山，除了修道外，一边和茶农研制茶叶制作技术，提升茶叶品质，一边让他的弟子四处布施茶叶，打开茶叶销路。这就有了许逊真人在玉山的茶事传说，加上后来许逊真人得道升仙，茶神庙的正神自然非他老人家莫属。

玉山的茶农在许真人的鼎力相助之下，研制出了高品质的茶叶，一时名动大江南北。很长一段时间里，玉山都是婺州的辖地，这种茶叶的精制方式代代相传下来。四百余年后，寓居湖州长兴的"茶圣"陆羽，品尝了这份产自婺州东白、大盘之间的高山茶，忍不住执湖笔饱蘸徽墨，在《茶经》里为玉山茶书上了浓浓一笔："产茶者十三省四十二州，婺州东白者为名茶，大盘山、东白山产者佳，列为贡品。"

既是贡品，平民百姓就只能是看的份，再也没有权利品尝，唯一的办法就是官办官控，于是在传说中许真人制茶品茶的玉山设立"婺州东白"专属机构，这应该就是建在玉山最早的茶叶管理机构，也应该就是最早的玉山古茶场。

至此，磐安茶史这本皇皇巨册，因为古茶场，足以说明有实物来开始印证了。只是此前的茶史，因为缺少文字的佐证，除了通过民间口口相传的许逊许真人故事，可以追溯到两晋，再往前，显然已经湮灭在汤汤的历史长河之中，除了想象和推测，我们只剩下景仰和缅怀了。

眼前看到的是清早期的建筑，通过文字和现存的古茶场建筑物，可以看出当时玉山茶叶的鼎盛和辉煌。通过文字和现存古茶场的规模，我们还可以隐约想象到唐宋时期玉山茶业的兴盛，我们依然可以把磐安唐宋茶史续写下来，成为一段完整的传奇。唯一遗憾的是，唐宋时期的茶场建筑一如磐安暂无文字记载的上古茶史一样，经不住朝代更替、雨打风吹，正如飘过的风、流淌的水，定格为一段记忆、一个传说。

唐煮宋点，喝茶的方式也踩着历史的鼓点，不断发展，演变成今天的冲泡饮茶方法，读着古茶场这本诠释磐安先民智慧和勤劳的传奇大书，益发感到古茶场的深邃和厚重。顺着历史的脉络，让每一个来访者触摸到了磐安茶业随着时代社会发展的律动。

古茶场的春社、秋社，除了向世人展示了磐安悠久而丰富的茶文化，更多的如唱社戏、迎大旗、叠罗汉等民间乡俗，尽情演绎了磐安人民的团结、聪慧、勇敢、积极向上，让每一个观者都看得热血沸腾。磐安人敬奉许逊真人为"茶神"，每年开茶节，敬奉茶神第一杯茶，传承了磐安人知恩、感恩、报恩的美好品德。

曾为古茶场这本大书的开首之作散佚而抱憾的我们，更欣喜地看到了自清以降，这本书的内容越来越丰富多彩，既具时代感，更拥有了未来性。已经规划成行的磐安玉山古茶场文化小镇，会成为这本皇皇巨著的续篇，在不久的将来，已创造和锻就玉山古茶场这样奇迹的磐安人，会投入更大的热情，发挥更多的创造力，以玉山古茶场为核心，融合茶生产研发、茶文化体验、茶园观光、茶品交易、茶民俗文化展示、茶乡休闲养生体验区等，再造人间奇迹。

　　磐安茶史是中华茶史不可或缺的重要部分，有了玉山古茶场这本基本囊括磐安千百年茶文化的经典巨著，中华数千年茶文化才更显厚重和源远流长。古茶场文化小镇的开建，又将给中华茶文化增添许多崭新的精美篇章。

　　让我们拭目以待玉山古茶场的凤凰涅槃吧！

去磐安赴一场茶的约会

方再红

2016年6月，我和几个文友驱车两个多小时前往磐安奔赴一场茶的约会。

当我们出现在山清水秀的茶乡磐安时，天空中正飘着不急不缓的雨，少了刺人眼目的阳光照射，多了一份隔世的安宁，浸润在雨雾中的山城则更显得空灵而有诗意。

站在我们下榻的酒店阳台上，透过雨帘打量磐安。这个素有"群山之祖，诸水之源"，又有"天然森林氧吧"美誉的小县城，犹如一个远离尘烟的美丽女子，恬静安详，静静地散发着一种动人的素色光芒。

这样的雨天，适合泡一壶茶，独坐，听雨。看烟雨中远远近近的满目苍翠，看光阴在枝丫间游走，不经意间碰触枝叶，枝条摇曳处，飘起一片雨雾。云雾缭绕中，我的双眼开始迷离，山野间，一位道士飘然而至。只见他将着胡须，面含微笑，对着漫山遍野长势良好、质量上乘的茶树啧啧赞叹。突然，他看到有茶农竟拿了斧子在砍茶树，大惊，便上前问究竟。方知，因为缺乏制作工艺，再加上地处偏僻，茶叶根本卖不出去，茶农生活清苦，无奈之下，只有砍了茶树当柴烧。听罢，道士心里非常难受，他决定留下来帮助茶农。

这是发生在一千七百多年前的一幕，画面中的男主角，就是游历到磐安玉山的晋代道士许逊。许道士当时肯定没有想到，他的这个决定，不仅改变了玉山茶农的命运，还开启了磐安茶史的新篇章。此后，他和玉山茶农研制的"婺州东白"，被收入"茶圣"陆羽所著的《茶经》中，在唐代被列为贡品，而他自己也被当地茶农尊为"茶神"，人们为他建造庙宇，塑其金身，四季朝拜，风俗一直延续至今。

先人早已化作岁月的尘埃，但他的纯朴善良已融入这片深情的土地，伴随着一代又一代玉山茶农，去开创更加美好的未来。

如今，磐安全县有茶园约九万亩，年总产量两千余吨，产值超过三亿元，占全县农业总产值的四分之一。秉承"婺州东白"工艺特色开发研制的"磐安云峰"茶，先后荣获省部级以上奖项三十余项，并被评为"中华文化名茶"，获中国茶行业最具影响力的"金芽奖"。磐安也相继获得了"中国名茶之乡""中国茶文化之乡"等称号。这一连串的数字和荣誉，无不在向人们展示着磐安茶产业的兴盛和茶文化的源远流长。

本着"展示磐安形象、结交天下朋友、弘扬茶文化、做强茶产业"的宗旨，2016年6月13日，"第四届磐安云峰茶文化节暨2017中华斗茶大赛新闻发布会"开幕。很荣幸，我能参加这次盛会。

因茶而来，我们自然要奔着茶而去。6月12日晚上，我和几个文友来到了紫藤茶坊。茶坊女主人有着一个美丽直白的名字：孔爱丽。2000年爱丽女士开出这家茶坊时，在磐安还是属于"吃螃蟹"的人，如今，她的茶坊和她建立的磐安首支女子茶艺队已得到了越来越多人的认可与赞赏。虽是第一次见，但我们之间没有一点距离感。她轻盈的身影在茶坊中穿梭忙碌，她的脸上始终挂着温和的笑。我很喜欢这种笑容，自然不做作，恬淡不清冷。其实在磐安，负责招待我们的作协主席吴警兵，一样拥有这样的笑容，谦和，质朴，不张扬却温暖。我想，这也许就是被千年茶香熏泡的小城磐安特有的气质吧。

第二天一大早，我们统一乘车来到此行的目的地，玉山古茶场，第四届磐安云峰茶文化节暨2017中华斗茶大赛开幕式将在这举行。

白墙黑瓦，飞檐雕梁，青石板，鹅卵石，古茶场如一位宽厚的长者，默默地迎候着我们这些陌生的闯入者。它起初是宋时人们为纪念许逊建造的茶场庙，后来又因茶交易的需要在茶场庙附近设置茶场，到了明代，为了更好地对茶场进行管理，官府在古茶场设立了巡检司（茶叶交易管理机构）。专家评价，这样具有多功能的古代交易市场建筑在国内罕见。因此，它还有一个非常有分量的称号：我国茶叶发展史上的一块"活化石"。

走在古茶场的长廊里，耳边仿佛传来遥远的嘈杂的声音。那是一千多年前，从四方涌来的茶商们正在向当地茶农询价，大声地讨价还价，是卖了好价钱的茶农们在相互分享丰收的喜悦。我的脚步开始凌乱，于是驻足，隔着时空与他们来一次深情的对望。来之前我对磐安的茶文化知之甚少，也不了解玉山古茶场，但是冥冥之中似乎有神的指引，想来缘分实在是个奇妙的东西，它可以跨过千山万水，甚至还可以跨越千年。

领导致辞、合作项目签约、茶艺展示……茶文化节开幕式在古茶场有条不紊地进行着。会上，领导表示，以玉山古茶场为核心的"古茶场文化小镇"已被列入浙江省级特色小镇培育名单。我想，无论是经济还是文化的繁荣和发展，都离不开政府的重视与扶持，相信磐安的茶产业和茶文化在当地政府的重视和引导下，将会走得更高，走得更远，古城磐安也必将更加清香馥郁，韵味悠长。

最后，开幕式在有着千年传承历史的民俗活动——"迎大旗"中接近尾声。哨子声，吆喝声，数十米高的龙虎大旗在几十位壮汉的努力下，缓缓升起，它昭示着风调雨顺，五谷丰登，古茶场上空一片祥和景象。

　　相聚总是太过匆忙，离别如期而至。感谢磐安，给了我这么美好的一场心灵之旅，因为有了这场等待了千年的美丽相遇，我想，我会再来的。

卷 八

每个女人的身体里都有一个温泉

杨　方

　　女人美不美丽，不是看脸蛋和腰肢，而是看她的身体里有没有温泉。男人都是《诗经》里的抒情主义者，他们最爱说的一句话是："如果你不爱女人，你就不知道这个世界有多美。"

　　大盘山的男人比较有智慧，他们很早就知道女人的身体里有个温泉。住在地球上其他地方的人是后来才知道的。比如诗人伊，比如散文家潘，比如评论者高。他们是来了大盘山之后才知道这个美好的道理的。在此之前许多人和他们一样只知道注水肉里有水分。众所周知，注水肉里的水是冰冷的，毫不灵动，没有生命，是死肉里的死水。女人身体里的水是活水，就像大盘山涌动的温泉水一样，是有温度的，此温度介于三十六至三十七摄氏度，温婉，温润，温和，温厚，温情，温馨。

那么美吗？去山里看看

　　我来到大盘山，看见大盘山的第一眼就知道它是一座女性的山，其状如女人凹凸有致不说，其上草木葳蕤，也如女人的秀发般飘逸。而它体内温泉水散发出的独特气息，足以让人误以为自己回到了母腹之中。大盘山不像永康的方岩，看上去四四方方，毫无阴柔之感；也不像温州的雁荡山，肩宽背阔，充满力量。这些山一眼看上去就知道是雄性的。天山应该是一座女性的山，山顶的天池，如女人额前佩戴了一颗巨大的蓝色宝石。但天池的水是冰冷的，这使得天山有如一个阴冷的老女人，一年四季白雪苍茫，没有大盘山的明媚与温婉。火焰山也应该是一座女性的山，但它充满了仇恨和愤怒，体内的水因此而干涸。珠穆朗玛是一座女神一样高冷的山，它的高需要仰望，它的冷从眼神中传递出来，看一眼就会让人瞬间结冰。骊山是女性的山，金华的九峰山也是。它们的体内和大盘山一样，都有一座温度适宜的温泉。

　　有温泉的山自然有别于没有温泉的山，它会散发出一种让人着迷的气息。这是一种像女人一样的气息。杨贵妃能集三千宠爱于一身，和华清池是分不开的。试想那温泉水蕴含丰富，酸性的碳酸盐可以美白肌肤，碱性的碳酸氢盐可以使水质滑腻，弱碱性的硫黄可以治疗暗疮和脚气。想来一个女人天天浸泡在这样的汤池中，想不回头一笑百媚生都难。

　　大盘山的温泉应该始于人类之前。世界新生伊始，火山喷发，岩浆流动，之后，一切沉寂下来。那时候大盘山还没有来得及长出草木，当太阳初升之际，这块巨大的石头呈现为红色，日日荒芜在那里，身体里的水脐带般与大地深处相连。这些水带着地球深处的温度从缝隙里涌出来，就好像母亲的羊水，注满了大地上的凹处。很多年后，有人来到水中洗菜洗衣，发现水是温热的，冬天水面也是热气缭绕，苲草鲜美，于是怀疑此处是仙女洗澡的地方。于是建起了大盘山温泉，也想学仙女洗澡。

　　我就是那个想学仙女洗澡的人。我来到大盘山，目的明确，带着泳衣而来。不同的是仙女自天上来，带着不属于尘世的气息。而我来自尘埃飘浮的人世，我有太多的疲惫和死去的细胞，需要在此借温泉的水来清除。

我来的时候，这座占地五百余亩的大盘山温泉山庄还没有按规划的蓝图完全建好，巨大的吊车和挖掘机像机械人一样忙碌着。从我站的露台上，可以看见西边一幢幢带花园小温泉的别墅正在修建中，而东边已经开放的部分，巨大的温泉泳池像一块蓝田玉在阳光下闪着温润的光泽，旁边儿童戏水的区域，有尖顶的小房子、蘑菇形的伞、旋转的滑梯，像北欧的童话城堡。森林休闲区中成片肥绿的芭蕉叶让人误以为身在海岛。而原汤温泉区的假山层层叠叠，暗红色的山石看上去像沉默的火山岩，其上白鹤引颈展翅，草木寥落，恍若一幅回到古代山林的画面。假山周围有许多小汤池散布花间，草棚下，树下，云朵下，天空下。这些椭圆形的大大小小的汤池，在午后阳光的照耀下光滑闪亮宛如史前巨蛋。

这样的温泉设计，让人身在文明却感觉自己穿越了时间和空间，回到了亘古时期的缓慢中去。人们总是相信，命运所指的是什么样子，事实就会发展成什么样子。温泉的意义，在于它的充实、缓慢、宁静、安详和知足。我们处在高铁、飞机、网络的快节奏时代中，每日被看不见的什么紧追着，累得气喘吁吁，却找不到可以停下来的理由。有时候我发现自己烦恼的根源，竟然是不想当人，确切地说，是不想当一个文明社会的人。一个文明社会中的女人，尤其辛苦，出门要穿高跟鞋，要拎名牌小包包，要涂有档次的口红，要梳时髦的发型，要穿能显示气质的衣裙。如此烦琐而毫无意义的事情，使得我惧怕出门。

在温泉水中，这些困扰我的烦恼全然消失不存在。温泉水使我周身温热。我感觉自己有许多温热的话要说。温泉简直就是一个让我们放下自己的神灵，它为我们提供了类似太初的东西，让我们安静了，放松了，无牵无挂了。这样的时候，我甚至可以听见温泉涌动的声音自地壳的纵深处传来。这声音令我陷入虚妄的想象中，我的感觉愈来愈深地进入想象当中，像钻井的探头，能够穿透坚硬的岩石，在地幔和地核深处，与一股温热的泉水相遇。

那么美吗？去山里看看

大盘山温泉在地底的温度是六十四摄氏度，井口温度是四十六摄氏度。这两个数字在温泉水的前世和今生交叠出现，应该是一种缘分。

我始终认为，每一个有温泉的地方，都有一个神灵存在。早先人们敬畏大地，他们不想和大地脱离开来，他们在露天生活，赤身裸体地晒太阳，让风吹，让雨淋，让自己身体的颜色无限接近大自然，以免被虎、豹等猎食动物发现。不像今天的我们，一旦脱下衣服暴露在大自然中，我们会发现自己的皮肤因为缺少阳光和雨露，变得无比苍白刺目。我们无法将自己隐入大自然中而不被发觉。我们只有制造出迷彩服，穿上这种衣服走在大自然中才会略感安全。至于沐浴，有了淋浴器之后，在小小的浴室中，我们忘记了水的感觉，忘记了人原本是会漂浮的，空气原本是可以流动的，阳光是可以直接照在身体的隐私部位的。我们冲洗自己，就像洗刷一匹出汗的马，简单，粗暴，又充满了羞耻感。

只有来到温泉水中的时候，我们才唤醒了久远的记忆，温泉让人产生一种自我净化的欲望。这是一种从外表到内心的净化。它让我们试图再次回到大地中去。

站在动感休闲区的旁边，我看见了鱼疗汤池。这是一个让人难以置信的地方，在四十多摄氏度的温水中，这些有虎斑纹路的小鱼居然能够活得好好的。都说温水煮青蛙，慢慢地，青蛙就死了。我奇怪这些小鱼在温水里怎么煮也煮不死，不知道它们有着怎样奇特的生理结构。在天山脚下的赛里木湖，我见过皎白鲑鱼，这是一种高山冷水鱼，生活在水温很低的深水里，出水即死。这种鱼不能适应普通鱼生长的水温，是一种不容于世的鱼。温泉鱼却刚好相反，可以生活在温度比较高的水中。土耳其的棉花堡温泉，应该是世界上最美的温泉之一，其中有许多小鱼，中文把它叫作淡红墨头鱼，俗称亲亲鱼，这是一种快乐的鱼，它们在温泉中称当美容师的角色，专门啄食人身上的死皮和毛孔排泄物，从而达到令人毛孔通畅，排出体内垃圾和毒素的效果，同时使人体充分吸收温泉中的矿物成分，达到祛病的目的。土耳其温泉因为鱼疗享誉世界，大盘山温泉也有引进。因为我是一个怕痒的人，不敢去尝试，但心生向往。听说此鱼能将人脚底那一层厚厚的死皮啄食得干干净净。古代的时候没有死皮一说，大家习惯把它称作脚下土。我在小说《江南烟华录》中写过一个明代的闽宪罗姜，夫人颇妒，自己无出却不让他娶小老婆。有同僚给他出主意，说《延龄经》有载："疗恶妒方，取夫脚下土，烧，安酒中与服之，娶百女亦无言。"罗姜为了取脚下土，连着一月不曾洗脚，后来终于按着方子配制好了，骗夫人饮之可以养颜，不料夫人吃了罗姜脚下土配制的酒后腹痛不已。面对夫人的暴怒，罗姜吓得浑身发抖，将事情真相全部供出。夫人听后呕吐不止。我小说中所写的这个夫人吃到肚子里的东西，应该就是温泉池中小鱼喜欢啄食的死皮。

大盘山温泉与其他温泉的不同之处，不在土耳其鱼疗，而在于它独特的中药汤池。

众所周知，磐安被称为江南药镇，有"药香天下"的美誉。这里盛产白术、元胡、芍药、石斛、灵芝、天麻等名贵药材。大盘山温泉山庄推出的药膳也是名传江南。茯苓猪肚汤、石斛银耳羹、杜仲煨猪腰、元胡煮鸡蛋、白果烧香菇、黄精焖肘子、覆盆子泥鳅，这些菜肴药材与食材配伍，药汁与汤汁齐香，讲究的是"色、香、味、形、意、效"的完美统一。另外还有清凉解毒的树叶豆腐，看上去就清清凉凉的石斛汁饮料。可以说，游客来到大盘山温泉，体内与体外两方面都得到了充分的安慰和满足。

在大盘山温泉山庄，最吸引我的，自然是它的中药汤池。在几株月桂树下，我找到了行气元胡泉、滋阴玄参泉、益气白术泉、清热贝母泉和镇痛芍药泉五个汤药池。这些汤药池并非凭空而来，都是根据医书记载。借着灯光，可以看见旁边有对这几个汤药池的介绍。行气元胡泉史载于《开宝本草》，乃治月经不调、活血化瘀、行气止痛之妙品。滋阴玄参泉在《本草》中有记载，玄参有增益睡眠、滋养肾阴、止健忘、消肿毒等功效。益气白术泉《医学启源》中亦有记载，白术有除湿益燥、和中益气、强健脾胃、增进饮食、保胎等功效。清热贝母泉《本草》证知，贝母可入心肺经，常泡此泉，可以清热解毒，温养女性子宫。至于镇痛芍药泉，《神农本草经》称其白芍，能镇痛、通经，对妇女的腹痛、眩晕等尤其有效。

在进汤池前，我向温泉开发的领头人陈国良打听，汤药池中的中药成分，是如何加入温泉水中的。他回答我说，是事先将其慢火熬制成浓浓的汤药，然后再加入池中。这样虽然麻烦，但中药成分充分发挥，效果强似用药粉直接混入温泉。

站在月桂树下，人未下池，已先闻到浓浓的药香。

我最先体验的是行气元胡泉。元胡又名延胡索、玄胡，为罂粟科紫堇属多年生草本植物，与白术、芍药、贝母等并称"浙八味"，性温，味辛苦，入心、脾、肝、肺，李时珍在《本草纲目》中归纳元胡有"活血、理气、止痛、通小便"四大功效。将自己浸泡在元胡汤泉中，感觉身体里所有的疼痛都一一呈现，而后又一一消散。

我把几个汤药池都尝试了一番。浸泡在益气白术泉中，有如置身春天的草木芳泽之中，那氤氲的气息，让人仿佛远离了红尘喧嚣，身体在水中变得轻盈飘逸，脑中也是清幽而无念想。在滋阴玄参泉中，则是感到香气馥郁，仿佛自己正独自一人在层林尽染的山林之中，一步一步走向一座落日中的古寺。置身清热贝母泉，让我莫名地想流泪。贝母有止咳化痰、清热散结之作用。我从小患有哮喘，和此药打交道多年，闻到它熟悉的气味，就像遇见了一位相识多年的老朋友。

我最喜欢的，是镇痛芍药泉。芍药别名别离草、花中丞相，"憨湘云醉眠芍药裀"应是红楼梦中的经典章节之一。此番醉酒的，是诗人伊，他辜负了这个美好的温泉之夜。在喝醉之前，他说到芍药，此种亦花亦药的植物，在磐安广为种植，五月花开时异香满坡。我喜爱芍药的花朵，其花硕大，有牡丹之态，却比牡丹懂得收敛。我喜爱它的气味，更喜它的镇痛效果。我们在人世走了一圈，哪个人身体里不是内伤暗藏。我们太需要在它的气息中安抚一下自己疼痛的灵魂了。而芍药香味娴静，它的止痛效果从张开的毛孔丝丝缕缕渗入我们的身体，瞬间就能让我们安静下来，从此哪也不想去，只想在此消磨所有剩余的时间，一直到夜之将深，人之将老。

沉浸于芍药的气息中，我似乎看见了一个人一生的尽头，不过是在草木香气的缭绕中消遁于无形。

这一夜我遗憾不能听见张姐姐的歌声。这个女人有着温泉般的声音和紫苏般的气息。我尚记得我们曾经浸泡在九峰山的温泉水中听她唱的一段婺剧，她的声音宛若温泉水般淳厚，我断定她的身体里有一个温泉在流淌，它通过她的声带溢满了未知的黑夜，将我包裹其中。那是另一种温暖和美。

我又想到月亮。这样的温泉之夜，没有张姐姐的婺剧是一种缺憾，没有月亮更是一种缺憾。算算时间，已经接近十五，而且是八月十五，没有道理看不见月亮。想来是被大盘山遮挡住了。大盘山就在那里，从汤池中一抬头即可看见它黑黝黝的耸着肩膀的优美轮廓。它遮挡住了东边大半个天空，我得换个角度才行。果然，试了几个汤池，终于在其中一个汤池中看见了月亮。月亮的光使大盘山看上去更加黝黑、神秘。

山之高，月出小。月之小，何皎皎。月光照在汤池边美好的月桂树上，陈丹燕在《捕梦之乡》中曾写过这样一句美妙的话："女子不想跟那追来的男人好，就地变成一棵月桂树。"此时我认定所有的月桂树都是女子变的。她们在汤池里泡温泉，男人来了，她们就变成月桂树静止不动。男人走了，她们重新下到汤池里戏水。

我就是那个可以随时变成月桂树的人。

除了变成月桂树，四顾无人之时，我还会在汤池边练一练瑜伽。

我曾经练过一年的高温瑜伽。高温瑜伽的原理跟泡温泉有点相似，先使人身体热起来，经络通畅，这样的情况下练瑜伽，不会拉伤身体。我在温泉池边试着练了一下，果然，平时做起来比较困难的几个动作，在浸泡了温泉之后轻易就能完成。也许大盘山温泉可以试一试温泉瑜伽的开发。女人爱美，温泉与瑜伽，皆是可以让女人变得美丽起来的东西。从理论上说，温泉水浮力大，身处温泉水中，会发现此水有神奇的塑身效果，它可以让下坠的、下垂的部位，回到少女时的挺拔与亭亭玉立。而瑜伽则可以让一个女人柔软无比。

在我看来，天下所有的温泉，都是白居易写过的那个温泉。"温泉水滑洗凝脂"，大盘山水滑，是因为其中富含氟、锂、游离二氧化碳、偏硅酸和氡等矿物质。就算是皮糙肉厚的汉子出了温泉，皮肤也会变得有如凝脂。我想在同来的某个人身上试一下手感，但等我想到时，他们已经穿好了衣服，像收好翅膀站起身来的蝗虫。他们经过温泉水洗涤后的眼睛，野果子般清透，即便是在黑夜里，也能熠熠生辉。

返回的时候我没有和大家一起走大门，我穿过一个又一个冒着热气的汤池，而后从一道铁丝栅栏的小缝中钻出，抄近路回到了所住的小别墅中。那道小缝，只有巴掌那么宽，钻出之后我惊异自己从温泉水中出来之后，竟然有了身轻如燕的功能。

文字是虚的，但大盘山的这个温泉之夜，绝非虚的。

这一夜我枕着大盘山地底的温泉水沉沉睡去，早晨醒来，天还没有完全亮起来，我知道我的温泉之旅还没有结束，此时是我最为期盼的时刻——在无人的清晨，在私密的露台上，我可以将自己完全解放开来，如原始人般滑落进露台的温泉池中。我要躺在这温热的水中，等待太阳出来。

慢慢地，天光亮起来，烟岚弥漫在大盘山间，看上去整座山仙气十足。在太阳升起之前我还来得及想起新疆博尔塔拉蒙古自治州的温泉县，这个县处于天山山脉绵亘起伏的脚下，分布着众多的温泉，远远看去，山谷中云雾缭绕，让人以为有神灵居住在此。其实居住此地的是一些放马牧羊的蒙古族人，他们脸色黑红，因为穿着羊皮大衣，身上散发着动物的味道。这些人一年里很少洗澡。有时候他们看见马或者羊跑到温泉里浸泡着，他们也下到水里，和马、羊一起浸泡其间。他们喜欢穿着衣服进到水中，就像马和羊，是带着自己的皮毛进入温泉水中的。据说这样可以使皮毛里的小动物消失殆尽。马和羊比人聪明，它们早就知道这个秘密。但它们就是不告诉人。

很多年前温泉县的这些温泉还处于自然状态，还没有被开发，因为偏远，几乎从不被人打扰。偶然看见此情景的我，忍不住发出一声惨叫，我仿佛看见了一个天堂。人类最初，应该就是这样的景象吧。

这个早晨的六点多钟，东边天空不知道什么时候出现了一片异样的红光，日出与预计的不同，无法描述。而后红光弥漫开来，厚重得仿佛凝滞的岩浆，正缓慢地从头顶滴落下来。我躺在温泉水中，惊讶地看着天空，仿佛自己回到了世界之初。那时候火山刚刚止息，大盘山上还没有来得及长出草木，只有温润的温泉水，从它的裂缝中流出，注满了大地的凹处。

浴兰汤兮沐芳，华采衣兮若英

——大盘山温泉纪事

高阿大

水与火

水与火的碰撞其实是一桩挺惊险而刺激的事情，甚至有点"你死我亡"的感觉。水可以把火浇灭，火也可以让水蒸发。而相对于地底下那些炽热的岩浆，一般的火还真算不了什么！当火山喷发时我们可以看到，任何东西靠近岩浆，刹那间都可以化作一缕青烟升腾。贵重若金属尚且不免，遑论像我们这样的血肉之躯！那么性格如此相反的两种物体，它们在地底下会如何共处呢？其实正像两个人一样，脾气相像的人在一起固然能和谐相处，但也可能庸碌一生，而脾气相反的人在一起，爆发冲突恐怕在所难免，但也正因为性格反差大，有互补的一面，有时也能互相成全。在地底下，那些含蓄蕴藉而又能包容一切的水可以抑制地球那颗因受大地与高山的重压而躁动不安的心，让它减少出来闯祸的机会。而勇猛刚烈、豪情万丈的地底之火又能给那些深藏在岩层中的水不尽的热情，让它们充满生命的能量，最终修成正果。关于它们在地底下的故事其实还有很多，它们的身上还蒙着一层神秘的面纱！

大盘山

就大盘山来说，我分外地嫉妒它独得大自然的钟情。这里钟灵毓秀，人杰地灵！即使是他处也有的奇峰怪石，这里也一定要长得和人家有些不一样。例如百杖潭满溪的巨石，如花溪平铺长达上千米的石板，如十八涡的那些大大小小的圆洞，都是在其他地方很难找到的类型，都可以让人琢磨良久，浮想联翩。这里的花草树木也一样，就拿树来说吧！其他地方的树或受地势所迫，或受纬度影响，长得多少都有些矫揉造作。而大盘山的树无一例外都是舒展坦荡的，这里漫山遍野都是丰厚的土层，它们是散漫自由和无拘无束的，它们爱在哪里扎根就在哪里扎根，他们想往哪个方向长就往哪个方向长。大盘山最有特点的还在于它的花花草草，这里的花花草草可不是普通的花花草草。这里的花花草草每一种几乎都有名堂，每一种都可以入药，救死扶伤。除了大家说得有些滥了的"磐五味"—— 白术、元胡、玄参、白芍、贝母外，我单爱一种叫七子花的，它由七朵小花组成，远远望去就好像是一把把撑开的小雨伞。它开花的时间长，经久不谢，它最喜欢生长在大盘山条条溪谷边的阴湿环境中。据说它在这里的分布面积有近千亩之大，是全国其他地方罕见的。

不过，这些只是大盘山外露的内容，相对于它在地表上暴露的东西而言，它在地底下隐藏的秘密更多！

云山乡

云山是五彩的。

五彩的云山是大盘山脉中最神奇的一座山！

就自然界的色彩变化来说，这里一年当中的主基调当然是绿色的。不仅云山是绿色的，整个磐安都是绿色的。在磐安，除了大盘山的绿色以外，还有另外一种颜色，就是天空的深蓝色。在大盘山上空的这片天颜色明净艳丽得足以让其他地方所有的天含羞。不过大盘山这里的蓝与绿还都是有层次的蓝与绿。比如蓝，在一日之内，会随着风向的变化，云层的厚薄，呈现出由幽暗的深蓝到浅浅的湖蓝。比如绿，在一年当中，会由草木初生时那种略带点嫩黄的浅绿慢慢转化成万物成熟后黑黝黝的墨绿。除此之外，就是那些不时开放的五颜六色的山花在这个底子上的变化了。就像是一幅美国画家波洛克画的抽象画，底子是大面积的蓝与绿，上面滴满了他随意撒上去的颜料。不过波洛克的画和云山相比则又相形见绌了，波洛克的画画长不过数丈罢了，而云山则是以天地为幕布、以群山为支架的。这是一幅完全由大自然独立操刀完成的伟大的抽象作品。

云山也不光光是波洛克式的，云山也是蒙德里安式的。

蒙德里安是另一位世界著名的抽象画家，来自荷兰。蒙德里安的画风和波洛克的任意挥洒不同，他的每一个色块都是经过准确的计算的。用什么样的黄色和红色相配，才能取得最璀璨夺目的效果？用多少个错置的小色块才能和一个大正方形取得均衡？这个数学家出身的画家最喜欢用直尺与三角板在画布上量过来量过去，最后求得一个最满意的方案。在大盘山中的云山，这里也有这样一群人，成百上千亩的银杏林、各种花海，油菜花、菊花、芍药，都是他们精确计算的结果。一到春秋佳日，这里就成了花的海洋，金黄、紫红、粉色，各种颜色在这里交融汇合，成了附近一百五十千米之内最美丽的风景。吸引了十里八乡的男女老少扶老携幼地来观看。而到最后，这些看风景的人也成了这片美丽风景的一个重要组成部分。

上马石

上马石是云山的一个村，上马石这个村一听村名就知道是一个能成事的地方。

上马石这个地方能打出温泉，不是一点征兆都没有的。和上马石相连的村子叫中田，据老家在中田的大盘山温泉山庄老总陈国良回忆，早在他小的时候，有时在田地里干活就可以看到附近的溪滩或者田中会有白白的水汽冒出，可是真等到赶过去的时候，又不一定能找到它的所在，有些虚无缥缈。这样的现象若写到古书里去可以变成五色的祥云。用前人的话说上马石与中田所在的云山这一块地方真是万年的吉壤，它的地底下不知蕴含了多少宝贝。

不过，世界上自动外溢的温泉毕竟少之又少，有许多发现势必要借鉴我们现在发达的科技手段。而按照我们现在的科技手段寻找地热资源本不是问题，但一口井打下去，能打在这一段出水量最大的点上，却是谁也不敢保证的事情。这样上千米的深井，每钻一口的成本就是五百万元。投资温泉其实是一件非常冒险的事情，曾经有企业就因为连打数口井不见水，而一夜之间破产的。不知是不是受那五色祥云的庇佑，在浙江省地质调查院的专家指引下，大盘山温泉的第一口井打下去，水就喷薄而出了。所有的人都出了长长的一口气。

如今的大盘山温泉山庄终于建立起一个占地面积五百余亩的温泉区。经相关部门检测，这里的火山温泉日均出水量、出水温度、水质均符合命名标准。它富含氟、铁、偏硅酸和其他微量元素等多种有益成分，矿物质含量丰富，里面的氟、二氧化碳和偏硅酸含量均达到医疗价值矿水标准，具有良好的医疗保健作用，能起到舒筋活络、强身健体、润肤养颜、安神定神、抗衰老等保健、防癌等效果。同时它的水质好，原水取自地下基岩深处，洁净无污染。这是天赐给大盘山的一座宝矿。

沐与浴

关于沐浴这件事情，在中国古代从来都是很隆重的。屈原曾经在《九歌·云中君》说诗里的主人在一场盛大的典礼前"浴兰汤兮沐芳，华采衣兮若英；灵连蜷兮既留，烂昭昭兮未央"。那个沐浴的场面一定是非常的壮观，五光十色的澡堂子里充满各种花瓣与香料的香味与芬芳。不过古人的科技毕竟不行，对自然资源的开发与利用有限。即使如杨贵妃那样的"春寒赐浴华清池，温泉水滑洗凝脂"也不过就是简单的浸泡而已，哪有我们现在可以运用的科技手段多。

被誉为"人间仙泉"的大盘山温泉山庄，共有六大功能区，室内水疗区、休闲动感区、美容养颜区、原汤温泉区、中药养生区、森林休闲区，是人们洗涤尘凡、放松身心的好地方。在这里你不仅可以感受到原汤温泉的亲切、温暖，也可以体验加了中药后的温泉的奇特与异香。这里的池子大部分设置在一片高坡之上，高低错落，有大有小。既有适合一家大小共浴的家庭式池子，也有适合朋友或者业务上的伙伴对谈的社交式池子。它既有位于喷泉之下人气旺盛的公众区，也有位于后面少有人打扰的、环境优雅的私密区。此外还有可供儿童戏水的亲子互动水屋和让年轻人一展矫健身姿的游泳池。平常因各种工作劳累而腰酸腿疼的人们可以在这里的室内水疗区展开按摩疗养，那些从各种喷管里面喷发出来的水流动力强劲而又温和，浑身上下无一处不被拍打得舒泰。而各个年龄段的美女则适合在这里的美容养颜区入浴。这里有著名的沉鱼泉、落雁泉、闭月泉、羞花泉、醉仙汤之设，你尽可以每一道大汤都享受一遍。沐浴完后一定会感觉皮肤滑腻，青春焕发。中药养生区特别适合中老年人浸泡，那些加入了白术、元胡、芍药、贝母、玄参等道地的中药材药液的泉水能帮人调理阴阳，扶元正本。另外，在这一区域还有一间特设的石板浴房，特别适合有腰腿伤旧疾的人来体验，那些平常触碰上去冷冰冰的大理石板，在热气的作用下暖烘烘的，躺上去感觉生命的能量又得到了补充。

在池与池之间的空地上，还设置了很多的躺椅、茶座，如果你累了的话，可以躺着在这里和朋友说说话，或者盖着大毛巾，舒舒服服地补一个小觉。时间久了、肚子饿了之后，中途还可以去温泉区专用的餐厅用餐，那里的饭菜都经过专门的烹制，其中的一些中药药膳，是这里特有的，其他的温泉度假区无法具备。

而黄昏与入夜后，在这里与你相伴的还有一首首美妙的乐曲，它们久久地萦绕在整个温泉区的上空，它们会乘着昏黄的光线，透过树叶的间隙，散入各个池子的雾气里，使你的这趟行程增添许多旖旎的情调，仿佛有美女在你的耳边说着蜜意柔柔的情话。

屈原在《九歌》的另一首《湘夫人》中曾为这位神话中美丽的女子盖了一座漂亮的房屋。这座充满了这位伟大的诗人许多奇思妙想的房屋位于一条弯弯绕绕的河流中央，它的顶是用荷叶覆盖而成，它的柱子用丹桂做成，它的房梁木料是辛夷，它的墙壁与地面在抹平时糊进去了菖蒲与芳椒，它的房间里的罗帐用兰草与薜荔编织而成，这真是一个梦幻般的住所，吸引了很多人前来。"九嶷缤兮并迎，灵之来兮如云。"不过这样的房子在屈原那里是想象的，而在大盘山温泉这里却是真实的。若你真有自己的亲身体验，可见我的所言不虚。

温泉山庄一夜

张　乎

一

"你要是到石板屋去躺一下，肩椎和腰椎会舒服很多。"

对面的女孩一面擦着湿漉漉的头发，一面在房间里走来走去。她的皮肤白皙细腻，黑色的秀发垂至腰间，在温柔的淡黄色的灯光里，仿佛刚刚从波提切利的画中走出来。

时近中秋，天依然很热，白天强烈的阳光把人晒得晕乎乎的，在梓誉村到大盘山的路上，又碰上道路施工，我们在泥浆和碎石子路面上颠得七荤八素，到温泉山庄时，只剩下喘气的力气了。拿了房卡和门禁，车依然盘旋着往上走，抬头望去，半山腰上一幢幢深褐色玲珑可爱的小木屋隐在绿树丛中，道路左边，是一个曲尺形的大池子，池子中的温泉水泛着淡蓝色的荧光，像水天交接处最澄澈的海水。

傍晚的时候，温泉山庄的人多了起来，想来都是想乘着夜色来泡温泉的。在花木掩映下，或大或小的温泉池子里冒着若有若无的雾气。有的池子很小，仅容两三个人，适合情侣或一二好友的喁喁私语；有的很大，一群小孩子在里面扑腾打闹——孩子们总是喜欢热闹的地方。不大不小的方形池子是为男人们设计的：各占一隅，既不太亲密也不离太远，像各占着桌子一角喝茶聊天，甚至可以抽抽烟。

一个服务员把我带到药泉。这里有五个池子，分别用五种中药浸泡：元胡、白术、芍药、贝母、玄参，都是大盘山的药材，五个中药泉各有侧重，其中滋阴玄参泉重在养肾，助睡眠，镇痛芍药泉对妇女通经去痹有好处，清热贝母泉清热解毒，利于消肿，益气白术泉除湿，健脾胃……我看中的是滋阴玄参泉，人到中年之后，睡眠成了困扰人生的第一件大事，对睡眠的各种要求也越来越多，稍一变换或一有心事便神思难安，彻夜不眠。有一同事，外出旅游或出差必携全套寝具——被套、床单、枕头，一到宾馆，便全部换上，非嫌宾馆脏，实是用陌生的床品便会失眠。

滋阴玄参泉后面，便是可以热疗的石板浴室。在温泉里把身子泡软了，每个毛孔都懒洋洋的，然后裹上浴巾，躺到发热的石板上，让热气从大腿上、尾椎骨上，一路爬上来，像一条温热的蛇一样在血管里游动，在每个疼痛的穴位上咬一口。杨老师说，她最喜欢的还是这个石板浴，全身上下，皮肉筋骨，好像都被热流打通了。杨老师是专业作家，整天坐在电脑前码字，腰椎和颈椎是硬伤，推己及人，她强力推荐我去感受一下石板浴的"热疗"功效。

伊有喜因为晚餐多喝了几杯酒，只在房间内的小池子中匆匆泡了一会，酒劲加上温暖得让人放松警惕的温泉，让他泡在池子里时就差不多要睡着了，我们连拖带拉把他弄到床上，一会儿他就鼾声震天。换过水后，我把自己全身都浸到池子里，让四十多摄氏度的温泉水亲密无间地包裹着，仿佛重新回到母亲的子宫。在生命的原液中，是不需要担负责任、不需为生计发愁的，没有案头上成堆的工作，没有必须来往的人情世故，不用还房贷，不用划算一日三餐，不用关心工资条。在泉水中，我的身体无限地放松、放松，让自己变成一截枯木头，一截没有思想、没有欲望的枯木头。但小小的水也有不容小觑的力量，它无声地托举着，不让我沉下去。水中有一个看不见的精灵，它让我的手自由张开，脚悬浮在水中，长发像黑绸缎一样散在水面上。我真有全身蜷成婴儿的冲动……像穿过时光隧道，回到前世的某个地方……可我今世的脑袋还好好地搁在池沿上，鼻子、耳朵和眼睛的功能还在，山脚下温泉池子中的撩水声都听得格外分明，夹杂着含混不清的低语。

二

我以为泡温泉最好的季节应是冬季，天上下着鹅毛大雪，四周的山林也是一片纯白，小河里结了冰，屋檐上挂着冰凌……只有温泉是热的，氤氲着浓浓的热气，白花花的像在云雾里。想起十多年前在长白山泡温泉，雪下得一尺多厚，雪窝里一脚踩下去便到膝盖，人在雪地上走，像少了半截腿的人在雪地上移动。在这样的冰天雪地里，竟然有一个露天温泉，池子不大，四五十平方米，换衣处紧挨着池子，以防天太冷感冒。脱了衣服走出来，一阵细风夹着雪花，不禁倒吸一口凉气。急忙跳进池子里，周身上下立刻暖洋洋的。仰头看，一朵朵硕大的雪花在空中盛开，白色小伞缓缓降落。伸出手，雪花无筋无骨酥软在手中，瞬间消失不见。在池中泡得热了，站起身，让雪花轻盈地落在头发上、肩膀上、眉毛上，感受那小小的针尖似的冰凉。池内和池外是两个世界，在白茫茫一片天地间，这一方小小的白雾缭绕的温泉，仿佛天上瑶池。

现在，全国各地真真假假的温泉越来越多，喜欢泡温泉的人也多起来。

温泉能愈疾去病,清帝乾隆有一诗云:

> 炎液暄波能愈疾,曾闻泉脉出流黄。
> 化工神运不思议,功德应教证水王。

　　皇帝金口,他说温泉能治病,想来没人会反对。大盘山温泉山庄的负责人说,大盘山地区是火山熔岩地形,约一千五百米以下的地热层中富含钾、硫、锂等矿物质,在温泉中泡一泡,人体能充分吸收这些矿物质,补充微量元素,从而达到祛病强身的功效。温泉另一个吸引女孩子的地方便是美容,所以杨贵妃要时不时去一趟华清池"温泉水滑洗凝脂"了。当然杨贵妃的美貌并不都是温泉洗出来的,她是"天生丽质难自弃",温泉只不过令她看起来更加娇柔动人而已。汤溪寺平村有一口娘娘井,井水一到冬天就变得暖暖的,说不定也是一眼温泉。传说,十三岁的乡村柴禾妞戴银娘用这眼井的水洗过脸后,忽然变得格外漂亮了,眼睛变大变亮,元宝耳樱桃嘴,梨涡一旋,汉子们头重脚轻。我的表弟媳妇和戴银娘是同村人,年轻时也是个美人坯子,鹅蛋脸白皙如玉,一双狭长的凤目似一泓深潭,不知是不是也用这井水洗过脸的缘故。

三

　　说到温泉,我脑子里跳出了日本文学中诸多绮丽的画面。日本是一个多火山的国家,丰富的地热资源使它拥有"温泉王国"的美誉,日本人也很喜欢洗温泉浴,每年大概有一亿人在泡温泉。但在古代,泡温泉并不普及,它只是皇室贵族用来休闲娱乐的方式,后来,由于佛教兴起,僧人们的身影也出现在温泉边,僧侣们生了病,便成群结队出发,到各地寻找温泉,他们相信温泉是上天赐予的"神水",不仅能清洁身体、带走病患,还能洗涤心灵、消除罪孽。一直到明治维新时,泡温泉才渐渐成为普罗大众的休闲方式,周末，北海道大大小小的温泉旅馆人满为患，人们扶老携幼，或一家出行，或三五朋友小聚，或恋人密约，前往山乡野外，在温泉中度过一个美好的假期，实在是一种人生享受。

日本电影《秋津温泉》和川端康成的《温泉旅馆》一样，都说的是一场发生在温泉边的美丽爱情故事，又都带有悲剧色彩，凄婉而令人迷醉。汤泉池边，玲珑小桥，细雨野径，美丽的新子小姐撑着油纸伞，粉颈和服，从开满樱花的小道上缓缓走来，然后在某个地方与男主角相遇。然而这样美好的事物往往带有伤疤，萎靡不振的男主角周作给她带来了快乐，也给她带来了一次次绝望和希望交织的煎熬，以及由此变成了对人世的失望和恨意，在美丽的温泉边，人的生命在凋零。温泉是新子等待爱情的地方，她常常把自己浸泡在水汽氤氲的池子中，像一朵百合花一样静谧地打开自己的身体，洗净尘垢与伤痛，等上一场纯洁如新生婴儿般的感情。温泉千年不变，永远是温暖的，像母亲的怀抱，而世界却是变的，人心也在变，永恒的自然之美慰藉不了人心的伤痛。

四

我从一场深入无边黑暗的梦境中醒来。在梦中，我的身体变得轻如羽毛，在一片黑暗的树林上空飘呀飘呀，头上是墨黑的天空，乌云像杂乱无章的烂稻草堆，乌泱泱连成一片，天地之间的狭缝在不断地缩小……我想让自己的身体沉下去，站在大地上，却怎么也做不到，双脚总是不听话地往上翘，身体像被抽光了所有的汁液一般透明单薄。在天地尽头，云层裂开了一个窄小的散发着明亮光晕的口子，有白而亮的光线从口子中射入，这个画面有点熟悉，感觉是哪部动画片的场景。但我并不能像劫后余生的仙女一样游向那个明亮的出口，我被沉闷的云层压着，有点难受。从梦中醒来，天还未大亮，打开阳台门走出去，外面是一个烟灰色的被迷雾笼罩的世界，只看得见天边绵延不断的黑影和隐隐约约的山脊线。山庄的两幢大楼像一高一矮两个比肩而立的巨人，悄然无声地注视着人间的一切。整个山湾里一片寂静，大大小小的村落、马路、牛羊、车子、昆虫、鸟雀……还未从沉睡中醒来，只有一丝丝清冷的秋风偶尔闪过，把银杏树叶吹得泠泠作响。从山上望下去，在一片冷色调中，只有路灯还透着些许的温暖，像守护着婴儿的疲倦母亲。

温泉山庄所在的大盘山主峰海拔约一千二百米，地处余姚到丽水一带的地壳断裂带中。一亿年前，这里经历了一次惊天动地的火山喷发，灼热的岩浆从地底下喷涌而出，沿山体流入溪流和谷地，之后，经过数年的冷却，火山岩浆变成一块块黑黝黝的山岩，大盘山周边的众多山峰及村民的房前屋后，随处可见这种表面平阔体积巨大的黑色岩体。大盘山脚下的花溪，俗称"十里平板溪"，整条溪平整如削，无浮土沙砾，仔细看，那平整的河床又似一层一层平铺上去的，像黏稠的液体在流动时忽然凝固。而周边诸多的景点：舞龙峡、十八涡、水下孔、灵江源、百杖潭，也像温泉山庄一样，美丽、清纯，有着原始而野性的美，藏在深闺中，现在却渐渐地露出了绚丽的容貌。

磐安山水记

伊有喜

一

第一次去磐安，是2001年的夏天。我是骑摩托车去的——红色"光阳"、白色头盔，风尘仆仆。那次我去了花溪——溪水清浅，让我想起小时候老家的越溪，但不一样的是水底，花溪没有硌脚的石头。这段宽十至十五米、光洁平坦的石质河床，据说是一亿年前火山喷发时形成的——它们是火山熔岩在流动中慢慢冷却沉淀的吧！面对这千米平板溪，北宋的米芾曾有"此地风光三吴无，平砥清流世间殊"的诗句——"平砥清流"，对的，"全石以为底"——约三千米的平板河床！此外，在一个深潭中，我还发现了柳宗元笔下的意境："潭中鱼可百许头，皆若空游无所依。日光下澈，影布石上，怡然不动；俶尔远逝，往来翕忽，似与游者相乐。"鱼的自在，也是我在磐安的自在。以我有限的地理知识，我感觉花溪离安文并不远，但我说不清方位——山环水绕，我还真的说不清楚。后来想想，在磐安还需要弄清楚方位吗？"路在嘴上"，随便碰上什么人，个个都是质朴谦和的，那种热情，居然略带点羞涩，他们跟我老家的人是多么相似啊。

当晚，我住在文溪边上一家小旅馆里，在小酒馆享用溪鱼土菜时，忍不住想起陆宰当年给安文写的诗——

> 谁道山居恶，山居兴味长。
> 水声喧枕席，山色染衣裳。
> 日馔溪鱼小，时挑野菜香。
> 昨闻新酿熟，还许老夫尝。

想尝"新酿熟"要冬天——我当年喝的是金樱子酒，下酒小溪鱼，野菜更不用说。此外，在磐安的夏天，居然用不到空调，不唯用不到，还要盖点薄毯！

二

再次去磐安是在七年之后，2008年。这七年一晃而过，生命中某些时段，像湍急的河流，飞花四溅；而有时则静水深流，不知不觉就步入河床宽阔的中年，在日复一日的流逝中，磐安山水始终是我们的诗与远方。

这一次我们玩了百杖潭，时间是秋天，百杖潭景区的树叶将黄未黄，秋风渐凉。百杖潭景区，瀑长潭深、水清石奇，深深地印入我的脑海。

《大明一统志》记载："三潭，周围皆石，各百余丈，水深莫测，岩瀑泻练。右有两石窍，各高百丈。"我来去匆匆，此百丈与彼百杖，并未深究，不过对三叠瀑印象深刻——虽是枯水季节，但百杖三叠瀑依旧极有气势，上下三瀑，落差百米，水声轰鸣，抛珠溅玉，水雾弥漫，在潭底驻足片刻，不知不觉就在飘飘飞举中湿身，很有些庐山三叠泉的味道。不过与庐山三叠泉的喀斯特地貌不同，百杖潭的地貌颜色黑乎乎的，似乎格外结实，陪同的警兵兄说，这是国内罕见的冰臼瀑布。我不太懂，这深潭，感觉跟舂米的石臼有些像，经过强烈的冲击、游动和研磨，最终形成一个深坑。据说在潭边，空气负氧离子含量高达每立方厘米七千个，我对数据无感，但神清气爽是真的。在龙门石阵，我为那些大石头所吸引，秋阳暖暖，在摆拍时，忍不住赤裸了上身，双手托天，做探手罗汉外加狮子吼状，吼毕，呵欠伸腰，神智灵通，安闲自在，自得其乐。对百杖潭，同去的张乎有诗——

> 你深潭的蓝
> 是山民们用粗布衣服裁剪的
> 你自由来去的风
> 是一座座高山和深谷娇纵的
> …………

三

乌石村与横路村不远，十八涡与水下孔也不远。乌石村宜居，十八涡宜游。

乌石村也叫管头村，连吃带住，一人八十元，村子走走，看老房小巷——乌石子，我原先以为是圆不溜秋的，像桃花岛上被海水冲刷的那种，私下里还担心这房子用圆石如何砌就！砌墙的石子乌泱泱，感觉有些来历——原来是火山黑石，学名玄武岩。你得承认，其他地方取不出这样的石材。放眼老村，黑石头的墙壁，黑石头的道路，曲曲折折的小巷也是乌泱泱的——在不经意中会飘过或探出一抹艳丽来，可能是明丽的女子、一朵花，也可能是一串红辣椒、黄玉米。它与我们常见的粉墙黛瓦迥异。村中古树——有一株约六百年的红豆杉：树皮只剩下几片，似乎都不成圆形了，饶是如此，这树还在结红豆！当然，你也可以去当年习近平总书记坐过的农家。坚持人与自然和谐共生，在乌石村体现得淋漓尽致：大批的外地人，尤其是上海人，蜂拥而至，居然可以把小山村弄成广场舞不夜城，而乌石村的规划也不错，老房子不动，离老村不远处有新造的别墅楼，来再多的人也能接纳。因为人多，自然就带动了当地的土特产销售，时新果蔬、笋干、贝母什么的，摊位已连成人头攒动的市场了。

十八涡就在附近，十八涡所在地叫夹溪——一条大峡谷，据说是曹娥江源头，溪流两岸陡壁森然对峙，耸立云天，溪涧狭窄蜿蜒，水流湍急，形成无数的跌瀑、险涡和深潭，其中尤以十八涡最负盛名。在百杖潭看到的冰臼，这儿更多，有一聚秀涡，号称天下第一冰臼，探头过去，头晕目眩，它真的像一个巨大的石臼，内壁光溜溜的，谁打磨过呢？底部蓄的水，不知是雨水还是泉水。冰臼的地势比附近的溪涧高很多。

山道蜿蜒，水随山转，不经意间，出现了碧绿的一泓长潭，巧的是此处可坐竹筏代步——在青山绿水间，舟行水上。直视无碍、清澈见底的水，可比的是老家九峰山内龙潭的水。有一年的国庆节，我和老同学带着各自的女友到内龙潭，看看山看看水，甫一对视，居然同时褪下衣裤跳了进去！呵呵，在十八涡，还真想跳进去畅游一番，但这是不行的。船老大颇严肃，在一处转折处，竹篙居然探不到底，只能借助一根绳索牵引才得以通过。

景区怪石嶙峋，人们因势赋形：鳄鱼戏水、金龟守门、金牛卧溪，不一而足。这夹溪，号称"浙中大峡谷"，是由远古造山运动强烈地切割和流水长期冲刷而成，加以遮天蔽日的树木，鸟鸣啾啾，其意境类似刘商的诗句——

渡水傍山寻绝壁，白云飞处洞天开。

仙人来往行无迹，石径春风长绿苔。

四

磐安可游的山水众多，除了花溪、百杖潭、夹溪，灵江源也是。我去过两次灵江源，每次都说，我要在这里住一晚，可每次都行色匆匆。灵江源头水，流经一个叫王大坑的小山村，土墙泥瓦，古朴淳厚，村民枕着潺潺溪水入睡，如果有明月，有鸟鸣涧，有桂花落——那种感觉，想想都美。灵江源除了水，可记的是树。其一是村口三株古杉，最大一株需四五人合抱，更有趣的是树中空至顶，树底有洞，躲进几个成年人没问题。其二是山上栈道经过的一棵树，长在石壁中，贴着石壁长，栈道为它留了一个孔——它差不多就是"树坚强"了，那种坚韧让人肃然起敬。

一方水土养一方人，不错的，磐安的山水、花草、树木养育出的磐安人，无一不是勤劳质朴坚韧的，他们待人处世稳重低调，真诚谦和，让外地人有一种兄长的亲切感。我认识已久的吴警兵、杨碧烟如此，比我年轻的同事卢樟洪也是如此，新近认识的榉溪孔家德字辈孔正洪以及温泉山庄的陈国良，再次印证了这种印象。在温泉山庄听陈国良的创业史，你会为他艰难打拼的第一桶金落泪——茶场制茶、贩卖药材、油漆包工……屡战屡败，屡败屡战，你不得不承认，成功有一定的偶然性，而其为人行事风格如是，又觉得他的成功是必然的。

磐安温泉，今年元旦试营业，国庆日我们抵达温泉山庄时，偌大的停车场几乎停满了车辆，看车牌，上海、杭嘉湖一带的居多。磐安温泉，听着陌生，磐安几时有了温泉？之前几年，这个温泉山庄以药膳出名——磐安多药材，最著名的有"磐五味"：贝母、白术、玄参、元胡、白芍。在认识吴警兵之前，我对磐安药材的认识仅限于一个新渥（现为新渥街道），是浙中地区中药材的集散地，附近十里八乡的中药房、赤脚医生，差不多都从那里购买中药。认识吴警兵及杨碧烟后，他们送我两大本厚厚的《磐安中草药》，又带我参观了大盘山药用植物园，让我这个门外汉见识了绚丽多彩的磐安药材：

花团锦簇的重瓣芍药，鲜红如玛瑙的三叶青果子，一盏盏倒挂的灯笼般的贝母，嫩黄的跷着玲珑可爱的兰花指的石斛……

而在温泉山庄，我又品尝到了树叶豆腐：原料是一种特殊的植物，叫作腐婢，当地人叫"豆腐柴"，揉搓其叶，把叶子搓烂，滤去残渣后，会得到一盆浓绿的汁水，用香包混入一点草木灰汁，待汁水凝固后，便可像切豆腐一样一块块切开，拌上酱油香醋蒜泥，清香可口，满含原始的山野滋味，教人齿颊留香，一见难忘。

磐安大盘山是一个宝库，由于由火山熔岩构成，大盘山的地形地貌绮丽奇特，剧烈的地壳运动使这里的山峰格外险峻陡峭，至今，除了神奇的山顶亿年火山湖、山脚千米平板溪外，瀑布深潭遍布于此，十八涡的冰臼更是其他地方难得一见的地理奇观。而温泉由于深藏在地底，千百年来从未有人关注。2013年，这里才第一次开始进行温泉钻探。大盘山的温泉里面含有丰富的氟、锂、钾、硫、氡等矿物质，配上磐安特有的中草药，泡一泡，消痹去痛，对阴虚、脾虚都有十分明显的疗效。与其他地方不同，这里的温泉打的广告语是：火山活温泉，药乡养生源。

磐安的水，我见过不少，在花溪，清清亮亮的溪水从宽大的石面上缓缓淌过，像一匹挂在货架上的绿缎子；在百杖潭，透明沉静的水显示出活泼野性的一面，从高高山崖上纵身一跃，在深潭中化成齑粉般的碎屑；在夹溪千年冰臼中，水又似乎凝固成一块块翠玉，睁着碧蓝色的眼睛，长久地与天空对视。在灵江源，我曾经长久地怀想，想枕着溪水入眠。而现在，置身于大盘山四十多摄氏度的温泉水中，在星空下，在微醺中，我终于与磐安的水坦诚相拥……

云山温泉

杨　荻

一

　　磐安境内峰峦纵横罗列，有"群山之祖"之说。山间多清溪，如始丰溪、牛路溪、花溪、好溪、夹溪等，自行其是，或迟缓或奔放，蜿蜒穿行于幽林穹谷，发出的清音幽韵，或近或远，或高或低。其中在大盘山西麓的花溪，左右萦绕，一路迤逦北流入婺水。花溪在途经田里壁村时有曼妙的身段，所谓千米平板长溪，这天造地设的平坦光滑的河床为亿年前中生代火山喷发形成的层状流纹岩，因而流水经此，声声慢，格外清莹而赏心。荒古时代的火山运动塑造了磐安山水清幽的品性，在千余米之高的大盘山顶，至今尚存由中心式火山喷涌而成的火山湖，在中国东南一带比较罕见。火山湖被郁郁松林幽藏着，湖边是植被丰茂的草甸，湖水深蓝而寂静，只映现着路过的白云，景象如一个亘古未醒的幽梦。

花溪在流经云山——古称白瀛山，有葛洪炼丹遗迹——时化名为樵溪，并在穿过数千米外的磐安县城安文街道时，又摇身变作文溪。樵溪之畔有隔水相望的两个村庄：中田村和上马石村。上马石村西有一道浅浅的山谷，早年村民在山地上种些红薯、玉米、土豆等作物和白芍、元胡、玄参等中药材。大盘山区的药材种植历史悠久且负有盛名，明嘉靖《永康县志》就记载："白瀛山，山顶平坦，广数亩，围三十里许，多种药材，其芍药最有名，价昂贵，故俗又呼白银山。"云山苍苍，药香飘飘，山民们日出而作日落而息，直到近年，才洞悉了云山底下的秘密——温泉。而把这个在深远的黑暗中潜行的温泉引出地面的，是中田村的村民陈国良。

二

年过五十岁的陈国良依然有一头浓密的黑发，他的身材略显瘦削，显得精明强干，多年走南闯北的生活使他备尝艰辛，也终使他成为山城商人的成功者之一，但他的举手投足和谈吐依然透露出山里人的耿直和爽气。从少年时开始，他的内心始终激荡着创业的热情——就如一泓酝酿已久随时喷薄而出的温泉。确实，多年来他怀着一个温泉梦：他记起童年时冬日溪水的温热，他想起大盘山处于火山断裂带，应该蕴藏着丰富的温泉。建起宾馆后，他花了一年多勘探，一年多打井，终于在2014年9月于约一千五百米的地底打出了温泉，井底水温六十四摄氏度，井口水温四十六摄氏度。据相关部门监测，温泉中富含氟、铁、偏硅酸等成分，水质洁净、优良。随后，池区打造、配套设施建设、景观绿化相继展开，历时五年，投资数亿元的大盘山温泉山庄终于神奇地矗立在世人面前，昔日荒寂的小山坳，如今变成了一座璀璨的水晶宫。山庄又别出心裁地活用云山丰富的药材资源，开发出十六道药膳，如树叶豆腐、杜仲煨猪腰、黄精焖肘子等，并将汩汩而出的温泉变成别具一格的养生药泉。

三

大盘山温泉山庄紧贴云山路，温泉池区位于客房后面的山坞中，深藏若虚。拾级而上，穿过温泉文化长廊，是高敞的室内浴池，水声潺潺，手指长的热带鱼在清澈的池水中结群悠游。室外浴池分布于屋后的坡地上，高低错落，形状不一，浴池或宽或窄，或圆或方，被树篱环绕着，环境清幽可人，起伏的曲径蜿蜒其中。景观瀑布从叠石假山流泻而下，腾起薄雾，闪着迷离的白光，如银河倒悬。观心泉、花漫泉、闭月泉、羞花泉、落雁泉、环翠泉、柳荫泉、幽梦泉、茗香泉……五十多座汤池温度设在三十七至四十二摄氏度，各有情调和文化意味。一角的山坡丛林下，花木隐藏着独特的药泉：镇痛芍药泉、清热贝母泉、益气白术泉、滋阴玄参泉和行气元胡泉。山庄将土生土长的药材煎制成汤汁后，掺入池水中形成这些药泉，其药理功效各不相同。在池边游走，可闻到一股浓郁的药味。

秋天的清夜，我从远方风尘仆仆地寻到这里，把疲惫的肉身投到盈盈的池水中，霎时被一种温情搂抱，宛如那情人簇拥的纤手，"那么柔软，那么天衣无缝般地体贴，环绕着，抚摩着，温暖，像返回诞生的时刻"（于坚语）。我首先沉浸于益气白术泉中，白术有除湿益燥、和中益气、强健脾胃的效用，浸泡此泉，据说可以增进食欲。而后是活血化瘀、行气止痛的元胡泉和清热解毒的贝母泉，偃息其间，缭绕的药气不绝如缕地进入我的体内。从世人热衷的养生角度来说，温泉浴从古代开始一直领受着褒奖之词，所谓"春日洗浴，升阳固脱；夏日浴泉，暑温可祛；秋日泡泉，肺润肠蠕；冬日洗池，丹田温灼"。北魏有诗人还将它誉为"自然之经方，天地之元医"。而独特的药泉，想必是更有裨益的，因为它融汇了大盘山的天地精华。从药池里起身，喝过一杯热姜茶，我踱到瀑布侧面的高坡上。这里的汤池坐落于亭子中，周围布置着白色纱帐，格外幽静。俯视下方，各种暖色或冷色的光影荡漾在一方方池水中，绚丽而迷幻。仰卧水中，周围悄寂无人，只听见草丛中蟋蟀和纺织娘的嘶鸣、曼妙悠扬的乐声、泠泠的泉声，它们共同编织着一阕小夜曲。夜幕沉沉，和风拂拂，溪水浅浅，头顶是煌煌明星和一轮古典的中国月亮，听不到烦嚣的市声，寂然不动，闭目冥想，人似乎进入了静虚的"吾丧我"的灵境，就觉得泡温泉其实也是一种洗心涤虑，是朱熹所说的"万劫付一洗"，也是苏东坡的"一洗胸中九云梦"，让人步入片刻的澄明。"洗心而革面者，必若清波之涤轻尘"（晋·葛洪《抱朴子》），此刻，我回想起某则禅宗传闻。

慧远法师居庐山。一日，两名高僧来寺聆听佛经，慧远问其一："以前曾来否？"僧答："未曾。"慧远说，请先至寺中温汤沐浴。又问另一僧人："以前曾来否？"僧答："曾来！"慧远说，亦先往温汤沐浴。沙弥不知何故，慧远答："二人虽称高僧，实凡心未泯。嘱他们沐浴，因温汤源自地下，不受人间沾染，乃天地之灵水。裸身入池，可洗涤身体污垢，也可洗净心中杂念和烦恼，而悟出佛法真谛……"

佛法与我无缘，我只是想，汤沐让人涤去心头的尘渣，它如同当年避居大盘山间的昭明太子的一洗愁肠吧。

夜阑人静时分，山庄前面的公路上已无车影，只亮着一串弯曲的、辉煌的灯火，整条溪谷潜入睡梦之中，格外清寂。我从温泉中起身，走向山腰的汤泉别墅区，心中想起明代大地行走者徐霞客的"浑身爽如酥，怯病妙如神。不慕天池鸟，甘做温泉人"的感叹。孤冷的秋月已经下降到黑魆魆的峰峦上方，即将西沉。其实我愿意在脉脉的泉水里虚度整个夜晚。

四

山中的夜晚分外寂静，甚至听不见鸟声，一夜酣睡无梦。清晨推窗，秋阳已经把爽朗的鲜嫩阳光铺满谷底，但南侧蓊郁的山林的阴影还未消退，林子里有一个山农在采收板栗，但是看不见人影，只见竹竿在树冠中晃动。俯视山坡下的一口口浴池，已经放空清理，它们在静候另一批浴客。别墅区一幢幢小屋用绿地分隔，而门前都有一口汤池便于住客自行放水沐浴，于是想起昨夜有人隐隐在相邻的屋旁嬉水和吟唱，那里住着几个男女诗人。

　　清晨的山庄静悄悄的，便觉得有一种隐逸而宁静的氛围而心生一份留恋。在山庄吃过早饭，我与朋友们将离开温泉之地，辗转进入大盘山的深谷，而后上山去探望那一泓亿万年的火山湖，它犹如一个亘古未醒的幽梦。只是我的心中，已经有了一种期待：待到雪花飘飘、银装素裹的冬日，我再来此地，体味它的"山头寒树深埋雪，池面温汤别贮春"的另一番情致。

卷 九

磐五味

张抗抗

　　有一方名叫磐安的美地，是国家生态文明建设示范县，藏在金华境内的大山皱褶里。因地处浙江中部，被喻为"浙江之心"。磐安与"四"有缘：连接浙中地区台、处、婺、绍四地；也是天台、括苍、四明、仙霞四山发脉地，旧志称其为"群山之祖"；是钱塘江、瓯江、灵江、曹娥江四水发源地，又称"诸水之源"。重峦叠翠、连绵起伏的群山，环臂般把磐安护佑在怀里。光阴荏苒，岁月流变，历经战乱、和平、穷困、富足，磐安自有一种沉稳笃定、处变不惊的气场。陆游绝句"山重水复疑无路，柳暗花明又一村"即得自磐安。乌石老屋、青山古道，茶树清溪，悠悠的慢生活，浓浓的人情味——磐石之安，安如磐石，故为磐安。

　　今年仲春走磐安，扑面而来浓浓的民俗文化生态气息。山环水绕，悬崖飞瀑，给人满眼惊喜。恍然明白，并非磐安躲在山中，而是上天特意把那些稀世的"宝物"，珍藏在这个跃动千年不衰的健康"心室"里了。

大盘山的好山水好空气，林深树茂水土清净，成就了磐安这座我国唯一的以天然野生药用植物资源为重要保护对象的自然保护区及中药材宝库。对"浙八味"中的元胡、白术、白芍、玄参、贝母五味，磐安是质优物美的原产地，故有"磐五味"之誉。自东晋葛洪在此炼丹制药助人，南梁萧统隐居大盘山读书开辟药园，史上磐安为江南著名的药谷药镇。大盘山博物馆即以磐安野生及种植的中药材为主题而设。《本草经集注》谓"诸药所生，皆有境界"。

我于大盘山缥缈云雾中沉吟浮想，犹入仙草灵药之境，渐得磐安天地之精粹。世上五味酸甜苦辣咸，而"磐五味"却另有独创：火辣、酸涩、咸香、甘甜、爽滑……品悟"磐五味"之妙，由舌尖入心扉而贯融血脉。

"磐五味"之一：元胡（辛辣民俗汇）

抵达磐安当晚有一场"申遗"民俗晚会，舞蹈《铜钿鞭》、民间艺术《龙腾虎跃》、人偶舞蹈《大力士摔跤》、婺剧折子戏、武术、打击乐《老鼠迎亲》……热热闹闹，欢欢喜喜，都是当地原汁原味的传统节目。婺剧高亢，武术矫健，双人偶摔跤憨拙，龙腾虎跃的表演团队配合默契，这些节目的表演者大多是磐安村民，充满火辣热爆的激情。其中《药香江南》《如在》等节目以新创作的歌伴舞形式，深沉地颂扬了磐安药史和孔氏南宗文化。还有一出单人表演的《乌龟端茶》，在磐安地区已流传一百多年。一黑衣白鼻头男子头戴黑罗帽，腰系白围裙，脚蹬长筒软靴出场，踩着音乐鼓点节奏，主腿下蹲单手托盘，夸张地模仿乌龟的动作，伸头慢，缩头快，一进一退一挪一移，动作连贯一气呵成。前半段表现"乌龟"向客人殷勤端茶献茶，后半段表现"乌龟"敬茶得赏后的喜悦心情，漆盘中置有双杯，无论表演者怎样翻踢旋转，杯不离盘杯水不洒。表演者用"前踢腿端茶""后旁踢双手端茶""矮踢步交叉跳端茶""托盘上下翻"等高难度动作，表达喜悦、紧张、兴奋的心情。最后的炫技高潮，"乌龟"高高扬起盘中杯，把茶水倒入自己口中……动作滑稽诙谐，惟妙惟肖，充满生活情趣。令人惊讶的是，那位个头瘦小的表演者羊荣地，并非专业演员，而是磐安的某村村民，自幼得祖辈传承，劳作之余刻苦练习"龟吸"式呼吸多年，可连续表演十五分钟大气不喘，在各地的民俗表演中实属少见。"乌龟端茶"又称"神龟奉茶"，机智灵动，传递出人与自然生物和谐相处的美好愿景。

磐安的民间绝技和民俗文化精彩纷呈，其中最为独特的，是一项古老的大型秋祭活动"炼火"，自宋至今已流传千年，在每年八月十五及九月初九夜间举行，参炼者多则上百人，是祈神驱鬼的民俗集体舞蹈，具有神秘的地域特色。"炼火"有"踏火山"和"闯火海"两种，烧红的木炭堆成约八十厘米高的"火山"，勇士们赤脚赤膊上阵，手持平头刀冲上火山，将通红的木炭拨得如同出炉的钢水一般火星飞溅，人在燃烧的火光中来回跳跃踩踏如履平地，直到把气焰汹汹的火山踏平……或手持钢叉冲入火海高歌狂舞，在火场转圈奔跑呐喊，向火神致敬……

时下正是春季，距秋收还早，我只能闭眼想象"炼火"勇猛、狂放、壮观的场景。由"炼火"可知磐安自古民风剽悍豪迈，民俗热烈火辣。故以"元胡"喻之，其味辛辣，刺激劲爆，可活血化瘀。

"磐五味"之二：白芍（酸涩太公树）

盘峰榉溪村边的那棵人称"太公树"的古杉树，已有八百多岁了，一望便可知那是一棵有来历的老树。树高达三十余米，枝叶苍郁繁茂，树干之粗可由四人合抱，树皮呈赭红色，腰板挺直，似一位微醺的红脸汉子。枝条伸展浓荫如盖，更像一位可依傍的慈祥老爷爷。树下隔路隔河，就是榉溪村口那座气势宏大的孔氏家庙。老爷爷的目光落在祠堂的柱子上，那些石头基座，或方或圆或扁或刻花，留下了历经宋、元、明、清四个朝代重修大殿的不同风格。他还会久久凝望大殿匾额上斑驳模糊的"如在"二字和"双龙戏珠"图案，这些都是先祖的真迹。这座被南宋皇家敕建的婺派南宗孔庙的与众不同之处，在于它坐南朝北，正门面向遥远的北方。

面向北方——因为它来自北方。"太公树"实则是一株红豆杉（还有一种说法是桧木）。细碎的针叶和摇曳的树影，默默传递出岁月的沧桑。当它还是一株小树苗的时候，就匆匆离开了故土，跟随宋高宗皇室和侍驾的孔家族人仓皇南渡。建炎元年（1127），金兵攻陷开封，徽宗钦宗二帝被俘掠，北宋告亡。建炎三年（1129），高宗赵构被迫弃城南逃，朝廷指定由孔氏第四十八代孙、大理寺评事孔端躬及其父其伯父等位大夫奉命侍驾。原在曲阜的孔氏家族为避兵乱亦一并举家南迁，仅留少数族人看守孔林。孔端躬心知这一去归期难料，启程前他在孔林亲手挖起一株红豆杉树苗捧于手心，跪于祖宗墓前发愿："何地植土生根者，乃吾孔氏新址也。"路上只要稍做停留，他就把树苗植于土中，起身时挖起带上。树苗随他一路颠沛流离，高宗一行在金兵追击下出奔到越州（绍兴）后，下海登船取道温州前往婺州（今浙江金华）。孔端躬父子辞驾欲往衢州与已定居的兄长会合，途经盘峰时，其父因长途跋涉劳累过度而罹病，家人只得在榉溪滞留下来，孔端躬把树苗暂时种于燕山脚下。待到办理完父亲的丧事，再去看那棵树苗时，发现小树已然生根发芽……他长叹一身：此乃天意也。先祖是要让他们留在榉溪传扬儒学啊。

这棵红豆杉从此落地磐安金钟山后坞，如今已在孔若钧墓前守护了近八百年，被当地人尊称为"太公树"。孔端躬与家人寓居榉溪后，开办学堂教育孙邻，榉溪由此成为婺州南孔的儒家文化中心，逐渐成为江南最大的孔氏聚居地之一。磐安人说，红豆杉就是活着的历史——它见证了南迁后的孔氏后人生生不息的民族精神。

仰望高大的太公树，山风窣窣呜咽，低垂而细密的叶子上，散发出一种酸涩寒凉的气味——这棵来自曲阜的红豆杉，分明是随皇家落魄逃亡至此，它见证了北宋朝廷的腐败，见证了北宋在文官制度下不堪一击的国防国力，见证了在北宋绚丽精湛文明掩盖下的怯懦。

白芍夭夭，楚楚动人。但若以芍根喻之，则性寒苦酸，可平抑肝阳。

"磐五味"之三：玄参（咸香乌石村）

在磐安重重叠叠的山窝里，散落着一个个黑石头村，在阳光下犹如一件件放大的黑陶制品，闪烁着乌金般的光泽。雨雾缭绕的阴天，黑石沉浮在白雾里，像玄幻小说中的神秘洞穴。多年前的火山喷发，给磐安留下了用不尽的黑色玄武岩。据说刚凿下的玄武岩质地轻巧，吸入空气后，渐渐变得厚重实沉，密度大，耐久性高。磐安史上多巧匠，用这黑石头建起一座座黑色城堡。

尖山的乌石村，以前叫作管头村。村中清一色的黑墙黑瓦，只有门窗是木质的。石墙用石头开采时的自然裂纹一块块垒砌起来，不由惊叹这无缝镶嵌的绝技。偶见石缝涂抹了泥浆勾缝，好似一道道花边，拼出了图案的华彩美感。黑石墙下狭窄的小路，也是黑石板铺就的，一块块泛着黑亮亮的油光，像走在隧道里。想象山里下雪的日子，白色渐渐地覆盖了黑色，白色慢慢渗入了黑色，乌石村犹如躲在了一顶巨大的白纱蚊帐里。第二天乌石村醒来了，阳光为它撩开蚊帐，黑油油的头发、黛眉鳌面、玄衫皂鞋，浑身上下散发着黑石头般刚毅坚韧的气息。

乌石村每年吸引各地巨量的游客来看石屋古道，村里将黑石旧村原封不动地保存下来，和村民新建的连排公寓分隔成两个区域，布局合理，不会互相扰乱了视线。顺便说，磐安多美食，新村的民宿三层楼带阳台，老村的农家乐四季飘香订单不竭，四梁八柱的乌石老屋终年客来客往。尖山除了旅游还有电子产品加工业，我们日常使用的各种软管，也许多半出自乌石村，号称"一根管子通天下"，销往全国各地。所以乌石村今天的日子，就像烧红的黑炭，红火旺旺。

走在乌石村的石巷里，与一块块一片片乌石墙擦肩而过，乌石墙瓦年深日久苔藓斑驳。抚摸凹凸不平的石面坑缝，感觉那里留有山民昔日贫困的印痕，浸透着村民艰辛劳作的汗水和泪水。苦难的泪水或是欢乐的泪水都有咸味，乌石也是咸的。世上有盐，才会让人拥有抵御苦难的力气。

玄，黑色也。玄参黑茎，茎似人参，故也称黑参。实亦黑，根甚黑，有微香，俗呼馥草。玄参切片晾晒后，一片片像极了乌石村的黑瓦，其味咸香，可清火解毒。故以玄参喻之。

"磐五味"之四：白术（甘甜古茶场）

玉山古茶场也是磐安一宝，位于磐安玉山马塘村茶场山下，是全国重点文物保护单位。相传东晋道士许逊游历于玉山，见满山的茶质量甚佳而民生困苦，遂留于此地与当地茶农一同潜心研茶，并派道童四处施茶打开销路。到了唐代，玉山茶渐成浙东名茶，被称为"婺州东白"，此茶茶色清澈，茶味甘甜。玉山茶农将许逊尊为茶神，建茶场庙塑像膜拜。茶场庙初建于宋，清乾隆年间重修，每年开春山民采茶前先祭茶神。各地茶商纷纷慕名前来购茶，茶场庙周围逐渐出现"榷茶"场所，"榷"即商榷，相当于后来的茶叶交易市场，朝廷特设巡检司，派官吏进行茶叶交易管理。至明清时期，玉山茶场已成规模，形成春社、秋社两次大型贸易集会，周边地区的人纷纷赶到茶场来聚会，邻县的商人也来此设摊布点。春社和秋社是茶商交易、茶农山民进行物资交流集会的综合性活动。"赶茶场"始于宋，相当于庙会，同时举行观社戏、挂灯笼、迎龙灯、叠罗汉、竖大旗等系列民俗活动，其中农历十月十六的竖大旗（亦称迎大旗）群众性竞技活动，是磐安传统民俗的标志性节目。迎大旗那日，各村派出迎旗队伍，在广场上竖起旗杆为几十米高、旗面面积近六百平方米的大旗，仅一面旗就需用绸三百丈，上绘龙凤图案，每面旗需几十位壮汉共同协作才能竖起，技术难度相当大。竖旗时刻锣鼓号令齐鸣人声鼎沸欢呼雷动，场面十分热闹壮观。磐安史上曾有三十六面大旗齐聚茶场庙的盛况，旗杆高耸，大旗迎风招展，气势磅礴。磐安人喝茶如此隆重，遑论其余。

古茶场亦动亦静，茶园葱茏盘旋的玉山下，小街上的茶神庙、巡检司的大殿大堂及附设建筑一字横排开去，可以想象当年春秋两季此地人流熙攘往来的盛况。特别引起我兴趣的，是那座至今保存完好、功能齐全的榷茶场。榷茶场整栋建筑为二层环状走马楼，门坊内有前厅五间，后堂五间，两侧辅以厢楼各七间。底层为固定或可租用的茶叶摊位，廊柱相隔成茶座，设有桌椅，供每年茶叶评级所用，也是茶商之间品茶、斗茶、论茶，进行自由交易的场所。二楼设有雅间，供茶商住宿或囤放货物。最绝的是在一楼天井靠后设有一座戏台，正对着后堂的"观众席"。茶商在此论茶砍价谈生意，还可一边喝茶一边听戏看戏，可谓悠哉乐哉。这种集茶叶生产、交易、茶俗及修养身心为一体的古茶场遗址，全国独此一家。可见早在明清时期，磐安的茶叶生意已然成熟完备，茶可品、可道、可赏、可议，茶在深山有远亲。如今，茶神庙隔壁建有一座"茶文化博物馆"，静静细说玉山茶史。

婺州东白清清，磐安茶香袅袅，茶人质朴聪慧。白术气味清香，味甘，理肺补脾祛湿，故以白术喻之。

"磐五味"之五：贝母（爽润灵江源）

磐安全县的森林覆盖率约百分之八十，被誉为"浙中盆景""天然氧吧"。磐安境内有多处省级和国家级景区，包括了百丈潭、夹溪十八涡、水下孔、舞龙峡、金鸡岩、风崖谷、花溪花乡、云山旅游度假区等。磐安的山林里，有南方红豆杉、香果树、浙江大果朴等珍稀保护植物，据说还有深藏不露的金钱豹、黑麂等国家一级保护动物。磐安是专为疲惫的今人而预留的休闲度假之地。

灵江源森林公园位于磐安盘峰，海拔约八百米，负离子含量常年稳定在每立方厘米约两万个。一路溯溪上山，可见悬壁险峰、峡谷栈道、瀑布飞泉。偶尔可见山窝里的原生态古村落及古窑旧址，低头拾野果，抬头闻鸟鸣，静谧安宁有若世外桃源。

灵江源最绝最美的风景，是山顶最陡处，连接峡谷之间的那座透明玻璃桥。桥长约三百六十五米，桥面宽约三米，地面垂直高度约一百八十九米，可谓华东第一高空景观玻璃桥，也称玻璃悬廊。悬廊始建于2013年，年轻的创业者张伟斌，怀揣"凌空飞渡、云中漫步"的美丽梦想，团队斥资规划建造这座绝壁天堑，并将施工过程中对山体的损伤——修复。他认准人们渴望以一种新高度和新视角来重新认识世界、超越自我，他确信高空悬廊会给人们全新的体验、刺激和挑战。2018年春节玻璃桥正式开放，一时火爆异常，流量达到日近万人。磐安人从未如此居高临下地观赏自己的绿色家园——曾经难以跨越的重重大山，竟然被轻而易举地"踩"在脚下。

我自以为没有恐高症，兴冲冲地走上玻璃悬廊，一脚踏上玻璃桥面，顿时感觉自己如临万丈深渊。桥面明明是有玻璃的，却觉得自己被悬于半空，随时会坠落下去；双脚分明踩在桥面上，却感觉身体已经飘浮起来，随时会飞上天空；桥两侧分明安装着坚固的钢索护栏和扶手，仍然无处可依，如同行走在空气里。悬廊悬空、悬置、悬心，高处不胜寒，可是挪移短短几十米，竟然走出一身汗。总算到达一个相对安全的拐角，定神眺望放眼极目，才见满目青山叠翠，浮云恬淡，天空辽远。细细的盘山路蜿蜒而上，峡谷中隐约可见银链般的飞瀑……总算找到了腾云驾雾的些许美感。清凉爽滑的山风吹过，深呼吸，吐纳，放松，再呼吸……心肺有如被空气中密集的负氧离子洗涤干净，透露出一种清爽清新的轻松愉悦。那一瞬听见悬廊谓我：人无法跨越的障碍其实是自己。

磐安出产的贝母是浙贝母，呈扁球状，不同于西部地区出产的川贝母的止咳化痰功效，而有润肺软坚、开郁散结之功效。恰如灵江源的玻璃悬廊，令人视野开阔心胸舒展。灵江源，一味润肺的浙贝母。

遥望群山远处，山那边的一座座乡镇，有药材之乡、香菇之乡、香榧之乡、生态龙井之乡、舞龙之乡美称——又是一个"磐五味"。五味杂陈，五味俱全。今日磐安，原来是一粒饱满、晶亮、红艳、强心护心、安神醒脑的五味子哦。

大山里的晚会尽显民间绝活

刘元举

5月，这是一年当中最值得流连的时节。有风没风，花都是香的；南方北方，气温都是适宜的。每每到了这个时候，我这只并不规范的"候鸟"，便要从南到北地折腾一番。我从深圳到北京，再由北京刚刚回到东北，便接到浙江那边的邀请：第四届中国"建筑与文学"研讨会于2019年5月10日在磐安召开。这是一个颇有意思的学术活动，我欣然前往。

从1993年的第一届"建筑与文学"研讨会在南昌的滕王阁召开，一晃二十六年过去了。这期间我参加了在杭州西湖召开的第二届研讨会，距今也二十多年了。老朋友相见，格外亲切。当年许多建筑大师与文学名家，已经作古，而那些英气勃勃的年轻才子，如今也是满头飞雪。

置身于群山之间，空气新鲜得张开嘴都不舍得合上。主办方非常热情，当天晚上为我们举办了一场规模不小的欢迎晚会。

这真是一场别开生面的演出。此前，我欣赏过无数场音乐会或者晚会，那都是在音乐厅或大剧院里举行的。演员们专业得不能再专业了，而乐手们呢？仅从乐器说起，那就是一个精致。它们装在大小不同的箱盒里，差不多是清一色的黑色皮质箱盒。那种皮箱的锁扣都是金光闪亮的，当指尖一按打开时，铜管乐器如小号、长笛、单簧管、双簧管之类，不等拎出来就已经光芒四射。而小提琴、中提琴，在盒盖打开的刹那间，玛瑙般的棕色光泽便从琴头闪亮着流淌到琴壳，稀世珍宝般贵不可言。尤其是独奏家的那种小提琴，往肩上一架，便是百万千万甚至更高的价格。在那样的场合去感受古典音乐，确实能提升对经典精致的理解，同时也让自己的审美变得苛刻和挑剔。然而这一次，我的感官却经受了一种从未有过的颠覆。

磐安素有"群山之祖"的称谓，大小山峰一共有五千二百多座。这么多的山前呼后拥，似无尽的浪涛，凝固着天边的沉重。冷眼看去竟有种城墙围拢之感。据载，陆游当年行至这里，被丛山层层阻隔，禁不住从心底发出感慨："山重水复疑无路，柳暗花明又一村。"

现场来了很多观众，一片熙攘，有种赶庙会的气氛。灯光环绕，草木葳蕤，山风阵阵送爽。幸亏我披了件外套。

很难想象参加演出的人员皆为业余演员，他们个个身怀绝技。开场的《欢·庆》便先声夺人。从台侧走出来一排年轻男子，手执铜质长号。这种长号与交响乐团的长号完全不可同日而语。这是一种民间的乐器，号筒细长，最细的部分如同高粱秆。长度差不多有等身高了。号筒的中段绑有一块红布条，这队身着黄色衣服的男子齐刷刷地将号筒高仰天际，奋力吹响。那种声音粗犷苍茫，带着原始的野性，勃发出一种昂然的情绪，其强烈程度，如雷贯耳。我听不出是什么旋律，也难分辨是什么调儿，但我听出了这是一种高亢的呼喊，一种仰天的长啸。这种表达似乎不是为了取悦台下的观众，而是属于天地之间，抑或始于盘古开天地之时的祭神之类。

号角声中，有人登场。手执彩旗挥舞翻飞。那是一种绘有龙虎和树木图案的彩旗，随着锣鼓的热烈急促，一群黄衣人站满舞台，呈圆形围拢一面铺在地上的浩大旗布。随着节奏的震天价响，这些人同时用力，将各自手中的细杆往起擎，终于，一面巨大的彩绘旗帜腾空而起。台下响起热烈掌声。

这是当地"赶茶场"的一种仪式：迎大旗。它与祭茶神、人物灯、演社戏、舞龙等民间艺术表演一样，是中国茶文化的一朵奇葩，被列入国家级非物质文化遗产名录。由于舞台所限，真实的迎大旗场面要有两百多人，旗布铺在地上面积达一亩左右。千万人涌动呐喊，锣鼓喧天，大旗缓缓擎起来，如撑起一片彩色天空。在迎风招展之时，尽显壮观气势，磅礴浩荡。

民间舞蹈《乌龟端茶》更见当地民间茶文化底蕴。所谓舞蹈，其实就是一个人的独角戏。表演者是位中年男子，他端着盛满茶水的茶具托盘，那种仿若龟行的软功蹲步，前倾的上身，几欲贴地，而腾挪翻转时，手里托起茶盘中的茶杯之水，丝毫没有溅出或脱离托盘。此人武功超群，在他一连串令人眼花缭乱的翻转筋斗之间，托盘和茶杯居然稳稳地如同粘在掌中。等到你真以为是魔术演出时，表演者让你看到茶杯与托盘是分开的。于是，你不得不为表演者一系列漂亮的神奇动作拍案叫绝。

神奇，绝活儿，是这场演出的特点，那是粗犷朴拙中裹挟着原始野性的视听大宴。而山区特有的民间文化，则是节目的深邃内涵。如此茫茫深厚的大山，藏有多少山珍瑰宝。而茶，则有着悠远的传承。这里的玉山古茶场，起源于宋代的"赶茶场"，一直完好地延续至今。据说"赶茶场"的由来，是为纪念晋代"茶神"许逊。许逊是南昌人，东晋道士，道教净明派尊奉的祖师，相传著有《灵剑子》等道教经典。他赋性聪颖，博通经史、天文、地理、医学、阴阳五行学说，尤其爱好道家修炼法术。晋代，许逊游历玉山，为玉山茶叶的种植、制作、销售做出了贡献，玉山人民感其恩德，为其建庙立像，四季朝拜，每年举行隆重的庙会纪念他，这便有了茶场庙庙会的雏形。在迄今保存完好的玉山古茶场，完全可以感受到古今文脉。

接下来的歌曲《丝路茶缘》、舞蹈《药香江南》和《大力士摔跤》等节目，更加生动丰富地展示了民间百姓的生活；而打击乐《老鼠娶亲》，更是声音和演技的绝配。那种架子鼓和各种可以敲打的民乐发出的声音，在十几位演奏者的手中组成了美妙的音节序列，而粗细对比高低有致的音色，不仅将老鼠家族在暗夜里操办喜事的场面逼真地渲染出来，还把不同角色的个性描绘得鲜明生动，加上演奏者的表演融入打击乐中，形声兼备，幽默风趣，简直就是一场想象力丰富的活报剧。

晚会最后的舞蹈《龙腾狮跃》，将演出再度推向高潮。这又是一个民俗文化的巅峰表演。从中窥见了有着悠久传承的古老的炼火仪式——踏火山的神奇场面。

据载，这种炼火仪式由"山人"主持。炼火者先要到固定地点洗脚，然后再返回场内。炼火开始时，炼火者赤裸上身和双脚，神灵般围着烧得通红的炭火转圈、欢呼、狂叫，如真似幻。炼火者的表演伴随着一阵又一阵的敲锣打鼓声浪，翻江倒海，热闹至极。烧红的炭火堆成一个小山包，俨然是"火焰山"的缩小版。风刮来时，火星四溅飞扬，而炼火者们亢奋地轮流从通红的炭火中小跑而过。他们的双脚与炭火频繁接触，踩踏，惹得围观者惊叫不已。更精彩的是一个炼火者拿起平头刀拨弄炭火，直到"火山"上飞溅起一片星火，熊熊燃烧，铺天盖地。而炼火者们犹如借助了孙大圣的功法，从火里翻越而来。火光把他们烤得通体闪亮，犹如浴火重生。待炼火者奔出"火场"，人群中爆发出雷鸣般的欢呼狂潮，震天动地。

炭火中心的温度高达七百至八百摄氏度，为何炼火者却丝毫不会被烫伤，真乃神矣。对火的崇拜来自先人，这是一种巫文化，也是一种图腾。需要足够的心诚和专注，不可丝毫分神。记得黄永玉有篇写铁匠打铁的文字：小时候的"我"看到村里一个铁匠每次打铁，都用手将烧红的铁坯从炉里抓出来，丝毫不被烫伤。有次铁匠正在操作时，"我"突然惊叫提醒他别被烧伤了，结果，秘籍瞬间告破，铁匠一生神功从此废弃。由此看来，天机不可泄露，还是有道理的。

还有一个节目给我的印象很深：九岁女童身着大红戏袍，声情并茂地演唱了选段《见多少王孙公子把骏马乘》，她动作娴熟，唱腔美妙，惊艳全场。据说第二天她就参加了浙江省少儿戏曲选拔赛，夺得全省第一名。

第一次听婺剧，也是第一次走进当地的婺派建筑。那是大户人家的宅邸。此前，这种白墙乌脊的建筑一直被视作徽派建筑，直到著名的建筑学者洪铁城先生以深入细致的多年考证，出版了皇皇巨著《婺派建筑》，一种新的流派——婺派建筑才被人们所认可。洪先生认为：粗观建筑外形，婺派、徽派两大民居粉墙黛瓦的极为相似，都是白石灰粉刷的外墙，小青瓦盖的坡屋顶。但其实外形有极大的不同：婺派是"五花马头墙"（《营造法源》称"五山屏风墙"），徽派是"屏风墙"（当地又称"马头墙"）。

但是马头墙、屏风墙都是白灰粉刷、盖小青瓦，所以粗看一个样。区别在于：一个像马头高昂，似飞如跃，壮志凌云，像官员头戴乌纱志满意得；一个像屏风舒展，宽松有余，源流长远，像平头百姓敦实厚道，其风格、气质、内涵，是不同的。

磐安建筑确有特色，更翔实的阐述，还是在接下来几天的研讨会中。

磐安的文化深邃博大，磐安的民间艺术源远流长。因为这里不仅素有"群山之祖"的说法，还有"诸水之源"之称，这里是钱塘江、瓯江、灵江和曹娥江四大水系的主要发源地，四面灵性，八方流韵，"喧阗声利场，八方聚才英"，如此了得，不虚此行。

磐安有一味药

周华诚

二禾君,你以前就邀我去磐安走走,惜一直未能成行。此次终于去得磐安,真是一个好地方——又遗憾你未能同往。磐安之好,我一时说不清楚,只觉得山野苍茫,小县城稳如磐石居于山间,人事也好,光阴也好,都妥帖得很。磐安人说话,与从前一样,说一句是一句,诚诚恳恳。当然,这只是我的直觉,不一定确切。从物理空间来看,磐安是"浙江之心",也就是说,处于浙江最中心的地理位置。而我以为,磐安又可说是"浙江心房",房者,肉体和精神双重栖居之地也,磐安是可以给人这样的感受的。它的生态那么好,空气清甜,与钱塘江源头的开化一样,都是我热爱的地方,也是可以让心居停的地方。

二禾君,我现在,越来越热爱那些虚无缥缈的事物,譬如空气,譬如鸟叫，譬如诗意、寂静、梦乡，倘若你也到磐安来，便可以带我去大盘山走一走。我是热爱幽深的山林的，不仅因为它山岭逶迤，沟壑幽深，更因为听说它是一个药香芬芳的所在。"浙八味"历来有名，是道地中药材。南北朝时期的《本草经集注》说"诸药所生，皆有境界"；而2010年版的《中国药典》一部正文收载的中药材和饮片有六百一十六种，其中一百五十七种有两个或两个以上的来源——譬如，北苍术与南苍术、北大黄与南大黄、北五味子与南五味子、关黄檗与川黄檗、蒙古黄芪与膜荚黄芪、紫草与新疆紫草、柴胡与南柴胡……这是指出了一味药的"偏见"，"以出身论英雄"。

"浙八味"我早就听说，却说不出来，只能抄下来（贝母、元胡、白术、芍药、玄参、杭白菊、麦冬、温郁金）。

但这两年，也有推出新的"浙八味"（铁皮石斛、衢枳壳、乌药、三叶青、覆盆子、前胡、灵芝、西红花）。

不管怎么样，"浙八味"在药界还是十分有名的。这八味之中，又有五味，是磐安专有，故有"磐五味"之说（白术、元胡、芍药、贝母、玄参）。山高林深的磐安，也因此有了一个"江南药谷"的盛名。

> 松下问童子，言师采药去。
>
> 只在此山中，云深不知处。

我在磐安的时候，就想起这几句诗，我以为此山便是大盘山。有天我在磐安山上的酒店住着，清晨拉开窗帘，站在阳台上，但见山峦起伏，云蒸雾蔚，便觉得是一个仙境；便觉得这样风起云涌的地方，一定藏龙卧虎，有仙则名。

二禾君，后来我去了梓誉村。那真是一个古朴的小村庄。山谷里的狭长地带，居住着三百多户人家，一条清碧的溪水穿村而过，安宁清寂。偶尔遇到个把村人，也是神情淡然，颇有古风。我们去访老房子，弯弯绕绕，踩着鹅卵石铺就的小道前行，不知怎么就绕进了一处天井。这是典型的婺派建筑了。这天井里，居然飘荡着浓郁的咸菜豆腐的香味。午饭时间了，我顿觉饥肠辘辘，遂忍不住闻香索骥，进到一处老房子，一位老人家正在锅前执勺炒菜。一问，老人家居然已经八十二岁了。

我说："香啊。今朝我在你家吃饭哦。"

老人家说："好啊，坐，坐。没有什么菜，只有一碗豆腐咸菜。"

我说："这菜好，下酒最好。"

他说："酒也有，你坐下来呷一口。"

我是与老人家玩笑的，聊几句，就退出来。心里却想着，要是真与老人家对饮一场，也是很好的。

这里的老人家，有一种超然世外之感。

这是梓誉村的三百四十七号。

我觉得这就是磐安之气——有人间烟火气，亦有世外桃源气。

然后，我们就在一处老房子里，面向天井，面向远山坐下来，慢慢悠悠地品饮一杯茶，茶是云峰茶；吃一种野果，果是覆盆子。

二禾君，这就是我忍不住要向你炫耀的，也是"今日最佳"——哪里去找这样好的野果啊！尝惯了城市里各种各样"水果"味道的舌头，一尝到这样的覆盆子的滋味，是会瞬间打一个激灵。就像猝不及防地遭遇一场年轻的爱情，所有的记忆，潜在的灵感，敏感的细胞，都在那一瞬间被激活；那是一场需要全身心参与的极度体验。啊，原来好果子的味道，就是这样的：鲜。

我一颗一颗地吃着覆盆子，觉得奢侈。简直奢侈极了。对，不是某种催熟的、膨大的、温室的、不咸不淡的、过甜过淡的、暧昧不清的、混乱无序的味道；而是朴素的、清白的、天然的、真实的味道——事物本来的味道。

一颗覆盆子应该有的味道。

世上珍贵的东西，原是它本来的样子。二禾君，这是我刹那间的感受。

我觉得对于这座县城所有的感受，都在这里了，就是一个"鲜"字，也就是事物本来的样子。譬如说，生活，就是生活的样子。譬如说，空气，就是空气的样子。譬如说，云朵，就是云朵的样子。人在磐安，居然可以遇到那么多事物本来的样子！

这是覆盆子带给我的启示。

后来我又去了乌石村。在那个用乌黑的石头砌成一座座房子的村庄，我看见了光阴停滞的痕迹。如果不是石头墙上挂着的手写招牌提示我这是在2019年，我会恍惚以为来到一百年前的中国。牌子上写道：

土鸡出售

高山茶叶

电话158×××××××××

在石头墙下，我见到另一些覆盆子，好几块竹匾摊满晒干的覆盆子，那是一味中药，新"浙八味"之一。二禾君，我在磐安的村庄里走来走去，喝茶，吃饭，呼吸，言谈，都会遇见药，说到药；茶犹药也，野果子也是药；空气犹药，鸟鸣亦药；甚至，那缓慢的时光，也是一味药；我更恍惚觉得，磐安这个地方，说不定也是一味好药，可医世人的焦虑与奔忙之疾。

芍药的药

杨　方

　　拉卜楞寺的藏医馆免费为百姓看病。我去看哮喘，喇嘛给我一包药粉，说药是寺里的喇嘛亲自上山采的，附近有一座山，山上生长着多种药草。喇嘛每天背着药袋上山，采药前要先绕山转一圈。许多患病来求医的人，得了藏医馆的药，也会去转山，一路磕着长头。他们把这座生长了药草，能治疗他们病痛的山当作神山来敬。

　　磐安的山上也遍植药草。九山半水半分田，得天独厚的自然环境、天气、土壤、水质，使得磐安的山具有了和别处的山不一样的特质。即便是晴天，山间也环绕着白云与淡淡的烟岚，这就是水汽弥漫。万物生长的磐安，白术、元胡、贝母、玄参、白芍，"浙八味"中的五味在此皆能生长。不同的季节到磐安，我们可以看见不同的药草开出的花。磐安的风中，总是飘荡着药花的香。

那么美吗？去山里看看

我到磐安寻药，寻的是芍药的药。谷雨三朝看牡丹，立夏三朝看芍药。每年4月底5月初，磐安的山谷中，芍药遍开。白芍与红芍，单瓣的与重瓣的，开成一片。芍药花期很短，一场风，一场雨，硕大的花瓣就零落成了泥。"念桥边红药，年年知为谁生。"诗中红药，我理解为红芍，不管是不是为我而开，我都要来看看。

磐安山谷中有芍药，我是最早从磐安诗人吴警兵的诗中得知的。问了他花期和地点，他要陪我去看，但我觉得看花，还是自己一个人独享的好。尤其是看芍药，寂静的山谷，一个人站在花间，哪怕一片轻柔的花瓣落地，发出的声音似乎也能听见。山谷中有鸟鸣，鸟鸣一声，就有一片花瓣落下。大多数的鸟在芍药开花的时候都不出声。它们和我一样舍不得花落去。

我平生第一次看见芍药，是在爷爷的老家，也是一个江南的小山村，爷爷过世，我从学校赶去送葬。穿白衣，戴白帽，手捧香炉走在爷爷的棺材前，遇见小桥，撒纸钱，遇见沟坎，下跪磕头。我的额头触到泥土和石头，有点痛，有点冰凉，抬起头来想哭，却看见前方山脚下，爷爷将要去的地方，一片花在地埂上开得绚烂。我突然就不那么悲伤了。爷爷也许去了一个好地方，沿着花的根系，可以听见花开的声音。寂寞了，也可以沿着花茎上来，透一透气，看一看人间。谁又能说活在人世的我们，就不寂寞呢？还好有花开，让我们看见了生命的本相和光亮，让我们忘记了心里的难过。

后来有人告诉我，那一片绚烂的花，是芍药。我也因此知道芍药不是花，是药。农人把它当药材种在田地里，而不是花园里。后来我在寺庙里见过芍药，芍药与寺庙的气息倒也相配。诸神是精神救赎，药是肉体的救赎。公园里和花圃里也有芍药，这时候的芍药是花，红的紫的白的，以色悦人。古人封牡丹为花王，芍药为花相。一花之下，万花之上。

许多人来磐安寻药，寻的其实不是药，是药池、药膳、药商。磐安温泉山庄里的温泉，与别处温泉不同，经营者将磐安独特的药材熬制成汤，加入温泉水中。元胡汤可以消痛，玄参汤可以醒脑，当归汤可以补气。我泡温泉，最喜欢在这些飘着药香的池子里浮着。尤其是芍药池，我自以为，长时间泡在芍药汤池里，吸取了芍药的精华，出水，便是一朵灼灼芍药。而磐安的药膳，更是让人眼睛一亮，杜仲炖猪腰、黄精焖肘子、天麻焗土鸡、茯苓猪肚汤，每一道菜里都加了药材，既好吃，又有滋补功效。尤其是翡翠色的石斛汁，代替了各种饮料，看着清凉，喝着清淡。在药膳中，我没有找到芍药，但在开会就餐的饭桌上，我的名字牌上印着一朵芍药，红色，复瓣，花姿妖娆，让人看了心生欢喜。

磐安的药商自不必说，磐安有江南较大的药材市场。来到磐安的人，都不忘带些石斛、三七、天麻回去。来一趟磐安，身上便沾染了磐安的气息。

磐安的山，四季葱绿，云雾缭绕，让我想到拉卜楞寺附近的那座药山。一座生长着治人病痛的药草的山，一定是带着使命出现在大地上的。磐安的山也是。一个人，只要去磐安的山中走走，看看那些药草，闻闻药草的气息，尝尝药草的味道，总会悟出些什么，关于生命，关于健康甚至生死。毕竟，人生除了生和死，其他都是小事。药草于我们，是一种精神的仙草，也是肉体的灵药。平凡百姓，谁没有病痛？神农氏尝遍百草，分辨出其中的药草，就是为了给人带来活的希望。

站在磐安山谷的芍药花丛中，吸入肺中的，是芍药吐出的令人沉迷的气息。我不禁想到《红楼梦》中史湘云醉卧芍药茵的情景：香梦沉酣，芍药花飞了一身，满头脸衣襟上皆是红香散乱，手中的扇子在地下，也半被落花埋了。一群蜂蝶闹嚷嚷地围着她，又用香帕包了一包芍药花枕着。

我也想学史湘云，睡在芍药花丛，枕着芍药花瓣，闻着芍药花香，盖着芍药花被，在磐安的芍药谷，一睡不醒。

五月乌石村

杨　方

有人曾说，给万事万物命名，总统不行，诗人行。

想到这句话的时候，我正在来磐安的路上。我来得有些迟了，磐安的每一座山、每一条河、每一座村庄、村庄里的桥，都已经有了自己的名字。那些重大的时刻，我没能参与。

乌石村在地球上的出现和命名，我同样没能参与。我来的时候这个村庄已经田舍俨然，鸡犬相闻。我不知道这个村庄因何出现在海拔约五百三十米的高山台地之上，四周梯田层层，群山连绵，云雾在它的脚下，落日在它的肋间。空中乡村名不虚传。乌石村的整体布局是按照古代风水理论建造而成，每一座房屋，用的材质既不是黄泥也不是砖石，而是千年不化的火山黑石，就像是被人间的烟火烟熏火燎了一千年。村中的戏台搭建得结结实实。

这家的篱笆也是那家的篱笆，这家的门也是那家的门。一口水井大家共用。乌石村是被作为与世无争、地久天长的老家来建造的。乌石村的人，眼睛里有古代的东西。

我从乌石村黑色石头铺就的小巷里走过，惊动了矮墙上的两只大白鹅。河那边的兰，河这边的樱桃，都很生动。这里的居民有某种超越世俗的升华感，他们脸上是满足和喜悦，不似我们，在红尘里翻滚，苦海无边。一个老阿婆在黑石头垒起的院子里洗一把青菜，那里有一个水槽，流淌着清水。村外有一棵大树，树上坐着鸟雀。我走过去，坐在树下，荫凉落在我身上，鸟雀拉下鸟屎，落在我头上。

我想起有一年春天，走在江南的山中，看见某户人家的院子里，一家人端着碗吃饭，紫色的桐花自高大的树上落下，他们的脸在花影里闪现；又一年，在一条河流流经的村庄，我看见风一阵阵地吹过田野，提示人世的寂寥和空旷；又一年，也是在一个路过的村庄，一群劳动的妇女扛着农具，从我面前走过。她们的欢声笑语和花衣裳被春风传送。那时候我从来不知道，在世上走了一大圈，最后我会来到一个叫乌石村的地方，在一棵大树下坐下来，和这里的居民一样，面带满足和微笑。这里的一切丝毫没有陌生感，仿佛我生来就居住在这里，其间只是出了趟远门，穿着异乡人的衣服回来。我和村子里的人打招呼，和他们聊田地里的蔬菜，下蛋的母鸡，水塘里的鱼。早晨刚下过一场雨，竹林里的笋又冒出了许多。"想要的话自己去挖。"一个黑脸膛的人对我说。他的脸色和黑石头接近，让人误以为他也是一座黑石头的房屋。

来了一个背背包的游客，四处张望，向我问路。我抬手指给他他要去的方向，他毫不怀疑地朝着那个方向走去。来了一个抱小孩的村妇，我挪挪屁股，慷慨地请他们坐下，好像这是我的地盘。当我沉默地看着那些黑石头的房屋，它们在无声的流逝中闪耀着时间的光泽，植物和房屋早已融为一体，它们从墙根长出来，从石壁的缝隙里长出来，从木头窗子的一侧长出来，从屋顶的瓦上长出来。风雨洗刷草木。它们很干净。一只狗像云朵一样睡在路中央，经过的人抬腿从它身上跨过。狗既不关心是什么人从它身上跨过，也不关心时间。它和这个村庄里的人一样不需要时间，人们表达时间的方式是笼统而模糊的：邻家姑娘出嫁的时候油菜花开了；蝉已经叫了，睡觉该铺竹席了；萤火虫飞的时候可以准备用镰刀割麦子了；桐树落叶啦，立冬了吧。缓慢而沉静的乌石村，仿佛是世界的终点，人生的窝。

瓦尔特·本雅明的童年时代，柏林的菜市场被建造得像一座歌剧院。乌石村的菜市场到了今天依旧散漫得不像个市场。可以说，整个村子都是市场，门口摆一篮子菜干，几个土鸡蛋，并没有人看守，想买的人要大声地喊，才会有人迟迟从房子里出来。一个戴草帽的人蹲在路口石墙的荫凉里，面前摆着几篮子山上采来的覆盆子。他兀自在那里抽烟，看风景，遐想，或者思考问题。有人买没人买，都不打紧，反正是山上采来的，满山都是。不是花力气种的。这些老天给的东西，能不能卖掉，老天说了算，不能急，也不能太贪。乌石村有一条藤蔓覆盖的绿廊，藤蔓垂下来，密密实实地挡住了阳光，从这头望向那头，仿佛穿过了一条空间与时间的通道，仿佛看见了世外的光亮。乌石村在那头，我们在这头。

我来到乌石村，没有人大惊小怪。我离开乌石村，同样没有人大惊小怪。这个村子偏僻而不闭塞，好客而不过度热情。这个村子，保留着许多古老的神，诸神有时候混在玩耍的孩童中间，有时候打坐在树上或一片草叶上，有时候跟在一只母鸡的后面瞎逛。有时候就走在我的右侧或左侧。这个，总统不行，诗人行。

我想与一块石头为伍

魏丽敏

　　风穿过发间的手带着温柔，过完立夏的5月，已经阻挡不住它的热情。时隔四年再踏上这片我喜爱的土地，连车窗上快速划过的树影都是美好的。四年前的行程之后，写下《匆匆磐安》一文，文末这样写道："时光流逝间，我知道我该离开了，不过我也知道，美丽的磐安，我必定会再来。"这便是所谓的念念不忘必有回响吧。一个美丽的文学邀请，让我得以践行自己许下的诺言，为上一次的匆匆再添补些新的记忆。上一次来，野生杜鹃在山间蔓延，这次来，树莓在刷新味蕾的美好。我对于一座城市的记忆，总是离不开风景与美食，哪怕我这次来是因为文学与建筑。磐安的美，大约值得我四季常来。眼前那片带着春的滞留，如果穿上秋的外衣，沾染冬的气息，又该是怎样一番光景呢。照片再美，那份灵气又怎能溢出其中呢。美，还是需要

那么美吗？去山里看看

双眼亲临。

进入磐安，首先看到的便是"身心两安　自在磐安"，这八个字莫名地让人心安，而我喜欢这份自在。这些年，我总忍不住向别人推荐来磐安旅游，我告诉他们，如果你有浙江地图，请将它对折再对折，然后你会发现，最中间的那个点就是磐安，因为它是"浙江之心"。素来不爱出门的母亲，因缘际会来过那么一次，所以当我告知她，又要去磐安时，竟在她的语气中听出了渴望，在电话的那端滔滔不绝地讲述着她短暂的二日游，回顾着山的秀美，水的清澈，花的鲜艳……全然忘记以往出行时对我的安全嘱托。家乡无山亦无溪，所以我总偏爱这些有山有水的地方，想来母亲也是如此。

掸落蒙盖在记忆上的灰尘，乌石村、榉溪孔氏家庙、玉山古茶场……眼前的它们与过去一一重合，再度鲜亮起来。为了将它们看得更加清楚，我爬上一棵樱桃树，我不会承认我的初衷只是嘴馋，最高处的果实总是鸟类的最爱，因为那里离阳光最近，所有的甜总与它密切相关。重合处似乎有什么溢了出来，在交集之外，它们有属于自己的一方天地。看来，我需要更多的细胞去储存了，包括那几颗被我从高处摘下的樱桃的甜美。尽管骨子里有着些许野性，而随着年龄增长，多少也有了收敛，许久未在人前展示如此好动的一面。人大了，脸孔也就多了，最原始也最真诚的一面只有在安全的维度里展示。身边有熟悉的朋友，阳光下有闪着光泽的果实……当友人说，你穿着裤子，你去爬时，竟然没有半分犹豫就跨步而上了。

一张张攀爬于樱桃树上的照片被人记录下来，我发给母亲，以为她会说我好不容易端庄了几年，怎么又故态萌生。终究还是低估了母亲的包容心，她回我："这张不错，就应该是这样，有点活力。"呵，也是，意外的回答吗？细想之下，也不是。母亲这些年总嫌我太静，太少沾染阳光，在家时总想尽办法赶我出门。少时，我也是个上树掏鸟蛋，下河摸鱼，捅过马蜂窝，抓过水蛇的野丫头。母亲对我的嘱托唯有两字：安全。然而她从不曾干涉过我的行为，我感恩她的包容，给我的童年留下宝贵的财富，是我这一生写不尽的回忆。忽然有天就盘起头发，穿上裙子，倒将骨子里的那份活力都束缚了，她在那张照片里找寻到曾经，电话那头的她应该会笑，毕竟照片上的我眼睛里散发着笑。也许这便是磐安的魅力吧。四年前，我也曾留下穿梭在乌石村小巷子里的身影，那天的阳光也如此番这般温暖和煦，只是如今与我更亲切些。轻抚乌石，在古茶场里喝一杯清茶，在孔氏家庙瞻仰"如在"匾额……心静人活。我想在这静逸的时光里慢慢忘却时间的流逝。

初识磐安时，脑海里总会不由自主地跳出一个词：安如磐石。后来才知它本就是取自《荀子·富国》"国安于磐石"之说。看来，哪怕是细胞更替，它亦可安然自若。对磐安的念想，会在每一次来后更加强烈。

对于磐安的留恋，当然还有口腹之欲的满足。磐安有"三多"，山头比人头多，野猪比家猪多，香菇比村姑多。自小生活在平原地区，这"三多"对我充满诱惑。自小只见过干香菇从未见过鲜香菇，更是从未接受它的我，竟然吃完了一罐脱水香菇，磐安到底是怎样神奇的所在。当然，磐安还是出名的药材之乡，我虽食不得，但是对一碗碗药膳还是有足够的贪婪。磐安美食太多，可恨自己的胃不能再大一些，忽觉有些对不住自己的姓氏。

大约谁也没料到，在这么多美味里，我最爱的竟然是那最常见的红薯。每顿饭前，我将自己的胃有序地划分出区域，总有一块空间专门为它而设。有次大约一口气吃了四个，因为我饱满的食欲，这道美食被翻牌加菜。如果你与我很熟，便知我吃东西总有些莫名其妙的习惯，比如吃玉米只吃自家种且得土灶上蒸的；吃红薯需得火里烤的……怪癖甚多，是因为尝试过好的。

生在农村，农活是自然不可逃脱的日常。冬天，烧火是件美差，我总要抢着做。江南水乡，稻草、桑树是常规燃料，它们有着生活的烟火气。在一个倒写的"火"字下，我坐在一张小板凳上，将一点点柴火送进灶口，用火钳将散落的碎片归拢夹起，一边烧火一边清理，这是自小的规矩。煮水用桑树，煮饭用稻草，炒菜看火候需求，一口锅先煮水后煮饭，另一口锅炒菜，时不时探出头来看看自己的劳动成果。当一切都完成时，我会跑去柴房，从稻

那么美吗？去山里看看

草堆里摸出夏天收起的红薯，挑选出大小合适的，带着泥巴投入还带着火星的稻草灰里，用火钳将它们埋得严严实实。吃过饭不久，厨房里便会渐渐弥漫出一股浓郁的香味。这东西讲究火候，我是不懂这些的，总忍不住偷偷将它们取出来检查，因为心急总吃到半生不熟的，有时候又因一时健忘，想起时它们已变成炭，黑不溜秋，香气扑鼻。三十年来，因为我的这份喜好，家人每年都会为我种上几垄红薯，收着在冬天烤。这大约是我最有毅力的坚持了，哪怕每次都将自己的脸和手弄得乌黑，八十多岁的奶奶，近六十岁的父母都在陪着我坚持。这样的味道是任何一种投机取巧的方式都不能替代的，而我竟然在磐安的餐桌上寻到了，以至于曾拜托酒店卖一点红薯给我。过往都是努力地往前走，如今却总忍不住回头，年少时想要摆脱一切束缚，走得久了忽然就想停下来，深感有牵绊才不觉得孤独。

所有的恐惧大约都是自己预设的，要不怎有无知者无畏呢。我一直很自觉地认为自己恐高，因为一直怕死，胆小到走路不敢闯一次红灯。我虽然没有在上海东方明珠塔上腿软，也没有在广州小蛮腰的跳楼机前退缩，但是固执地认为自己是个胆小的人。终于，在灵江源森林公园的玻璃栈道前，我犹豫了。哪怕所有的数据都告诉我，它很安全。看着别人一个个兴奋地行进，而我在出发点举步维艰，死命抓着栏杆不撒手的光辉形象落入了很多人的相机中。促使我决定跨出第一步的不是好奇，不是面子，而是对美的渴望。我想去看一眼别人眼中赞叹的景，哪怕我只敢看天空，那种无遮无挡的天空一如少时割完羊草，躺于地面仰视的那般。在这里打战前，我刚刚坐在乌石村的某处秋千上，仰望过天空，只是那不够高不够远。那刻的笑颜，此刻的虚汗，不变的是仰视的角度。我忽然很羡慕底下躺卧着的那些石头，它们的生命中有溪水有花香，如果可以，我想与它们为伍，这样，我就可以静静地等待四季更替，等待倦鸟归巢，等待日出日落，等待风霜雨雪，让鱼儿与我做伴，不错过一刻的美。

在记录这一切时，我又一次踏上了赴磐安的行程。我不知道我到底对它是有多爱，以至于多次向身边的人推荐，自己又一次次地去。如果我是一块石头，我渴望安然驻于此。

磐安与我的文学情怀

李　未

一

人往往在一生中会有很多个职业，也应该会有很多个爱好。

不知道从哪一天开始，我热衷于旅游，也不知道是啥原因，我居然写起了散文游记。

究其缘由，也许是偶然中的必然。

从业三十多年来，虽然变换了几个岗位，但是总在计划规划建设领域折腾，我所从事的职业似乎与文学不搭界。而且，除了有父辈给了那点与文字相关的遗传基因，又成长在那个"读书无用"的年代，只有文学作品曾经是我蹉跎时光的唯一寄托……

大学时期，我的一篇豆腐块式的新闻报道《农民门前讲法 责任田旁"审案"》，可能是由于"标题党"的错爱，居然荣获了当年"全国教育好新闻奖"二等奖，从此激起了我对文字的兴趣。

工作初期，作为年轻人在机关里想要混出点名堂，水平和机会这两要素中，贫民家庭出身的我唯有写的功夫算是"水平"的体现，因而"能学会写"成为我仕途上"走捷径"的本领。那些年，为了完成领导要求的工作材料，起早贪黑、夜以继日是家常便饭，久而久之也养成了谋篇布局、巧妙构思、字斟句酌的习惯。十几年下来，对完成机关公务材料已经达到了游刃有余的程度，甚至练就了边办事边写材料"一心二用"的"绝活"。当然，在文凭学历吃香的年代，我又不得不跟着岗位的变换，不停地学习和进修，十年间竟积累了区域经济、建筑工程、规划管理多个专业的学历，成为一名名副其实的"万金油"式的专业干部。这期间，论文没少写，成果算丰硕，核心期刊也能经常"光顾"，还由中央文献出版社出版了一本规划专著，最意想不到的是，居然有一篇论文被人大复印资料全文转载，这对我这种半路出家的学者来说，已经是登峰造极了。

人到中年，工作压力与身体疲劳时常相伴，客观上要求我"移情别恋"，以缓解紧张情绪。喝茶聊天，垂钓搓麻，莺歌燕舞……这些都只是昙花一现的"过客"，留不住我的心，调不起我的情。同时，子女成才，长辈健康，家庭幸福，何乐而为？健身、旅游自然觉得其乐无穷。无奈，身体有恙，年纪局限，大动不得，小动尚可，跑步不了，走步正好。于是旅游成了我健身的最好选择。

旅游也是我的最爱，不留下点文字，岂不是"上车睡觉、下车拉尿、景点拍照、完了啥都不知道"的浪费？激扬文字的基本功在那，洞悉世界的观察力在那，欣赏风景的品位都在那……于是几乎每一个节假日我都会来一次说走就走的旅行，每一次出行也都会留下即兴创作的游记。

如果说，这些游记式的文字也算是有文学性的话，我以为，这就是我的文学情怀了。

二

庚子年春天，当我走进磐安，走近文学名家们，我傻了，我那点文学意识怎么能称得上"情怀"？

受邀参加在磐安举行的全国第四届"建筑与文学"研讨会，看着电子邀请函上"散文家"的称谓，我受宠若惊。但我有自知之明，最多算是个建筑业内人士中的文学爱好者，作为"跨界代表"倒是有点意思。正如我自嘲的，我其实是建筑业的"打工仔"，文学界的"农民工"。

其实，我还是第一次被正式列入"文学工作者"的行列，第一次参加全国性的与文学相关的专业研讨会。怀着激动的心情，我自选了八篇涉及建筑的散文作品，配上自拍的照片，也算是图文并茂，精印成册，看上去也人模人样的，似乎可以拿得出手。怀着忐忑的心情，我联系了会议组织者，试图修正"散文家"的称谓，结果是会议发起人之一的洪铁城先生客气地回复了我，也友好地回绝了我。后来我才知道，我真是有眼不识泰山，洪先生不仅是我们规划界的老前辈、老领导，而且是婺派建筑研究的创始人、领衔者。

翻阅电子版《名家走进大盘山——全国第四届建筑与文学研讨会纪念册》，赫然出现张抗抗、叶廷芳、汪兆骞、刘元举、谢大光、韩小惠、丛亚平等文学界名家名流的身影，我不禁疑惑，我这啥也不是的一介凡人还能去登这大雅之堂吗？犹豫、彷徨、迷茫……

后来的事实证明，我的这些小心事、小九九不过是"以小人之心度君子之腹"的误读。

短暂的两三天，在与这些名家零距离的接触中，一点一滴的友好片段，只言片语的亲切交流，都让我非常强烈地感受到了他们各自所特有的"文学情怀"，受益匪浅，启发尤深。

在磐安，主办方以"名家走进大盘山"为载体，把研讨会变成了一次"倾县倾城""千载难逢""异彩纷呈"的文化传播活动。

可能只有在小县城才能再现中国农村"赶大集式"的露天文艺晚会了。当我们与会代表被捧为上宾稀客，在小城居民的"万众瞩目"中步入晚会现场后，与其说是观看了一场磐安民俗风情的会演，不如说是品尝了一席磐安非物质文化遗产的大餐。"赶茶场"迎大旗的开场式、民间舞蹈"乌龟端茶"、地方歌曲"丝路茶缘"……与"茶"相关的"茶"品盛典，舞台呈献，异彩纷呈。在此"与民同乐"期间，我曾仔细观察了坐在前排和后座的名家们，个个聚精会神，人人表情丰富，还有在昏暗中记录着什么，可见他们对艺术的热爱态度和对生活的热恋程度。这是对"文学来源于生活，又高于生活"的最好诠释。难怪会有那么多脍炙人口的经典传世之作出自他们之手，其实是出自民间世世代代的积淀和传承，也是出自名家独特演绎和经典传颂。果不其然，离开磐安不久，刘元举先生在他的《大山里的晚会尽显民间绝活》一文中对这场大盘山非物质文化遗产的盛宴做出了他文学家兼艺术家的那种非同一般的独特"经典传唱"，就像他对钢琴艺术别出心裁的写意一样，那么流畅激昂……

在磐安，主办方以参观博物馆、古村落、民居、孔庙为线索，让名家们观光游览，为名家们提供采风的素材，积累对磐安文化遗存的感受和领悟。

不得不提到的是，在磐安的所有这些活动都离不开洪铁城先生的"在线互动"。抵达磐安，入住酒店，我第一个见到的同道人就是年近八旬、精神矍铄的洪老师。确实不敢相信，也不敢想象，作为一个规划专家、建筑学者、退休干部会是如此的低调做人，高调做事。初识了洪先生，就想了解洪先生的专业成就，一本放在会议礼包里的《中国婺派建筑》令我眼睛一亮，书中有关婺派建筑特点马头墙、大院落、大单元、牌楼式砖雕等有别于徽派建筑的研究成果独树一帜，特别是洪先生二十多年植根本土、发掘传统、敢为人先的精神令人钦佩。

在参观榉溪孔氏家庙中，洪先生对榉溪孔氏家庙把家庙与祠堂两种功能集为一体的特点如数家珍，解读透彻；在乌石村古村落，面对清一色用黑

那么美吗？去山里看看

火山石垒成的古民居，洪先生对乌石墙体所彰显的建筑风格，娓娓道来。望着洪先生高大的身躯，我领悟和感叹中国知识分子的坚毅和执着。在蔡氏宗亲祠堂里，我终于忍不住主动要求与洪先生合影留念。这次会议结束后不久，洪先生用微信与我联系，有亲历荆州历史文化名城的想法，我当然爽快应承，当洪先生问我到荆州"我能做点什么"时，我一时不知所措。尽管至今尚未成行，可能是我一时没能领会洪先生的奉献之意吧，但我依然期待着。

值得欣慰的是，参观考察时，我有幸被安排在与张抗抗等几位名家同组的一号车上。"混迹官场"数十年的我，再大的"官"都见过，唯独没见过中国作家协会副主席这种文化界的大人物。先不标注她才华横溢、誉满神州的名片，站在眼前的就是一个特别精致的女人，可想而知，当年绝对是倾国倾城的江南美女……我年少时曾喜欢伤痕文学，喜欢知青故事，喜欢大学生活，那时《红罂粟》《淡淡的晨雾》《夏》等连同张抗抗的名字是我再熟悉不过的了。因此，在磐安见到张抗抗女士对我来说自然是"走下神坛"的"女神"了。

张抗抗女士性情温和，平易近人，轻声细语。从大盘山博物馆出来，她兴致盎然，意犹未尽，当经过一堵看似有点特色的文化墙时，她驻足流连，我心有灵犀，以规划人的视角与审美，发现此墙贴面砖的色彩与她身着的玫红色外套极其搭配，融合协调，于是我抓拍了她的自然照，并且当即选出其中的一张给她看，她非常满意这张构图与色彩近乎完美的照片。由此，她对我这个陌生人有了点印象。其实，我要表达的是，这个细节，表现了她对自然和人文环境超乎寻常的审美感悟。这正是她大作家的本领，也是我建筑师的特长。"建筑与文学"在这个细微处发生了碰撞，产生了共鸣。

这也是我与张抗抗的缘分。机会难得，来自基层的干部和来自底层的作者，自然要抓住。会议期间，我十分冒昧地请她给我即将出版的散文集《与你同行》题个字，她虽谦虚地说我为难她了，但仍欣然提笔。我如获至宝，小心收藏，开心致谢。会中她翻看我的作品选，通过微信告诉我读后评语："正在看你的作品选，你也是'建筑与文学'的统一体"。这给了我极大的鼓励和鞭策。时至今日，我有了自认为像样的新作会在第一时间通过微信发给她，求得一语。那日她在看了我的《圣托尼里岛的"彩色世界"》后，又给了"这是'文学的建筑'及'建筑中的文学'"的评语。看来，我不在建筑与文学相结合的道路上继续走下去，便对不起大师的评语和寄语。

这些都是影响和促使我对自己的"文学情怀"进行反思的小插曲，更是我磐安之行的特别收获。

三

如此一来，磐安之行几乎颠覆了我的"文学情怀"。

在此之前，我"半工半读"——处在工作学习两不误、旅游写作两兼顾的状态，自以为悠然自得，甚至已经飘飘然了。

我开始脑筋急转弯，思考寻觅属于自己的文学康庄大道。是的，我爱好旅游作为事业的乐趣，信奉"没有文学就没有旅游"。我也"移情别恋"，将旅游作为生活的选择，以应对高危行业的工作压力和满足自己选择健康生活方式的需要，笃信"只有心灵的净化才有人性的自由"。因为，建筑是旅游的核心内容和特色要素所在，它需要我以文学游记形式，记录、介绍、宣传地域的特色建筑和文化灵魂。

在研讨会结束前的那次自由发言中，我直言，建筑与文学，虽是"两个行当"，却是"一个领域"，即物质与精神统一的领域。推崇和推广建筑与文学必须把两者有机结合，走大众化的道路，如此路子会越走越宽；走学术性的道路，路子会越走越窄。为此，不需要"太建筑"，对建筑只需要聚集视角式的表述；也不需要"太文学"，对文字只需要顺应自然式的表达。"建筑与文学"的融合发展，更需要"大众传媒"的推动性力量……

短短的磐安之行终生难忘，与名家邂逅，改变了我的文学价值观。

"身心平安，自在磐安"。磐安恰恰使我的文学情怀不再"心安"，让我曾经"自在"奔放的"身心"，开始在建筑与文学交流的愉悦中寻找新的彼岸……

磐安行记

高鹏程

乌石村

据说每年会有数以百计的上海人来此过年

即使平日，也有很多城里人长居于此

这不奇怪

西谚说，上帝创造了乡村而人类只是创造了城市

作为乡村的孩子，人终将回归乡村

乌石村，一座炊烟缭绕的小小村庄

黑色玄武岩砌成的石屋

帮助我们找回了早年，柴火舔舐生铁锅底的记忆

苋菜根煮老豆腐，重新唤醒了

被肯德基和碳酸饮料麻木的味蕾

乌石村，一座位于高山台地上的村庄

回程的路上，我再次望向它

十万大山托举着它，孔庙里的基石托举着它

场院里的石碾石磨托举着它

无数失去故乡的人，用压在心上的石头托举着它

而从它石头的烟囱里冒出的炊烟

托举着我们共同故乡的天空

谒磐安孔府家庙

忠于家国未必一定要依附于王权

守护道

未必要屈从于势

于是八百多年前

一群来自齐鲁之地的族人，在完成护送使命后

转身，守护着另一颗种子来到这里

八百年后我们赶到这里

庙门虚掩

"万世师表"的匾额高悬，"如在"堂下游人如织

新开的勒石证实，这幢家庙曾几经损毁

而无数向上仰起的头颅证实，肯定有无法损毁的事物

值得我们仰望

在它的附近，一棵巨型桧木
当年，他们带来的树种已经冠盖如云
仿佛一盏被春风点燃的灯
替我们守护着更高处的信仰

浙江之心

"如果把浙江对折，再对折
你会发现，这里就是浙江之心——"
好客的主人，这样介绍磐安

我知道他们其实来自八百多年前的齐鲁之地
时间已经一再对折
他们已经成为
地地道道的浙江人

我相信他们是对的
因为透过他们温良、安详的面孔
我能看到，他们的心中安放着一座孔庙

一座庙在哪里，哪里就是他们安身立命的
大地之心

编后记

时间不以任何事物为标记。

过去的日子，回想起来，往往是一片模糊，无法可靠地把握。

这个时候，文字凸显了它的价值，文明的传承就有了载体和通道。文学，更是其中的顶梁柱，犹如道路之主干，山脉之主峰。

自1996年至2019年，作家们多次走进浙江磐安，探寻山水之美、民风之淳、文化之奇；他们的笔，抒写了各自的理解与发现，给人们带来了心灵的宁静与慰藉。

王十朋说，文章均得江山助。如今，江山也得文章助。

随着时间的推移，这些文字犹如陈酿，让磐安这片土地越发芳香四溢。

编者历经记者、旅游、外宣、文艺等工作，有幸参加了所有这些文学采风活动，或随团采访，或协助行程，或策划筹办，每每有不同的感触与收获，对作家们留下的文字，便生出别样的情愫。

由于时间拉长，岗位变动，对事物的疏远与切近也在变化之中，唯独对这些文字，总是不离不弃，并享受其自带的温暖。

某天，突然想到，如果不出本书，这些文字很可能会再次散落各处。

何况，把这些散落的文字召集在一起本就不易。

如是，不出本书，就会对不起大家。

这些文学采风活动有1996年和2006年的"浙江作家磐安行"、 2007

年的"浙江作家看磐安"、2010年的"浙江作家看生态磐安"、2013年的"浙江作家相聚磐安"、2015年的"磐安的乡村文化记忆"、2016年的"云峰茶文化"、2017年的"发现温泉之美"、2019年的"名家走进大盘山"等，为磐安留下了优美的文章，累计达几十万字。于此契机集为一册，纷呈其美，奉献给诸位读者。

感谢所有来过磐安的作家朋友，感谢你们美好的文字！

吴警兵

2021年8月20日于磐安